申示山人 著

# 藏龙诀

## 蓬莱太岁

②

北京联合出版公司
Beijing United Publishing Co.,Ltd.

**图书在版编目（ＣＩＰ）数据**

藏龙诀.2, 蓬莱太岁 / 申示山人著 . -- 北京 : 北京联合出版公司 , 2017.11（2023.8 重印）

ISBN 978-7-5596-0709-6

Ⅰ.①藏… Ⅱ.①申… Ⅲ.①长篇小说—中国—当代
Ⅳ.① I247.5

中国版本图书馆 CIP 数据核字 (2017) 第 170662 号

藏龙诀. 2, 蓬莱太岁

作　　者：申示山人
出　品　人：赵红仕
责任编辑：李　红　夏应鹏
封面设计：吴黛君

北京联合出版公司出版
（北京市西城区德外大街83号楼9层 100088）
北京新华先锋出版科技有限公司发行
涿州汇美亿浓印刷有限公司印刷　新华书店经销
字数196千字　787毫米×1092毫米　1/16　17印张
2017年11月第1版　2023年8月第3次印刷
ISBN 978-7-5596-0709-6

定价：59.00元

Contents
目录

# 第一章　夜郎符

　　话说这一天，我和马骝正在研究从夜郎迷幻城带回来的那个青铜鬼头，我主张收藏，毕竟这东西来之不易，有很高的收藏价值；而马骝却建议卖掉，说这并不是什么吉利的东西，留着它估计会带来厄运，还说身上那些难以痊愈的伤口有可能就跟这青铜鬼头有关，如果卖掉的话，还能得到一笔不菲的钱。说到最后，他竟然连怎么挥霍这笔钱都想好了。

　　正争论不休之际，门铃突然响了，我和马骝立即警惕起来，连忙把青铜鬼头收好，毕竟这东西是见不得光的。打开门一看，我们这才松了口气，但同时也感到愕然，因为来者不是别人，正是关灵。

　　自从上次分开后，至今已有一个多月了，其间我们通过几次电话，但每次谈到感情方面时，话题总是被扯开，而且接下来的话题都跟我手上的那个青铜鬼头有关，想必关灵也惦记着这鬼东西。

　　如今时隔一个多月，再次见到她，想不到她的面容竟然消瘦了许多，尽管化了妆，但也难掩憔悴之色，整个人看上去没有了初次相见时的那种野蛮气质。而且从她的神情来看，这次的到访似乎有些不同寻常。

果然，关灵一见到我就说道："斗爷，咱们这次搞出人命来了。"

马骝一听，立即瞪圆了眼睛，看着我和关灵惊讶道："啊？你们两个……什么时候搞到一起的？我说斗爷呀，你咋这么不小心哪？安全措施得做好哇，这不，搞出人命来了，这简直是男人的大忌呀！"

我耸耸肩，一头雾水地说道："这怎么可能？我们分开后都没见过面，我哪有时间干那事儿呀……况且跟她……"我看向关灵，只见她已经红起了脸，不知是羞了还是怒了，到嘴边的话只好"咕噜"一下咽回去。

关灵跺了跺脚，羞怒道："你们这两个王八蛋，真的是被阎王爷传呼了还不知道，我们都快没命了，还傻乎乎的。"

马骝歪起嘴角笑道："哎哟，这男欢女爱的事，最坏的打算就是搞出人命，发现得早也不怕，打掉就是，不必大惊小怪。不过要是我们斗爷愿意，你们就干脆来个奉子成婚呗，怎么看你们都是郎才女貌、天生一对儿，怎么说你们也一起出生入死过……"

我连忙制止马骝说下去，要是让他说，假的都被他说成真的了。而且我发现关灵已经憋得就要爆发了，恨不得冲过来掴马骝几巴掌。

于是我对关灵说道："大小姐，你别急，先坐下来，咱们把话说清楚，要不然这个死猴子可像开了挂一样，抹黑了咱们的清白。抹黑了我倒不要紧，传出去我还引以为荣，但惹到你就不好了，到时候恐怕就嫁不出去了。"我边说边给关灵斟了杯茶。

关灵白了马骝一眼，然后坐下来呷了口茶，对我说道："这死猴子听不懂人话就算了，连你也装糊涂，满脑子净是那些龌龊思想。"

我赔笑道："哎呀，这个嘛，但凡一个男人听到一个女人对他说出这话，还不吃了一惊？哪有装糊涂呀？"

关灵"哼"了一声，说道："我真服了你们这些臭男人，说到搞出人命来，你们就立即往那方面想，脑子里装的都是些什么呀……"

我连忙打断她说道："好了好了，这话题到此为止，再说下去，我真的怀疑自己到底有没有跟你那个……嗯，言归正传，说吧，这么突然地造访所为何事？"

关灵又呷了口茶说道："你们身上被独眼鬼虫咬的地方现在是什么情况？"

听关灵这样一问，我立即皱起了眉头说道："一直未痊愈，看了多家医院，也没法儿治好。"

关灵脸上那严肃的表情忽然带有些许无奈，她摇摇头说道："这伤口是痊愈不了的。我刚才说的'搞出人命来了'，说的就是我们几个闯夜郎迷幻城，被那些独眼鬼虫咬了的事儿。"关灵停顿了一下，看了我和马骝一眼，接着继续说，"一旦被咬，百日之后必死无疑，现在，我们只剩下不到两个月的命了。"

我和马骝一听，顿时脸色大变。和关灵相处了一段时间，我们都知道她这个人说话很严谨，绝不会贸然说出这些话来的，一定是发生了某些事或者有实质性的证据。这不禁让我想起了那几个从天坑探险回来的探险队员，他们起初也是好好的，两个月后就开始疯掉了，再一个多月后就全部死掉了，时间几乎就是在百日之后，看来关灵说的并非吓人之话。

其实我也曾想过这些伤口可能会威胁到生命安全，因为独眼鬼虫的毒素一直未被清除，日子久了肯定会侵蚀身体的各个器官，因此我还特意去做了个全身检查，但检查结果显示各项指标都很正常，所以我也放下心了。没想到今天关灵给我当头来了一记闷棍，还当了一回判官，把我们的生命缩短到不到两个月。

我连忙问道："这是怎么回事儿？哪里得来的消息？"

关灵说道："不是我信口开河，这都是我爷爷说的。"

马骝一听，立即冷笑了一声打断道："哎哟，又是你爷爷说的呀，你爷爷还真神了，他又没去过迷幻城，哪里知道什么独眼鬼虫，还连我们什么时候死都预测得到，真是开玩笑。"

我立即踢了一下马骝的脚，说道："别在这里打岔，让人家把话说完。"

关灵带来的这个令人震惊的消息，的确是出自她爷爷关谷山的口中。那天回去后，关灵本想隐瞒一切，但最后因为伤口久而不愈，加之时而疼痛难忍，她才不得不找爷爷看看。修道之人，多半会医术，关谷山除了会穿坟秘术外，也是一个赫赫有名的医术家。不料关谷山一看关灵的伤口，立即大吃一惊，遂问伤口来源。关灵从未见过爷爷的表情那般恐惧，本来想好的谎话一下子不知如何开口，只好一五一十地交代如何找到了夜郎迷幻城、如何被独眼鬼虫咬伤等。

关谷山越听表情越古怪，等关灵说完后，他并没有像以往那样发火，而是第一句就问是何方高人找到夜郎迷幻城的。关灵也没隐瞒，把我和马骝供了出来。关谷山后来告诉关灵，这独眼鬼虫乃是夜郎巫官用来修炼邪术之物，一旦被咬，重者尸骨立即化成黑水，轻者百日之后也必死无疑。而当今的医疗药物，并不能应付这种隐藏于地下上千年的邪毒之物。

对于爷爷说的这些话，关灵起初也半信半疑，直到爷爷拿出一本古籍，翻到记载有夜郎鬼虫的那一页，关灵才知道爷爷的话并非信口雌黄，确实有古书记载。

关灵说到这里，从背包里拿出一个黄色的油布包裹，打开油布，里面是一本有些残破的古书，她递过来给我，说道："你看一下我折起来的那一页。"

我接过古书，仔细端详起来，马骝这个时候也紧张起来了，把头靠了过来。古书的封面是几个比较古怪的字，跟我们在夜郎迷幻城里面看到的"夜郎天书"非常相似，但它认识我而我不认识它。我翻到关灵折起来的那一页，书中的字同样是"夜郎天书"，一个也看不懂，幸好这些字的下面有翻译，我才明白上面写的内容确实跟关谷山说的一样。

马骝疑惑道："这么难懂的天书，你家老爷子也会破解？"

关灵说道："这书是别人给他的，就是之前跟你们说过的那个喜欢研究夜郎国的商人，他来找过我爷爷，想让我爷爷帮他找到迷幻城，所以留下了玉佩和这些研究资料。"

我说道："那你爷爷有没有说怎么才能治好伤口，保住性命？"

关灵摇摇头说道："他没有说，但他吩咐，让我亲自登门，无论如何也要把你们请过去。"

马骝叫道："屌，该不会以为是我们把他的孙女儿带坏了，要拿我们开刀吧？"

还别说，马骝这话还真有点儿道理，要是关谷山以为是我们带着关灵去寻宝的话，我们这次过去见面，哪儿有什么好果子吃？不过，既然赫赫有名的"穿山道人"想要见我们，关灵也亲自登门邀请，不去又显得小气，而且若真的只剩下不到两个月的命，去拜访一下也无妨，说不定这个关老道有法子救我们。

说走就走，由关灵带路，我们很快就到达了关家。关灵可能提前跟家人打过招呼，所以我们一下车，就看见一个白发苍苍的老人拄着拐杖站在门口相迎。此人一身青衫长褂，手拄一根龙头拐杖，面色红润，目光有神，头上梳了一个发髻，两道白眉眉尾下垂，三绺髭髯飘洒胸前，俨然一身仙风道骨。

不用关灵介绍，此人一定就是"穿山道人"关谷山，不过他老人家亲自出来迎接我们，这面子还真的有点儿大了。我立即学着古人那一套，作了一揖道："拜见关道人。"马骝本来就不喜欢关谷山，只是随便拱了拱手了事。

关谷山先是将我和马骝上下打量了一番，脸上闪过一丝怀疑的表情，但出于礼貌，他随即便恢复笑脸相迎。进屋寒暄后，关谷山便开门见山地问道："话说，两位是如何寻得夜郎迷幻城的？"

关于这个问题，我估计他也问过关灵，只不过是想在我这里看看答案是否一致罢了。不过除了那本《藏龙诀》不能说之外，其余的也没什么可隐瞒的，于是我大致说了一下事情的经过。

关谷山捋了捋下巴的胡须，微微点着头，但从表情来看，他还是半信半疑。果然，他接着又问道："那你们有没有找到什么器物？"

"只带出了一些黄金，"说到这里，我看了一眼关灵，然后才继续说，"还有一个青铜鬼头。"

关谷山立即两眼放光道："青铜鬼头？那你们有带来吗？"

我点了点头，从背包里拿出青铜鬼头，关谷山双手有些颤抖地接过去端详。这东西本来我是不打算带的，但临走时关灵拉住我说，如果把这个东西带过去哄哄他老人家，说不定他就不会追究她擅自寻宝一事了。我也不忍心关灵受到家法处置，便答应了她。

发现关老道越看越喜欢，我真怕他像《西游记》里面的一个老和尚借唐僧的袈裟一样，开始是借来看看，最后却想据为己有。我看了看关灵，她刚好也看向我这边，四目相接，她的脸一下子红了起来，赶紧低下头不敢看我。我不知道她脸红是因为害羞，还是因为对我说了谎。也许根本就没有家法处置一说，只不过是想把青铜鬼头骗到手。

胡想之际，关谷山忽然说道："这青铜鬼头的确是夜郎之物，不知二位可否让给我？价钱咱们可以商量。"

听关老道这么一说，我的心立即凉了半截，看来关灵脸红的原因就是这个吧。我看向关灵，她的表情有些尴尬，别过脸去不敢看我。

倒是一旁的马骝听见有人肯要这个鬼东西，立即跳起来嬉笑道："老道长，你真识货，这东西嘛，真的是世间独一无二的。这个圈子里，收藏什么的都有，唯独夜郎之物少之又少，这个东西可以说跟国玺有的一比了，就是不知您老能出价多少呢？"

马骝这家伙，做生意真有一手，刚才还黑着脸，像人家欠了他钱一样，现在倒好了，鬼上身般摩拳擦掌、龇牙咧嘴地笑着，露出一口黄牙，整个一焓熟狗头 [1]。

关谷山笑笑道："这东西也说不出个价钱来，不过，你们身中奇毒，就算有钱也没命花呀。我这里有一剂良方，能治好你们身上的伤，这价格我看也能抵得上这个东西吧。"

我心想，要是有药能治好身上的伤，那也算赚了，便答应道："可以，不过要是治不好的话，该怎么办？"

马骝接话道："那还用说，当然是退回这个鬼东西啦，就算我死了，也可以拿来陪葬嘛。"

---

[1] 广东方言，指笑得龇牙咧嘴，带有贬义。

关谷山说道："这个老道不敢保证，只不过我给你们指一条明路，所谓万般皆是命，半点儿不由人。"

我诧异道："明路？不是直接用药治疗？"

关谷山轻轻摇了摇头，说道："这个独眼鬼虫的毒，可以说世间无药可解。"

我说道："既然世间无药可解，那你给我们指的明路，说不定也是一条死路哇。"

马骝恢复之前的黑脸叫道："斗爷，跟他磨什么嘴皮子，要就要，不要就走人。"

我让马骝先沉住气，然后对关谷山说道："老道人，你别忘了，你的孙女儿也被独眼鬼虫所伤，要是你给我们指的明路不明，你的孙女儿也同样难逃一劫呀。"

关谷山的脸色变了变，摇摇头叹息道："都是造孽呀，这丫头不听我的话，到处闯祸，如今这样，也只能看她的造化了。"关灵叫了声"爷爷"，但立即被关谷山扬手制止，接着他继续说，"不过，夜郎迷幻城都被你们找到了，那证明你们的确有点儿功夫。也不瞒你们，老夫一直有去寻找迷幻城的心愿，这也是我想帮那个商人的原因，但无奈年事已高，这心愿也只能藏于心中了。我现在就给你们指条明路，据我了解，独眼鬼虫乃是夜郎巫官用来修炼邪术之物，一旦被咬，重者尸骨立即化成黑水，轻者百日之后也必死无疑。若想治愈，只有一法可试，那就是去蓬莱仙岛上寻得人间珍宝之首、世间至阴之物——血太岁。"

我和马骝同时惊叫起来："血太岁？"

对于"太岁"这个东西，我还是有点儿了解的。中国人一般都知道"谁敢在太岁头上动土"这句话，但却很少有人知道"太岁"是何物。

据史料记载，"太岁"是古人假定的一个天体，和岁星（木星）运动速度相同而方向相反。"太岁"到了哪个区域，在相应的方位下就有一块肉状的东西，这就是"太岁"的化身，在这个方位动土就会惊动"太岁"。这也是"谁敢在太岁头上动土"的由来。

唐代《酉阳杂俎》一书记载：山东即墨县有百姓王丰兄弟三人，王丰不信方位禁忌，曾于太岁方位上掘坑，见一肉块，大如斗，蠕蠕而动，遂加以填埋。但那肉块溢出填土之外，王丰非常害怕，弃之而走。过了一夜，肉块竟塞满庭院，而王丰兄弟、奴婢数日内全部暴卒，只有一个女儿存活。

《广异记》中也记载：晁某性情刚烈，关于鬼神的传说或是禁忌，他从来不相信，也不觉得害怕。他经常故意在冲犯太岁的方位上大掘其土，某天，竟在太岁方位上掘出了一块蠕蠕而动的白色肉团。他将这块蠕动的肉团，鞭打了数百下后，丢到马路边，之后派人偷偷在旁边观察周围的动静。就在半夜三更时分，街上不知从何处出现了大队车马，围绕在那块肉团的四周。车上有个人问太岁："你为什么甘愿受到这种屈辱，却不报仇呢？"太岁回答说："他气势正旺、血气方刚，我也拿他没办法呀！"

在民间，太岁向来被人们看作一种神秘莫测的力量，一种能在冥冥之中支配和影响人们命运的力量。它无影无踪，而又无处不在。但作为一种具体的生物，太岁是真实存在的。太岁是一种黏菌，是介于真菌和原生动物之间的一种真核生物，既有真菌的特点，也有原生动物的特点。有专家认为太岁是迄今为止发现的最古老的古生物活体标本，是人类和一切动物的祖先。

《山海经》中称"太岁"为"视肉""聚肉""肉芝"，描述它"食之无尽，寻复更生"。明代名医李时珍在《本草纲目》中把"太岁"称为"肉芝"，称其为"本经上品"，并分为五类，其中对"肉芝"是这样描述的："肉芝状如肉，附于大石，头尾俱有，乃生物也。赤者如珊瑚，白者如截肪，黑者如泽漆，黄者如紫金。久食，轻身不老，延年神仙。"

如今关老道说的"血太岁"，估计就是太岁中的一种，不过史书上似乎不曾有过记载。李时珍的《本草纲目》中也只是记载了赤、白、黑、黄四色，并没有血色一说，难道那老家伙是在忽悠我们？

这时，只听见马骝叫道："我还以为是什么东西，这有何难，市面上卖太岁的多了去了，虽说价格有点儿贵，但我猴爷也能买下个十斤八斤吃。况且这青铜鬼头那么值钱，到时卖个好价钱，拿太岁当饭吃也不成问题。"说着就伸手要拿回那青铜鬼头。

关谷山扬起手中的龙头拐杖，挡住马骝伸过来的手，说了句"且慢"，接着他说道："此太岁非彼太岁，现在市面上的太岁多数是普通品种，色为白、黄居多，对付普通毒素还管用，但要想对付独眼鬼虫的毒，非血太岁不可。血太岁乃太岁之祖，也是历朝历代的皇帝寻找的长生不老药，但此物可遇不可求。不过，隐藏了两千多年的夜郎迷幻城都能被你们找到，我相信你们肯定有过人之处，如今生命受到威胁，何不就此一搏？"

我说道："史书上从未有过血太岁的记载，这种东西是否真的存在还是个未知数。没头苍蝇般去找，岂不是自寻死路？"

关谷山眯着眼摇头道："非也非也，《异物志》上就有记载，在太岁之中，古人发现有一种太岁会流出血一样液体来，故将其记录为血太岁。虽然史书上没有记载血太岁藏在哪里，但是民间流传血太岁被藏在一座仙墓里，至于这座仙墓在哪里，至今无人知晓。"

我和马骝对视了一眼，然后我问道："有没有资料说这是一座什么仙墓？"

关谷山说道："传下来的资料有很多都失传了，所以一些历史事件都渐渐变成了一个个传说，这座仙墓也不例外，只知道传说也跟夜郎有关。据说，当时的夜郎国盛行巫术，巫官的地位非常尊贵，在后来的考古中也发现，夜郎的许多文化都和一些巫术有关。而在湖南和贵州的一些地方，至今还保留有夜郎巫术的痕迹。相传，在夜郎国被灭的时候，夜郎的巫官四处逃生，其中巫官金在空心村地下建造了迷幻城，以图东山再起，光复夜郎。这是其中的一个传说，而另外一个传说，说的就是那座仙墓。关于这座仙墓的资料，可以说少之又少，只知道它跟夜郎巫官有关。但对老一辈的盗墓寻宝人来说，几乎都听说过仙墓里藏有血太岁，取而食之，不仅能去百病，还可以延年益寿，长生不老。但是，至今也没有人找到这座仙墓，有的人说在贵州，有的人说在蓬莱仙岛，众说纷纭。"

关谷山说到这里，停了一下，然后又说："不过，二十多年前，在西州太平村，有一个叫沈工的人在蓬莱仙岛上发现过血太岁的踪迹，所以说，仙墓在蓬莱仙岛的可能性很大，你们可以去找他问问。"

我和马骝听关谷山说完后，都半信半疑，马骝更是嚷嚷道："这东西真能治好我们的伤？我告诉你，你可别胡乱编个故事来忽悠我们哪。你必须知道，你的孙女儿也被独眼鬼虫咬了，我们活她也活，我们死她也死。"

关谷山沉着脸，换了语气说道："我不会拿她的性命开玩笑的。这是唯一的方法，要不就只能等死。"

我看了一眼关灵，说道："那行，我们姑且相信你一回。不过，你的孙女儿要跟我们一起去找。"

关谷山看向关灵，关灵立即叫道："爷爷，我一定要跟他们去的。"

关谷山点点头道："自己闯出来的祸，那就自己去搞定吧。"

我在心里忍不住臭骂了这老家伙一顿，心想血太岁这个没鼻子没眼的东西，历史记载也不多，传说更是没有，只知道在蓬莱仙岛出现过，要如何找去？还有，既然说有人见过血太岁，那么这人怎么不取走？不过，事到如今，也不能不信，总不能拿自己的命开玩笑吧。总之，这青铜鬼头是拿不回来了。

临走时，我忽然想起一件事儿，便叫马骝和关灵在外边等我一下。等他们离开后，我立即对关谷山说道："关道长，想必您对夜郎国很是了解，不知道您对其图腾或符号有没有研究？"

关谷山眉头向上扬了扬说道："老道略知一二，不知此问何意？"

"我有个东西想让您老人家研究下。"我说着，便把上衣脱掉，"就是这个东西。"

关谷山一看那个东西，脸上立即现出无比惊讶的表情，他伸出手来，摸了摸我背上的那个图案，我能感觉到他的手有点儿抖。关谷山是何等人物，什么世面没见过，但却被我背上的诡异图案给吓得手都抖了。这还不止，连他的声音也有些颤抖："真不可思议，不可思议呀！你……你这是怎么得来的？"

我说道："从夜郎迷幻城回来之后，我就发现有这个东西了。偶尔还刺痛一下，不知道是什么鬼东西，怎么弄都弄不掉。"

关谷山说道："当然弄不掉，这东西并非夜郎国的图腾，而是夜郎巫官给后裔所种的血符，他们称之为'夜郎符'。"

我忽然想起那句"凡我后人者，必有光复心；如是异心者，必种夜郎符"，心里不免一惊——果然是被种下了夜郎符。

在著名武侠小说家金庸的《天龙八部》里面，有一种东西叫作"生死符"，那是逍遥派天山童姥所使用的暗器，中者求生不得、求死不能，受制于他人，故名"生死符"。难道这个夜郎符也是如此？

关谷山忽然变了脸色，盯住我问道："莫非……莫非你是夜郎的后裔？"未等我回答，他就自言自语起来："没错了……没错了……只有夜郎的后裔才能找到迷幻城……啊！原因就在于此，原因就在于此……"关谷山兴奋的心情溢于言表，像突然茅塞顿开，解开了一个千年谜题一样。

不过，关谷山说的似乎很有道理。关于我是不是夜郎的后裔，虽然我自己也搞不清楚，但找到夜郎迷幻城的原因，的确跟我做的那个梦有所关联，这冥冥之中似乎早已注定。这种情况，确实用科学也无法解释。

我对他说道："关道长，我也不清楚自己到底是不是夜郎的后裔，不过我们金氏家族的确跟夜郎有点儿关系。但这个无关紧要了，目前我想知道的是，怎样才能去掉这个夜郎符？这三天两头地刺痛一下也让人难受。"

关谷山摇摇头说道："这个老道也无法帮你去掉，但据我了解，这夜郎符并非致命的东西，可能还会对你有所帮助。"

我心想：我只有不到两个月的命了，这东西又能帮我什么呢？难不成还能助我寻得血太岁？

# 第二章　太平村

时间紧迫，我们当晚收拾了一些必要的东西，第二天天没亮就启程了。路上，关灵跟我解释说，她原本以为爷爷只是想拿青铜鬼头看看而已，没想到会这样做，如果早知道这样，肯定会对我说清楚的。其实她对我说不说也无关紧要，我根本没对这事儿上心，虽然这青铜鬼头确实是件宝物，而且还是夜郎之物，但放在我这里也只不过是一件废铜烂铁罢了，有欣赏它的人拿去，倒也不是件坏事。不过马骝就有些不爽了，本来他家跟关老道就有些瓜葛，现在青铜鬼头没了，换来的却是一场未知的寻宝之旅，感觉真是亏大了，但性命攸关，他也只能抱怨一下而已。

在去蓬莱仙岛之前，我们先去西州太平村，找一个叫沈工的人。关谷山给的资料有限，只是说这个沈工在蓬莱仙岛上见过血太岁，其他的并没有多说什么。不过，既然这个叫沈工的人见过，那他为什么没有取走？这个原因估计只有沈工本人才知道了。

从地图上获悉，太平村位于西州县石河大峡谷深山中，地势险要，崖高坡陡，离县城有一百多公里，离最近的沙墟集镇也有十多公里。我们到达县城后，已是中午时分，大家也没歇脚，随便吃了点儿东西就坐上了去沙墟集镇的班车。

经过两个多小时的颠簸，我们终于来到了沙墟集镇。十月的气温只有早、晚稍微凉快些，现在是下午时分，一下车就感觉到有点儿闷热。开始以为现在距离太平村不远了，但一打听才知道，由于山路崎岖，只有那种小三轮摩托车才能去太平村，汽车是去不了的。而且三轮车也只能开到峡谷前，要想到达太平村，还得走一公里多的山路。

就在我们四处张望的时候，刚好有一辆红色的三轮车经过，司机是个六十多岁的男子，穿着一件蓝色旧布衫外套，戴着一顶黄色旧草帽，皮肤很黑，一看就是经常顶着烈日干活儿的农民。我向他招了招手，司机立即把车停了下来。

我对他说道："你好，老师傅，能捎我们一程吗？"

老司机皱了皱眉，不断打量起我们来，然后问道："去哪里？"

我说道："太平村。"

老司机一听，脸上立即露出恐惧之色，连连摇头说不顺路。我开始以为是路费的问题，或者怕我们三个是坏人，便伸手从背包里拿出两百块，对他说道："这些钱够油费了吧？你放心，我们只是探险者，并没有其他意思。"

没想到老司机盯着钱看了看，却突然说道："再多钱也没命花呀……"

我和关灵互相看了一眼，都明白这老司机是话里有话。我刚想开口询问，一旁的马骊却耍起了性子，嚷嚷起来："哎哎哎，你这个老家伙，你这是什么意思？我们又不是狮子、老虎，这捎一程路还能把你吃了？"

老司机尴尬一笑，露出满口黄牙，忙解释道："这位大爷，不是这个意思……你们是外地人，不知道，你们去的这个太平村哪，现在不太平咯。不信你问问其他人，看有没有肯捎你们过去的。"

我连忙问道："老师傅，太平村怎么不太平了？能给我们说说吗？"我一边说，一边摸出烟来递上去，没想到老司机竟然摆摆手，没要我的烟，说了句"不好意思"，然后一踩油门儿绝尘而去。

没办法，我们只好在镇上闲逛起来，一边走一边打听有没有车去太平村，但一通下来，都没有人肯去。而且我们还发现，这里的人一听到"太平村"这三个字，都变了脸色，脸上的表情大多是恐惧和避之不及。这令我们感到非常好奇，想搞清楚情况，无奈人人都闭口不谈，只是劝我们别去为好。但我们要找的人就在太平村，身家性命都寄托在那人身上，岂有不去之理？任凭太平村是龙潭虎穴，也要去闯一闯。

就在我们求助无果的时候，一个身材魁梧的中年男子突然朝我们走了过来。此人三十多岁，浓眉大眼，鼻梁很高，剪了个寸头，脸上留了些许胡茬儿，嘴里还叼着一根烟，上身穿着一件黑色外套，下身是一条浅蓝色牛仔裤，脚上穿着一双黑色高帮登山鞋，走起路来有些军人的风范。

男子走到我们面前，笑着问道："三位老板，你们是要去太平村吗？"

我点点头道："是的。"

男子说道："那找到车子了吗？"

我摇了摇头道："还没找到呀，他们都不敢去那地方。莫非大哥您有办法？"

"嗯，我可以带你们去。"男子吐了个烟圈儿说道，"不过，"男子嘴角一歪，"要点儿费用。"

一听有人肯带我们去太平村，大家都一阵窃喜，马骝更是拍着胸脯说："钱不是问题。"我也接话道："对，只要你带我们去，费用好商量。"

男子点点头说道："好，你爽快，我也爽快。一千块，怎么样？"

关灵听对方要一千块，立即吐了吐舌头："哇，这路有多远哪，一千块我都可以坐飞机出国了。"

马骝刚才还潇洒地拍着胸脯充阔佬，现在却一脸惊讶地叫道："啊？什么？我没听错吧？一千块？你这简直是在抢钱哪！"

我也觉得有点儿贵，但现在面临这种情况，真的是肉在砧板上——任人宰割了。男子这时耸了耸肩说道："你们商量好吧，就是这个价钱，去不去由你们决定。"说完，把烟蒂扔在地上，用脚踩了踩，转身就想走。

我连忙叫住他："等等，这事儿可以成交。不过有个条件，我们先给一半，另一半到了再给，这样对彼此都比较保险。"

男子点头同意了我这个条件："行，这个没问题。"

我从钱包里拿了五百块给男子，他连看也不看，接过来随手就放进裤兜里，然后把我们带到一辆红色小三轮摩托车那里。这辆小三轮摩托车不大，我们把三个背包放下后，只能屈身勉强坐上去。

车子启动后，我便问那个男子："大哥，还不知怎么称呼你呢？"

男子回答道："大家都叫我水哥。"

我问他："水哥，太平村是不是发生了什么恐怖事件，所以大家才不敢去？"

水哥一边开车一边回答我："是发生了一些事儿，但那都是几十年前的事了，只是在我们这里一直流传着，所以也没人敢去那里。"

我连忙问道："那里究竟发生了什么事儿？"

水哥稍微放慢了车速，说道："这件事儿啊，那要从二十多年前说起了……

"那时候，太平村一直很太平，村民们都过着平淡、清净的生活，大家都太平无事。但有一天，村里有个老人突然得了个怪病，全身的毛孔都渗出血丝来，看上去就像个血人，不管怎么止血都没用，去多家医院看过，但都查不出病灶来，不久，老人便在痛苦中身亡。起初人们也以为这只不过是个怪病，只是觉得恐怖，并没有感到恐慌。然而老人死后不到一个星期，村里又有个老人发生同样的情况，依旧是全身上下的毛孔都渗出血丝，同样查不出病因，同样不久后身亡。

"这样一来，大家就开始恐慌了。这个怪病像会传染一样，不断有人被感染，老人和小孩儿就不用说了，就连抵抗力很强的青壮年，都逃不过厄运。太平村如同遭遇了瘟疫一样，一下子变成了'死神村'。恐怖的死亡事件几乎隔三岔五就上演，仅仅一个月下来，就有十几人死于这种怪病，村里的人再也承受不了这样的打击，纷纷逃离出村。这件事一传十、十传百，闹得沸沸扬扬，人人谈太平村色变，从此以后，太平村人迹罕至。"

听到这里，我们三人都惊出了一身冷汗。发生突然的、不明不白的、连续的死亡事件，这当中的危险可想而知。我连忙问道："发生这样的事儿，当地政府有派人来检查过吗？"

水哥说道："当时有几个专家来检查过水源，化验之后证明不是水源的问题，到最后也查不出原因。"

关灵问道："那有检查尸体吗？"

水哥点点头说道："听说检查过，但都查不出是什么原因。"

这时候，马骝突然叫道："停车，停车！"

我连忙问他怎么了，他站起身，摊开手说："这人都走光了，我们还找什么呀？"

马骝的话一下子提醒了我，没错，这太平村早已变成荒村了，还找什么人呢？这时候，水哥把车停了下来，扭过头来问："对了，你们要去太平村找什么？"

马骝回答道："找人，找一个叫沈工的人。"

我也接话问道："不知水哥知不知道这个人呢？"

水哥皱了一下眉，然后摇摇头说道："没听说过这个人……你们找他干吗？"

未等马骝开口，我连忙抢着说道："也没什么，受一个老朋友所托，来找找这个人。"

水哥"哦"了一声，接着问道："那既然这样，你们还去太平村吗？"

"不去了，去了也没用。浪费钱财是小事，浪费时间是大事呀。"马骝站起身跳下车后说道，接着他看向我，"斗爷，你说怎么办？"

我和关灵也跳下车，我拿出一根烟递给水哥，叫他先抽根烟，稍等一下。然后我们三人走到一边，商量一下接下来该怎么办。

关灵说道："马骝说的也不是没有道理，我们时间不多了。"

马骝一边点燃烟，一边对关灵说道："你家老头子是不是骗我们哪？给我们指了这样一条路，你们刚才没听见那个水哥说吗？这村子都已经荒了二十多年了，那个叫沈工的人都不知道死了没有呢。"

我对他们说道："这样吧，反正都走了一段路了，去看看也无妨，要是不去，我们也不知道能去哪里。虽然说时间就是生命，但说不定可以在村子里找到一些线索。"

马骝说道："这荒废的村子，能有什么线索？他是见过血太岁，但不可能会把血太岁带回村里吧？我们去了也是白去……"

关灵也接话道："没错，我们还是别把时间浪费在这里了，要不我们回到刚才的镇上找人打听一下吧？"

关灵和马骝一起看着我，我一时也无计可施，但我总感觉太平村发生的死亡事件并非那么简单，于是说道："你们想一下，关道长说的是二十多年前，沈工发现了血太岁的踪迹，而太平村发生的死亡事件也刚好是在二十多年前，这时间会不会有点儿巧合……"

我还没说完，马骝突然瞪大了眼睛叫道："你是说……这死亡事件会跟血太岁有关？"

我点点头道："还别说，有这种可能。"

接下来，我们就着这个问题又商量了一阵，最后都同意去太平村一探究竟。

我们回到车上，继续前往太平村。车子在山路上开了二十多分钟后，终于在一个大峡谷前停了下来。水哥把车子熄了火，指着前面对我们说道："沿着这峡谷的小路往前走大约一公里路，就到太平村了。"

我对他说道："水哥，要不你带我们去吧，反正回去的时候，我们也要用你的车子，费用方面，我们可以多加一点儿。"

水哥这次很爽快，也没有说多少费用，便一口答应带我们去。

峡谷的路弯弯曲曲，从周边的环境来看，这里已经多年没人走过了。走了将近半个小时，前面不远处终于出现了一些屋舍的身影，那些屋舍被树木和杂草掩盖，隐约透出一股神秘感。又走了几分钟，我们才算是真正进入了太平村。

只见这村里稀稀落落有几十户人家，家家户户都是白墙青瓦屋，墙头高出屋顶，呈阶梯状，砖墙抹灰，覆以青瓦。粉墙黛瓦，明朗而素雅，是南方建筑的一大特色。那建筑多为穿斗式木构架，并围以高墙，形成高于屋顶、呈阶梯形的马头墙，高低起伏、错落有致、黑白辉映。虽然四处杂草丛生，但一看就知道是有历史的地方。不过，偌大的一个村子，家家户户都闭门紧锁，毫无生气，不禁令人想起一个恐怖的地方——封门村。但相比之下，太平村比较有历史韵味，更没有封门村的凋零和恐怖。要不是二十多年前发生了那些死亡事件，这个地方绝对算得上是一个世外桃源。

我们沿着村子兜了一圈，也没有什么收获。所谓的恐怖死亡事件早已湮没在历史中，似乎无迹可寻，但从水哥的表情来看，事情并非如此。水哥的表情比较复杂，似乎对这里的景物很陌生，又似乎有一种重返故地的感觉。

对于水哥的表情，我虽然留意到了，但没细心去揣摩，因为这个时候，我被眼前的一座大屋所吸引了。这座大屋从表面上看，似乎与其他的青砖屋没什么不同，但从方位、格局去分析，它却有些另类。

从古至今，中国的建筑史上最常见的房屋格局就是坐北朝南。在地理的八卦上，南方是离，代表的是火，火代表着红色，也代表着文明。在中国古代，人们的活动范围一般都是中原，地处北回归线以北，阳光都是从南方射过来的，房屋的修建以坐北朝南的格局设置，就可以常年采光，保持屋内有足够的阳气，因此，我国古代的建筑注重坐北朝南是有科学依据的。当然，古代也以北为尊，古代的帝王都是据北而坐、面向南方的，因此在房屋修建上也有跟风的意味。村里的许多屋子都遵循了坐北朝南的格局，偏偏眼前这座大屋不同，它是坐西朝东的，也就是大门口是朝着东面的。为什么会这样呢？按道理来说，这个地方也够大，一般民居为三开间，但这大屋估计是五开间，足以证明屋主的豪华气派。那也就是说，完全可以建成坐北朝南的格局，但为什么偏偏选了坐西朝东，如此格格不入呢？

可能是发现我看得入神，马骝拍了一下我的肩膀，问道："喂，斗爷，是不是发现了什么情况？"

我指着前面的大屋说道："你们有没有觉得这个屋子有些奇怪？"

马骝看了一下道："还不是一间屋子，只是有些大而已，有什么奇怪的？"

关灵摇摇头说道："不是，确实有些奇怪，嗯……好像方位有问题。"

我点点头说道："没错，这个屋子的格局跟其他的屋子完全不同。你们看这村子里的其他屋子，都是坐北朝南的格局，但这屋子却坐西朝东，而且地势还稍微比别的要高，从风水学上来看，完全背离了南方建屋的风水布局。"

一旁的水哥惊讶道："想不到你看起来年纪轻轻的，还懂风水呀……"

我笑笑道："略懂皮毛而已，不知水哥对这个村子有多少了解？或者说，对这座大屋了解吗？"

水哥脸上闪过一丝古怪的表情，避开我的目光说道："也说不上什么了解不了解的，我是住在镇上的，来过这个村子几次，村子的那些事都是听老人家们说的。至于这座大屋，我真的一点儿都不清楚。"

我没再追问下去，但从水哥的表情和语气来判断，他应该对我们说了谎。不过既然人家有所保留，不说出来，那肯定是有他的原因，再问也没有意思。

我拿出一根烟点燃，然后围着这座大屋看了起来，关灵和马骝他们也跟在我身后，抬起头仔细观看。还别说，这座大屋真有些不对劲，只见在屋背后的那面瓦檐下，竟然挂了八面青铜八卦镜。每个八卦镜都有小脸盆那么大，虽然经过几十年的风吹雨打，八卦镜周边的青铜色都有些脱落了，但那种气势依然让人看了为之一惊。

挂八卦镜并不是什么怪事儿，有些人家的门头或阳台上都会挂一面，用来驱邪挡煞。尤其是在门头挂八卦镜的情况，在农村更为常见。在屋背后挂八卦镜的也不是没有，但一次挂八面，而且都是青铜古镜，真是闻所未闻、见所未见。现在那些用玻璃、塑料和琉璃等材料制作的八卦镜完全不能与古代的青铜八卦镜相比，只能作为一种宣传纪念品。

马骝叫道："斗爷，还真被你说对了，这屋子果然是不同寻常啊！挂这么多八卦镜，你说是用来干吗的？"

"从未见过这样的景象。"我摇摇头说道，看向关灵，"灵儿，这方面你了解吗？"

"我听我爷爷说过一个八卦镜的故事，说的是以前有个人因久病未愈而去算命，算命先生说他中了邪，叫他回去在门头挂上一面八卦镜，这样就可以驱邪挡煞，煞气走了，病痛便会自然痊愈。于是这个人就去买了面八卦镜挂在门头，但他不知道自己买错了，买了一种凹形八卦镜，结果不久便被煞气所罩，死于非命。"关灵稍微皱了一下眉头说道，说到这里，指了指屋檐下的青铜八卦镜，"你们看，这八面镜子都是呈凹形的，跟我刚才说的故事里的那个人买的一样。八卦镜分三种：第一种是平镜，其作用可吸煞、可挡煞；第二种是凹形镜，其作用为收煞、吸煞；最后一种是凸形镜，其作用一般为挡煞、化煞。"

关灵说到这里，我立即惊讶道："这么说，这些八卦镜是用来吸煞，而非挡煞的？"

关灵点点头说道："这种可能性很大。"

这样一来，眼前这座大屋更加神秘了。试想一下，正常人家有谁会用这种八卦镜来吸煞呢？

大家从屋后走到屋前，房屋的门头反而没有挂八卦镜，上面建有门楼，砖雕非常精美，虽然褪色了，但还可以看出是两只鹤和一棵松树。门头下面是两扇朱漆大门，犹如棺材板一样，隐约透出一股恐怖的气息。门上面挂了一把青铜锁，已生有锈迹，但锁孔的地方却非常光滑。我暗暗吃了一惊，从这种情况来看，想必这屋子经常有人光顾。

我转过身对马骝说道："马骝，看看有什么工具，把这锁打开。"

水哥立即叫道："喂！你们想干吗？"

马骝说道："这还用说吗？肯定是进屋里打探一番啦。"

水哥连忙制止道："别弄，别弄，这屋子那么邪气，恐怕会招祸上身。"

我对水哥笑笑道："水哥，我们是不信邪的，何况这里已经荒废了，而且我们也不会破坏这里的东西，只是进屋里研究一下而已。"

水哥的表情变得有些严肃，他环抱双手说道："别说我事先没提醒你们哪，到时出了什么事儿可别怪我。"

马骝说道："能有什么事儿发生？难不成会像二十多年前那样死人呀？"他一边说，一边从背包里拿出一套开锁工具来，然后对着青铜锁捣弄起来。

这家伙还随身携带这些工具，我真怀疑他是不是做过贼。不过马骟开锁的手法还真是高明，不说现代的门锁肯定难不倒他，像这样的古铜锁，他对其更有研究。没用多久，就听见他叫了声"行了"，然后伸出手用力一推，那两扇朱漆大门应声而开。

只见里面一片昏暗，阴森森的，我立即亮起手电筒。走过天井，里面是大厅，厅中间有个比较大的落地神龛，已经非常破旧，四周的角落里布满了蛛网，到处都铺上了一层厚厚的灰尘，但在地面上，却出现了一些凌乱的鞋印。这偌大的一间屋子，除了那个神龛外，手电筒所照射的地方找不到一件家具，感觉像被人清空了一样。

我们继续进入里间，依然空荡荡的，"参观"完几间房后，我们回到了大厅。我忽然想起了什么，便走向这屋子里唯一的一件实物——大厅中间的那个神龛。只见神龛上面只放着一个香炉，而香炉里装满了香灰。我伸手沾了一些香灰，对大家说道："看来这里经常有人来上香啊。"

关灵惊讶道："不是说没人敢来这个地方吗？怎么还有人进屋里上香？"

我说道："如果十多年没人来过，这香灰应该会有点儿硬，但现在这香灰很细软，甚至是有点儿新鲜，应该几个星期前才刚祭拜过。而且，你们注意到地上的脚印没有？周围的灰尘那么厚，如果脚印是旧的，早就被铺盖了。"

关灵问道："会不会是这屋子的后人？"

我点点头道："不排除这种可能。"

话音刚落，不知是什么东西藏在黑暗里，怪叫了一声，从声音来看，应该是猫的叫声。我立即举起手电筒，向发出声音的地方照过去，只见一只大黑猫趴在大厅中间的横梁上，正盯着我们，似乎在怒视着入侵者。这只黑猫很大，估计有十多斤重，通体的黑色，只有两只眼睛是红色的，在光亮下犹如两团火一样，与之对视，有种摄人心魄的感觉。

马骝叫道："我屌！好大一只黑猫！糟了，碰见黑猫，不招邪也会倒霉三天。斗爷，恐怕咱们八字再硬也会有一劫了。"

黑猫自古以来就给人神秘的感觉，由于它们行动快速，来去无影，再加上毛色是黑的，格外令人感到一股邪气，所以人们通常都认为黑猫会带来坏运。其实在中国传统文化里，黑猫代表着吉祥，在古时还是辟邪之物，能使妖魔鬼怪不敢靠近，还能为主人带来吉祥。所以，古时的富贵人家很多都有养黑猫，或者摆放黑猫饰品的习惯。比如用黄金做猫形装饰品，一定要用漆涂成黑色才行。

我对马骝说道："黑猫也不一定是邪物，千万别搅乱军心，自己吓自己。"

马骝说道："屌，我只是说说而已，你以为我真的怕它呀？"说完，只见他从腰间摘下他那把弹弓，然后对准那只黑猫，我想伸手制止已经来不及了，只听见"砰"的一声，紧接着是一声痛苦的猫叫声，很显然，那只黑猫被马骝打中了。只见一团黑影从几米高的横梁上一跃而下，在地上打了个滚，然后发了癫般冲进了右边的房间。

我连忙追了过去，在手电筒的光照下，只见那只黑猫三两下爬上了墙，接着钻进了墙上的一个小洞里。再看这个洞，洞口离地面有三米多高，大小刚好是一块青砖的厚度。按道理来说，青砖屋的结构非常牢固，可以说几百年屹立不倒，一般的动物难以在上面打洞。而从洞口的形状来看，人为的可能性很大。

难不成这洞里面藏有什么东西？

我忽然想起《藏龙诀》的《灵物篇》中的一句口诀："玄猫突现，

游视两界，八卦之内，不出五行。"古代对玄猫的描述是黑而有赤色者为玄。赤为红，故而玄猫为黑中带有红色的灵猫。这么说来，我们刚才看见的那只黑猫应该就是玄猫、灵猫。

想到这里，我压抑不住心里的兴奋，想对马骝他们说。突然，我的后脑勺被人用力敲打了一下，突如其来的袭击令我猝不及防，只感到后脑勺一阵火烧般的剧痛，接着眼前一黑，整个人倒在了地上……

# 第三章　猫灵木

也不知昏迷了多久，朦朦胧胧中醒来，只感到四周一片漆黑，脑袋非常沉重，后脑勺隐隐作痛。我想伸手摸一下，这才发现四肢竟然被人捆绑了起来。我暗叫不好，怕是落入贼人手里了。

稍微镇定下来后，隐约感觉旁边有两个人趴在地上，我立即叫了声关灵和马骝，但没人回应。在这黑咕隆咚的地方，我分辨不出哪个是关灵、哪个是马骝，只能像条狗一样，用鼻子嗅了嗅。左边有些女人的香气窜进鼻孔，我判断应该是关灵。我立即挪了过去，用脚轻轻撩了几下关灵，关灵迷迷糊糊醒了过来，等发现自己被绑了之后，立即紧张起来叫道："怎么……怎么回事儿？斗爷，你在哪儿？"

我应道："灵儿，别怕，我在你身边。你没事儿吧？"我把身子挪了过去，让关灵靠着我。

关灵哆嗦着身子说道："没事，就是后脑勺有些痛。这是怎么回事？"

我说道："我也想弄清楚。"

这时，只听见马骝呻吟了两声，想挣扎着爬起来，但无奈手脚被绑，挣扎了很久才坐直了身子。"是哪个家伙在背后下毒手……被我知道了，非剥了他的皮不可……死扑街，真系顶你个肺……"他一坐起来便嚷道，骂着骂着，连粤语方言都出来了。骂完后，他立即叫了起来，"斗爷，你们没事儿吧？"

我立即回应过去："我和关灵都没事，只是手脚被绑了。"

关灵痛苦地说道："这是怎么回事？我们是被人袭击了吗？"她一边说，一边紧紧地靠向我，生怕我会走开。这样的情况，别说一个女孩子，我这样胆大的人也感到有些惊慌。相比夜郎迷幻城的恐怖，这样突如其来的暗算更令人心慌。我想如果关灵的双手没被绑起来，她这时候肯定会紧紧地抱住我。

马骝在黑暗中晃动着身体，想必是想挣脱那些绳索，他一边挣扎一边叫道："我屌，这家伙绑绳索的技术真算高明了……他妈的出手也真是快、准、狠，我马骝算是反应快的了，却一点儿都没反应过来，就被他打晕了。"

我对他说道："马骝，你这家伙，这次真被你说中了，真有一劫了。"

马骝说道："我都说了吧，这黑猫就是招邪的东西，你偏偏不信邪。"

我"呸"了一声，说道："就是因为你这乌鸦嘴，我们才搞成这样，真是好的不灵、坏的灵。"

马骝嘻嘻一笑："怪我咯？"

关灵问道："在这个山旮旯儿里，是谁想害我们？"

我说道："还用说吗？现在谁不在这里？肯定是那个叫水哥的家伙，想谋财害命……"

我刚说完，外面突然传来一个男人的声音："哼！要是我想谋财害命，你们还能在这里说话？"听这声音不是别人，正是那个叫水哥的司机。

　　随着声音的响起，只见水哥亮起手电筒从外面走了进来。趁着光亮，我看见外面扔着我们三人的背包，想必这家伙刚才翻了我们的东西。

　　这时候，马骝像泼妇骂街般破口大骂起来："我顶你个肺！这不是谋财害命是什么呀？有本事把我马骝放了，咱们一对一单挑，背后下毒手，算什么英雄好汉？亏你人高马大的，专做这些下三烂的小把戏……"

　　水哥冷笑两声说道："像你们这些打着探险口号来寻宝的人，又很光明磊落吗？"

　　我有点儿疑惑，心想这个水哥怎么会说我们是来寻宝的？之前也跟他说过，我们是来寻找一个叫沈工的人，难道他翻我们背包的时候，看出了些端倪？

　　想到这里，我便问道："你知道我们是来找人的，怎么会说我们是寻宝的呢？"

　　水哥用手电筒照着我，说道："那好，既然你们不承认，那我来问你，你们千里迢迢来太平村，找沈工这个人干吗？"

　　我说道："之前不是跟你说过了吗？我们是受一个老朋友所托，来找找这个人而已。"

　　水哥嘴角歪了一下，似笑非笑说道："哦，受老朋友所托……你们真是不见棺材不落泪。"说着，忽然从身上掏出一把手枪，手枪上还装了消声器。在这个荒村里，就算不装消声器，开了枪也没人会听见。

　　我们三个都吃了一惊，在这个禁止收藏枪支的时代，竟可以掏出枪，真是少见。看着那支黑乎乎的手枪在我们三人面前晃动，再大胆的人都会害怕。我心想：不用等两个月后那独眼鬼虫的毒来索命了，今天就是我们三人的忌日了。

这时候，关灵忽然说道："大哥，我不明白你为何会认定我们是寻宝的。好吧，就算我们是寻宝的，那也没得罪你呀。你想要钱的话，我们包里还有，你尽管拿去，你这样杀了我们也没意思呀……"

水哥依然用那副冷笑的表情说道："你们私闯民宅，就这条已经是死罪了。况且，你们也不是第一个私闯民宅的人了，像你们这种贪婪的人，结果只有死路一条！"

我不禁大吃一惊，听他这话的意思，似乎不是第一次杀人了。怪不得那么多人不肯来太平村，他却偏偏愿意，原来是要杀我们，但是，如果不是谋财害命，那他杀我们的动机是什么？

"莫非……你是沈工老人家的后人？"就在他举起枪的时候，我忽然想到了什么，立即冲着他叫道，说着，我看向那放在角落里的神龛，接着说，"如果我没猜错，那边那个神龛，祭奠的应该就是他老人家吧？也就是说，这座大屋，应该就是他老人家生前的住处吧？"

我这样一说，水哥的表情终于变了，变得有些吃惊，他把枪移向我这边，看着我问道："我看你对风水那些东西好像很懂，你师从哪位高人？"

听到他这样问，即使被手枪对着，我心里还是稍微松了口气。因为我知道，关老道能说出沈工这个人，那么这个沈工一定不是个普通人，再联想到他见过血太岁，那就可以断定这个人一定跟关老道一样，也是个能人异士，只不过他没有关老道那么有名而已。

我笑笑道："我只是半路出家，略懂些皮毛，她才是真正的高手。"

我朝关灵那边努了努嘴儿。

水哥半信半疑地把枪口移向关灵那边，关灵立即一脸吃惊地看着我，表情似乎在说：你这是在害我吗？我向她使了个眼色，示意她别慌，然后对她说道："关大小姐，你就向水哥说说，你师从哪位高人吧。"

看见水哥的枪口直勾勾地对准自己，关灵只好憋着怒气说道："我师从我爷爷，他的名字叫关谷山。"

水哥一听到"关谷山"这个名字，双眼立即就瞪大了，一脸的惊讶，他看向关灵，语气有些兴奋和焦急，问道："你……你说的是真的？你没有骗我？"

关灵说道："哼，这还有假的吗？就是他老人家叫我们来找人的。"

水哥说道："那你们找他有什么事儿？"

关灵看了看我，似乎在征询我的意见。我知道在这种关头，再隐瞒也无济于事，于是便对水哥说道："我们来找沈师傅，是想了解一下血太岁。"

水哥并没有感到吃惊，他似乎早已料到我会这样说。他问道："那你们找血太岁干吗？"

我说道："不瞒大哥您，我们三个都身中剧毒，这毒世间无药可医，但听关谷山道长说，要想清除此毒，必须找到世间至阴之物血太岁，否则命不久矣。所以，他叫我们来找沈师傅，是因为二十多年前，沈师傅在蓬莱仙岛见过此物，估计他是这世间唯一见过血太岁的人吧。"

水哥听完我的话后，忽然苦笑了一下，又叹了口气，然后把枪收好，从身上拿出一把匕首，帮我们割断了手脚上的绳索。我摸了摸已经被勒出痕迹的手腕，摸出裤兜里的手机看了看时间，发现已经是晚上七点多钟了，看来今晚得在这个恐怖的太平村过夜了。

这时候，水哥看着关灵问道："难道你爷爷不知道我爷爷在二十多年前就走了吗？"

关灵惊愕道："沈工是你爷爷？"

水哥点点头道："没错。"

我立即追问道："那你听你爷爷提起过血太岁吗？"

水哥看向我，缓缓说道："其实，我也一直在找这个东西……"

原来水哥真名叫沈武水，是沈工的孙子。二十多年前，当时沈武水才十岁，有一天，爷爷沈工从外面回来，一脸的惊慌，身上还有血迹。听大人们的讨论，好像是发现了什么叫"血太岁"的宝贝，但又好像被什么东西所伤。当时的沈武水听得一知半解，他只知道爷爷沈工是个很厉害的人，懂法术，会风水，经常外出寻宝，在村里小有名气。这事过了不久，沈工突然得了个怪病，全身的毛孔渗出血丝来，后来这病就蔓延开来，造成了如瘟疫般的灾难。

然而有一天，家人突然发现沈工失踪了。一个带着伤病的老人家，大家想着可能不会走太远，于是发动家人去找，结果找遍了整个村子和周围的山林都没有找到。有人说，沈师傅是道家之人，可能成仙了；也有人说，沈师傅离开了村子，去找治病的药了。一下子，众说纷纭。沈工失踪不久后，沈家为了躲避死亡瘟疫，也跟村里的其他人一样，举家搬迁，从此销声匿迹。

一直到近几年，有关太岁的新闻时不时地出现，加上太岁的市价比黄金还贵，而且可遇不可求，这使得退伍回来的沈武水回想起当时的情景：爷爷是发现了那个血太岁，才会突然得病的，那会不会是因为这个东西，死亡瘟疫才发生的？

由于沈武水当时还小，对那些东西并没有太大的兴趣，可现在不同了，他决定要弄清楚其中的真相。终于，他在爷爷的遗物里找到了一本笔记本，里面记载了爷爷生前寻宝的经历，还提到了一个叫"关谷山"的救命恩人。原来在一次寻宝过程中，沈工遇到了危险，刚好被同来寻宝的关谷山搭救，两人因此结缘，成了朋友。一直看到笔记的后面，才出现了"血太岁"三个字，但并没有过多的记载，只是说，要想找到血太岁，必须要用到猫灵木。但猫灵木是何物，笔记上完全没有记载。沈武水猜测这东西应该藏在太平村的老家里，于是一有时间就来太平村，寻找所谓的猫灵木，但至今都没有找到。

我们三个听完后都吃了一惊，原来那场恐怖的死亡事件的源头竟然是沈工。但他为什么会得这样的病？会不会跟血太岁有关？沈工又为什么会突然失踪？

我想，沈工应该找到了血太岁，可能因为某种原因而没有得手，就像我们几个发现了夜郎迷幻城的宝藏一样，不仅没得到，还险些丢了性命。会不会就是因为这样，在寻找血太岁的过程中不小心中了剧毒，导致出现了这样的状况？

这时，只听见马骝叫道："我屌，原来都是一路人，真是不打不相识呀。啊，不，被打才相识。大哥，下次下手轻点儿好吗？我马骝这脑袋还没什么紧要，要是把我们斗爷的脑袋敲坏了，那就不得了了，能否找到血太岁，还得指望他呢。"

水哥连忙弯腰低头赔不是："不好意思，我不知道你们是关师傅派来的。我以为你们跟之前来的那些人一样，都是为了猫灵木呢。不过你们放心，我当过兵，练过的，下手会有分寸的，希望没把你们打伤。"

我说道："这事儿晚点儿再跟你算账，现在咱们的目的是要找到那个猫灵木。"

水哥问我："你知道什么是猫灵木吗？"

我摇摇头道："我也没听说过，会不会是地图？"说着，我看向关灵，关灵想了想后说道："会不会是一件什么法器？我没有听爷爷说过这个东西，但沈工老道长是个高人，所以我觉得这个猫灵木有可能会是一件法器。"

就在大家茫然的时候，马骝突然笑道："关大小姐说的也不错，但是关于这个猫灵木，你们怎么不问问我猴爷呢？"

我们一起看着他，我问马骝："你别不懂装懂啊，你会知道这东西？"

马骝清了清嗓子说道："斗爷，你忘记我是做什么的啦？我马骝也是在古董那行中摸爬滚打过来的，俗话说'没有三两三，岂敢上梁山'，我在这行……"

我连忙打断他道："你什么时候成唐僧了？这么啰唆，赶紧说重点。"

马骝笑道："哎，这说话总得有个开场白嘛……这叫艺术，说话得有艺术……"

我被马骝急得有些气不打一处来，扬起巴掌对他道："你再艺术我就让你变成艺术品！"

马骝见状，立即收敛起笑容，很认真地说道："刚才说的猫灵木，并不是地图，而是一件道家法器，听说是用朱砂和雷劈木制作而成，能辟邪杀鬼，但就不知道为什么找血太岁要用到这东西，难道血太岁有鬼神守护？"

我说道："何来鬼神之说？不过听你这样说，我大概明白了，因为我听说这朱砂是世间至阳之物，而血太岁是世间至阴之物，我想是

035

以阳克阴吧。"

关灵点点头道："这果然是一件法器。朱砂加上雷劈木，在道家，属于很厉害的法器了。"

水哥问道："雷劈木是什么？是字面意思，被雷劈过的树木吗？"

关灵回答道："嗯，可以这样解释，但道家所选择的雷劈木只有两种，那就是桃木和枣木，而枣木又被认为是最好的雷劈木。"

雷击枣木，又称为"雷劈木""辟邪木"，是道家法器中的一种，地位至高无上，故被道家称为"神木"。雷击枣木的形成是通过雷击，使雷电能量集聚在枣木中，所以说此木具备神灵之气运，不仅能辟邪，抵挡晦气近身，还可以带来幸运。但这种说法有点神化，不可尽信。不过民间还有一种说法，说雷劈木对小孩儿受到惊吓有奇效。如有小孩儿受到惊吓，用一小块雷劈木煮水给小孩儿喝下，即刻惊吓症状皆无。此说法是真是假，科学也无法解释清楚。

说起猫灵木，我立即想起刚才被马骝打中逃跑的那只黑猫，于是从水哥手上抢过手电筒，往墙上的那个洞口照去。洞口黑乎乎的，那只黑猫也不知去了哪里。如果《藏龙诀》里说的没错，这个地方肯定藏有东西。沈工是个高人，应该会根据风水八卦这些东西来藏宝，而《藏龙诀》集合了风水藏宝之精华，理应不会有错。

看见我照着洞口，马骝和关灵立即意会了，马骝小声问道："斗爷，难不成猫灵木就藏在那里？"

我说道："不清楚，只是感觉这个洞口有些奇怪。水哥，这洞口是一直都有的吗？"

水哥说道："我也不清楚什么时候出现了这样一个洞口，之前我在清理东西的时候，压根儿就没发现这墙上有个洞。如果是最近才出现的话，那这墙下怎么会没有砖头碎屑？但如果是以前就有的，这么大的一个洞口，我不可能没有发现哪。为了找到这个猫灵木，我几乎连墙面都检查过，看看是否藏有暗格或机关……"

马骝立即插话道："这么说，就只差挖地三尺了呀？"

我和关灵都听出马骝的话是在冷嘲热讽，但水哥只是苦笑一下，说道："可不就是嘛，就差挖地三尺了，但不知道在哪里，总不可能乱挖一通吧。"

我问水哥："那只红眼睛的黑猫你见过没？"

水哥摇摇头道："这荒凉之地，野猫子多了是了，以前也见得多，但红色眼睛的我还是头一回见。不过我一般都是白天过来的，白天很少会碰见这些东西。"

我走到洞口下面，叫了声马骝："喂，马骝，过来蹲下。"

马骝假装没听明白的样子，问道："蹲下干吗？"

我说道："这还用说吗？我想上去看看那洞口。"

马骝立即表现出一副愁眉苦脸的样子叫道："斗爷，不是我不愿意，只是我的脑袋还阵阵刺痛呢……哎哟，疼啊……"说着，伸手去揉后脑勺。

我知道马骝的意思，忍不住看看水哥。水哥尴尬一笑，也没计较什么，说了句"让我来吧"，便在洞口下蹲了下来。

我也没多说什么，双脚踩住水哥的肩膀，水哥抓着我的小腿，慢慢把我举起。我也不算是矮个子，水哥也是一等一的好身材，但即使是这样的高度，我也只刚刚好到达洞口。要是换成马骝，估计我还够不着。

我拿着手电筒往洞里面照进去，只见洞里很深，手电筒的光照进去也没有尽头，这个洞修葺整齐，不像脱落了一块砖或者是动物打的洞，看起来应该是人为的。我忽然想到，这墙的背后不是大厅吗？怎么会有如此深的洞？这不合情理呀！

马骝仰起头来问道："喂，斗爷，有没有发现什么？"

我应道："这个洞很深，不像动物的洞穴，应该是人工建造的。"

马骝兴奋地叫道："我屌，搞风水的人就是不一样，在自家墙上搞个这么诡异的洞，这下有戏了，说不定猫灵木就藏在里面呢。"

我叫水哥放我下来，然后走到外面仔细查看。没错，那个有洞口的墙的另一面就是大厅，而房子与大厅之间的这面墙也只比平常红砖屋的那种十八墙厚一些而已，也就是二十多厘米厚，完全不可能出现这种墙洞的。如果位置是在墙角，那还可以说得过去。

关灵也看出了问题，对我说道："斗爷，这房屋构建是不是有问题？如果洞很深，应该穿出了这里呀……"

马骝说道："会不会房间比大厅长，洞口穿出了外面的地方？"

水哥立即说道："这估计不可能，这厅墙的后面是空的，是一条巷子。刚才你们绕着屋子看的时候，应该也走过，就是挂着八卦铜镜的那个地方。"

我点点头说道："没错，这墙就是后墙。如果是这样的话，那估计只有一种可能性。"说着，我走到厅墙那里，伸手敲了敲，接着继续说，"你们说，这墙有多厚？"

马骝看着水哥说道："喂，这墙是你家的，你应该清楚吧？"

水哥有些为难的样子，挠了挠脑袋说道："这……这还真不清楚。"

看见水哥这样，马骝立即发出一声嘲笑，刚想说些什么，旁边的关灵看不过眼，立即拦住他说道："马骝，你别光顾着嘲笑人家。你那么厉害，那你能猜出这墙有多厚吗？"

马骝一下子被关灵的话呛住了，但他一向逞强，说道："我屌，这有何难？这墙作为主墙，厚度一定比别的墙厚，但听斗爷这样问，这墙说不定会是空心墙呢。"

我说道："马骝说的没错。从建筑学来分析，这主墙理应不会是空心的，但从那个洞来看，也只有空心墙这一说解释得通。"

马骝得意道："通不通，挖开它就知道了。"

关灵看着我问道："真的要挖？"

我点点头，看向水哥，毕竟这屋子是他的，同不同意这样做还得由他做主。水哥这时皱起了眉头，半信半疑地说道："这……听起来是有些道理，但真的要挖吗？万一挖错了，这屋子说不定会塌下来，到时……"

马骝立即对他说道："水哥，你不相信我马骝，也要相信我们斗爷，没有把握的话他是不会乱说的。"

我看见水哥还是有些犹豫不决，马骝和关灵还在说服他，于是便没理他，转过身仔细查看这面墙。我用手敲打了几下，声音好像有些空洞，由于墙砖很厚，一时也分辨不清楚，但凭感觉，我觉得我的猜想是对的。在这样一间古怪的大屋里，如果发现了一面空心墙，那真是令人兴奋，说不定那个所谓的猫灵木就藏在这里面。

这时候，水哥忽然对我说道："好吧，斗爷，你说怎么挖？"

我说道："等等，水哥，现在我得确认一下，如果你爷爷发现过血太岁，而他在笔记上提到必须要用到猫灵木的话，这么说，你爷爷是用过猫灵木的。既然这样，我们假设猫灵木就在这里面，那你爷爷是如何拿到它，去寻找血太岁的？"

水哥很聪明，一听我的话，立即明白过来："你是说，我爷爷能很容易地拿到这东西，而不需要挖开墙？"

"没错，只是这个地方我们还没找到而已。"我点点头说道。说着，我的目光一下子落在那个神龛上，于是我问水哥，"这个神龛是一直放在这里没动过吗？"

水哥回答道："是，其他家具我都清理了，唯独这个神龛我不敢碰。我爷爷曾经说过，这个东西不仅是用来祭拜的，也是镇宅的，如果动了，会后患无穷。我们这边一直有这个传统，这东西一旦放好之后，是不能动的；要想动的话，必须要请法师做法后，才能动。"

我笑笑道："你相信吗？"

水哥苦笑道："有些事情不能不信哪……"

我说道："这屋子都没人住了，既然这样，何来镇宅之说？你作为国家的子弟兵，受过高等教育，竟然也会相信这些迷信之说？"

水哥被我说得有些不好意思，只好说道："那……那现在是要怎么办？"

我说道："我想搬开这个东西看看。"

水哥的脸上立即表现出了为难的样子："这……"

一旁的马骝似乎明白了什么，叫道："斗爷，这神龛后面不会是有机关吧？"

可能是听到"机关"两个字，水哥的眼睛突然亮了一下，对我说道："斗爷，你确定这里面会有机关？"

我说道："我也不是很确定，但高人都是不按常理出牌的，越是不能动的东西，越是有猫儿腻。所以，有没有机关，那就要你过来把它移开看看了。"

"好，让我来吧。"水哥深呼吸了一下，然后点点头道。说着，他走到神龛前，躬身拜了三拜，然后说道，"祖宗在上，有怪莫怪。我等此为，并非有意破坏。如有冒犯，请多原谅。此后，香烛衣纸，三牲祭礼，永不会断。"

我听水哥的这段话说得条理清晰，心想这家伙真是深藏不露，也不知道他的身份是不是真的。不过现在怀疑他也没用，我们也只不过是互相利用而已。

水哥说完了那些话，然后走到神龛边，双手抓着神龛的两边，突然用力一移，神龛立即被他的神力移开了。只见在手电筒的光照下，一个黑乎乎的洞口顿时出现在众人面前。这个洞口四四方方，比神龛要小一些，一个人弯着腰完全可以走进去，简直可以用一个小门口来形容。

就在大家为之感到惊喜的时候，外面突然传来一阵凌乱的脚步声，我们几个都大吃一惊，心想在这个已经荒废的村里，难道还有其他人存在？

# 第四章　地下石室

我屏住呼吸，仔细听清楚，从脚步声判断，应该有三个人向这边走来。说时迟那时快，脚步声就已经来到屋外了。除了眼前这个洞，这间大屋根本无处躲藏。我立即做了个手势，拿起手电筒，背起背包率先走进了那个洞里，接着是关灵和马骝，水哥最后进来，他把神龛移回原先的位置，挡住洞口。

这时，外面那三个人已经走了进来。很明显，他们也对这间大屋产生了好奇心，不断地走来走去，好像在寻找什么。

我照了一下身处的位置，这墙果然是空心墙，空的地方足足有两米多宽，看起来就像一条小巷子。在右边的墙上有个小洞，应该跟黑猫钻进去的那个洞是连通的。而在左边尽头的位置，竟然出现了一条往下的阶梯。大家一看，便心中有数了，这里面一定大有文章。

这时，外面的人突然说话了。虽然看不见他们的样子，但能听到他们谈话的声音，其中一个比较粗犷的声音叫道："师父，看来我们还是白走一趟了。"

那个被叫师父的人回答道："没有这个东西，我们会危险重重。"听他说话的声音，应该是上了年纪。

粗犷的声音再次响起："怕啥子哟，我们啥子危险没遇到过？况且我们有地图在手，老子就不相信找不到。"

那个师父说道："只有地图是不够的，就算你找到了血太岁，没有这东西也难办。"

血太岁？

我吃了一惊，他们怎么也在找血太岁？那就不用说了，他们来这里肯定是要寻找猫灵木，而且听他们说有地图，我一下子兴奋起来了，我们刚好缺这个呀。就是不知道他们要血太岁干吗，不可能也是用来救命吧？于是我把耳朵贴在墙上，再仔细听他们的对话。

这个时候，那个粗犷的声音又说道："师父，那个东西真的很重要吗？"

那个师父说道："血太岁是世间至阴之物，肯定有邪物守护，想取它就必须要以阳克阴，还要辟邪，而猫灵木就是阳刚之物，它是用朱砂和雷劈木制成的。朱砂是世间至阳之物，雷劈木是道家法术中至高无上的神木，两者合一，经过特殊炼制，就可以制成猫灵木。"

那个粗犷的声音又说道："啥子哟？以阳克阴？按我说嘛，世间至阳之物当属我们这些老爷们儿，哈哈哈……"说完，自顾自大笑起来，笑声在这个空旷的大屋里显得有些诡异。

忽然，我的手臂被人扯了扯，我回头一看，发现是马骝在扯我，只见他神色紧张，用手指着地下，示意我去看。我顺着他手指的方向看去，只见地上有一小摊血迹，很红，看起来很新鲜。

大家不禁感到疑惑，这封闭的空心墙里，怎么会出现血迹？

我用手电筒照了照，发现阶梯口那边又有一摊血迹，似乎有东西受了伤往阶梯下面去了。我忽然想到那只黑猫，会不会是被马骝打伤了？

这个时候，外面突然停止了谈话声，过了一阵，脚步声响了起来，好像那三个人离开了。见状，我立即挥了挥手，示意大家到阶梯下面去看看是什么情况。

这条阶梯用青石板铺就而成，上面有些血迹，估计那只受伤的黑猫就躲在这下面。阶梯不是很长，走了十多阶便见底了。出现在大家眼前的是一个四四方方、面积大约有二十平方米的地下石室，在石室中间，有一张长桌，桌上放着道家的法宝，有拂尘、葫芦、铜钱、桃木七星剑、八卦镜、铃铛和各种灵符等。但除了这些，并没有发现那个用雷劈木和朱砂制成的猫灵木。

我们拿着手电筒向四处照去，突然有个东西出现在光亮中，仔细一看，天哪！原来是一副骸骨，只见骸骨非常完整，双腿盘在一起，呈打坐姿势，上面的衣服还没完全腐烂，依稀还可以辨认出死者生前穿的是一件道袍。

我立即想起一个人，连忙对水哥说道："水哥，这个人，会不会就是你爷爷？"

水哥大概也看出来了，惊恐的表情一下子变得非常悲伤，他走到骸骨旁边蹲下，颤巍巍地叫了一声"爷爷"，便一屁股坐在地上，泪如雨下，再也说不出半句话来。

一个本来失踪二十多年的人，突然在自家屋底下被发现，这种滋味恐怕只有水哥才知道，也难怪一个堂堂七尺男儿，会放下面子坐在地上放声大哭。

我过去扶着他，此情此景，也不知道该用什么话来安慰这个男人。

关灵从背包里拿出一包纸巾递给我，示意我给水哥。我接过纸巾，抽出一片给水哥，说道："老套的话还是要说一句，人死不能复生，沈师傅既然选择这种方式来走完最后一程，估计是不想连累家人。你要振作起来，跟我们一起找到血太岁，这样帮你爷爷完成心愿之余，也许还能解开那场瘟疫之谜。"

水哥抬起头来看了看我，又看了看爷爷的骸骨，接过纸巾擦干眼泪说道："你说的没错。我要帮我爷爷完成心愿，我要解开那场瘟疫之谜，不能让我爷爷死得如此不明不白。"

我拍拍他的肩膀说道："这就对了，我想沈师傅也希望你这样做。而且，沈师傅选择在这个石室里仙化，那就可以看出这个地方的重要性，想必猫灵木一定藏在这里。"

于是，我们继续打着手电筒寻找猫灵木。突然，再次有东西进入手电筒的光亮中，这次发现的是一只黑色的东西，仔细一看，原来是之前的那只黑猫。只见它奄奄一息的样子，肚子下面流了一摊血水，应该是被马骝打中了要害。

马骝得意道："中了我猴爷特制的子弹，还想有命？"

关灵忽然变了脸色，瞪着马骝，忍不住说道："人家那只猫又没惹咱们，你干吗那么狠，专打要害的地方？"

"马骝你也真是的，你吓走它不就好了，这平白无故杀了生，连我也觉得于心不忍。"然后我把他拉到一边，小声说，"女孩子都比较喜欢猫，你就别跟她计较了。好男不跟女斗，去说两句好话，让她顺顺气。"

马骝一脸的无辜和不情愿，我赶紧又说道："你还想叫她一声嫂子的话，就赶紧给哥去赔个不是。"

马骝立即明白过来，他也怕关灵突然发飙，到时真不知该如何解决了，连忙走过来对关灵说道："关大小姐，我的错，我的错。你大人有大量，请原谅小弟我的愚蠢行为，下次我会多多注意的。"

难得看见马骝这副低声下气的样子，我忍不住"扑哧"一下笑出声来。关灵立即扭过头来盯着我，我赶紧收了声，别过脸去。只听见关灵说道："你跟我说这些话有什么用？你去跟那只猫说呀。"

这下马骝可不干了，刚才给了我面子，在关灵面前低声下气，已经算是他的底线了。现在要他堂堂一个大老爷们儿去向一只猫道歉，那真的激怒他了。只见他板起脸叫道："什么？要我去跟那只猫说？呵，不就是一只猫嘛，要我猴爷亲自向一个畜生道歉？真是开玩笑……"

关灵冷笑道："你打伤人家，还在这里叽叽喳喳讲一堆大道理。人家是畜生，你马骝不也是畜生吗？"

马骝上前一步，一脸怒气道："你说谁是畜生？"

看见马骝和关灵为了一只猫吵了起来，我和水哥立即将他们拉开，我对关灵劝道："别为了一只猫伤了和气，马骝这人你也知道，就是古惑仔的性格，哪有那些对小动物的仁慈之心哪，你就别跟他计较了。"

关灵还在生气，"哼"了一声道："可不是嘛，什么事儿都由着自己的性子来，你说这只猫有多无辜……"

"好了，好了，别这样了，好女不跟贱男斗。"我安慰好关灵这边，又走到马骝身边说道，"你真是一点儿情面都不给我呀！"

马骝叫道："这还不给你情面哪？要是别人，我就两巴掌过去了。"

水哥笑笑道："马骝兄弟，这世界上什么都可以惹，千万别惹女人哪。你就消消气，我们都是做大事的人，别去计较这些，赔礼道歉算不了什么，由她去了。"

我拍了拍马骝的肩膀说道："没错，水哥说得有道理。我们大老爷们儿都是做大事的人，把火气压一压，跟一个小女人较劲儿有什么用。咱们赶紧把时间花在做正经事上，找到猫灵木就离开这里。"

虽然这里应该不会像夜郎迷幻城那样会出现狗咬狗的幻觉，但我也害怕待久了会出事，毕竟已经产生火药味了。而且这里的空气比较闷，人会感觉比较压抑，再吵起来，场面就更加难控制了。

接下来，我们四人都没再说话，各自在墙上搜寻着，看看是否暗藏了什么机关。密室一下子就静了下来，让人感觉似乎更加压抑了。搜了一遍后，大家都没有发现什么机关。

我心想，难道那个猫灵木没有藏在这里？如果不在这里，那这个密室是用来干吗的？

这时候，只听见马骝叫道："看来功亏一篑了……我说水哥呀，你知道这地下室是用来干吗的吗？不会就用来放那些道家法器吧？"

未等水哥回答，我说道："哎，马骝，你这个问题真是白问了。水哥要是知道这里有个地下室，还能等到咱们一起进来吗？"

水哥耸耸肩笑道："没错，这个我真不清楚。"

我忽然想到什么，连忙对水哥说道："水哥，你爷爷生前有没有提起过有关猫灵木的话？或者有没有在笔记里提到这东西？再或者有没有什么关于这个东西的图？你认真想想，说不定能找到线索。"

水哥想了一下，突然眼睛一亮说道："啊！对了，他的笔记里有提到几句话，好像是一首古诗，不过好像是写猫的，我也不懂是什么意思，不知道跟这个猫灵木是否有关。"

我一听是首诗，立即条件反射般整个人都兴奋了起来，连忙问道："快说，那是什么诗？"

水哥立即从裤兜里掏出一部手机，滑动了几下，然后伸到我面前说道："我估计这几句话有什么特别的含义，你看日期，正是我爷爷得了那个怪病后写下的话，我觉得也许能帮我解开他死亡的真相，所以就拍了下来。"

我赶紧拿过手机，马骝和关灵也立即把头伸过来看，只见水哥拍下来的那一页上面写着这样一首古诗："似虎能缘木，如驹不伏辕。但知空鼠穴，无意为鱼餐。薄荷时时醉，氍毹夜夜温。前生旧童子，伴我老山村。"

我知道这首古诗为宋代诗人陆游所作的《得猫于近村以雪儿名之戏为作诗》，诗意不算很深，但放在这里，就有些令人费解了。这跟猫灵木有什么关系？抑或只是沈工老道长喜欢诗词，随便拿笔记录下来的？

我在石室里面踱着步，在心里默念起来，仔细斟酌着这几句话，想找出其中的含义。我心想，《藏龙诀》如此复杂，我也能懂得其中一二，这区区一首古诗，怎么可能难倒我？

我反复念着这首古诗，脑海里不断回想之前看过的书籍，看其中有没有可以用得上的。古人留下的口诀和诗词，或者一些佛家、道家留下的咒语，虽然寥寥数语，但都蕴藏了很深的含义，就像这首古诗一样，其诗意就可以写成一篇几千字的现代文章。然而我想了半天，最终还是没弄明白这首古诗跟猫灵木到底有什么关系。

就在这个时候，关灵突然"咦"了一声，指着东边的角落叫道："你们看，那只受伤的黑猫怎么不见了？"

果然，那只黑猫刚才还奄奄一息的，关灵和马骝还为此争吵了起来，现在却不知所踪。我们四处看了一下，并没有发现它的踪影。虽然阶梯离这里有一段距离，但如果黑猫趁我们没注意时逃走的话，那完全是有可能的。

水哥说道："可能伤得并不重，逃出去了吧。"

这时候，我脑海里突然灵光一闪，莫非沈工借用陆游这首诗，把黑猫和猫灵木联系在一起？于是我举着手电筒，走到刚才黑猫蹲的地方，那里只留下一摊血迹，并无其他东西。

忽然，我发现沾有血迹的那块砖好像有些不同，那块砖的缝隙似乎比其他的要宽一些。我蹲下身，伸手敲了敲那块地砖，竟然传出一些空洞的声音。我一阵惊喜，立即拿出匕首，小心翼翼地沿着砖缝儿撬开，这地砖不厚，是那种普通的阶砖，很快整块砖就被我撬了起来。只见在地砖下面，有一个朱漆木盒，我伸手把木盒拿上来，木盒上挂有一把小铜锁，已经有点儿铜锈了。

马骝惊喜道："斗爷，你怎么知道这里藏有东西？"

我说道："我也不知道怎么说，只是根据沈工老道长那首古诗猜的。那古诗上的猫，有可能就是指刚才的那只黑猫，但是这只黑猫为什么会出现在这里，我也不清楚，有可能是老道长养的灵物吧。"

水哥说道："我在外面从未见过这黑猫，不会是我爷爷养在这里面的吧？"

我说道："不管它黑猫、白猫了，看看里面是不是藏有猫灵木。"我一边说，一边用力扯了几下那铜锁，但并没能把锁扯开。

马骝见状，立即制止道："别扯，别扯。斗爷，你这样扯怎么可能扯得开，这铜锁不是一般的锁，比现在的锁还耐用，还是让我来吧。"

于是我把木盒交给马骝，说道："那赶紧想办法弄开它，里面有可能就藏着猫灵木。"

马骝接过木盒，从背包里拿出那套开锁工具，鼓捣了一阵，就听见他叫道："行了！"然后，他慢慢打开盒子，只见里面放着一个东西，长条形，用黄布包裹着。

我取出那东西，打开黄布，没想到里面竟然还包裹着一层红布。我心想，既然用两层布包着，那么这东西肯定非同寻常。于是我迫不及待地把红布揭开，只见里面露出一块木头，朱红色，十寸左右长，木头的一端雕饰着一个猫头，猫头上镶着两颗蓝宝石，乍一看，就像猫的两只眼睛。而另一端留有一个手柄，手柄上雕饰了火焰纹，整个儿看起来就像是某种法器一样。

马骝一看这个东西，立即叫道："猫灵木！没错了，这个就是猫灵木！"

水哥诧异道："这样一块木头，随便雕个猫头，镶两颗蓝宝石，就是那个传说的猫灵木？"

我说道："别小看这个东西，既然藏得这么实，肯定是个宝贝。而且都说寻得血太岁，必须先寻得猫灵木，那它肯定大有用处。"

大家接过这个东西，仔细研究了一下，但谁也说不出具体到底有什么用。

水哥说道："这怎么看都是一块木头而已，我真的想不出它能用在什么地方。"

我说道："你们看过《杨家将》这本书吗？在《大破天门阵》那篇，有写到一种叫'降龙木'的东西，据说天门阵不仅有毒，而且能迷惑人的心智，降龙木的作用就是安定心神。虽然这是小说，但是现在也有人找到了这种降龙木，证明了这木头确实有这种功效。所以，这猫灵木肯定有它的作用。"

关灵点点头，说道："没错，这虽然只是块木头，但它是由雷劈枣木做成的，具有辟邪的作用，这并不是迷信，不过它只有在某些特定的场景下，才可以发挥作用。"

马骝说道："我只是听过这东西，但还没见过。不过它确实是个宝贝，就算没有作用，起码也值钱哪。"

我说道："现在别研究了，先出去吧，到时肯定能用上的。"

于是，我们离开了地下石室，出来之后，整个人立即感觉轻松了许多，在下面憋了那么久，大家都忍不住做了好几个深呼吸。看看时间，已经是晚上九点多了，原来我们在石室里竟然待了一个多小时。

马骝伸了个懒腰说道："我屌，真是幸运哪，要是再多逗留会儿，里面的氧气都要被我们吸光了。"

水哥说道："还真是多谢斗爷，发现这空心墙，帮我找到了爷爷，还找到了这个猫灵木。之前那样对你们，真的太对不起了。"

我笑笑道："过去了就别提了，我们碰到你也算有缘。找到这个猫灵木，还得多亏你当时拍下了你爷爷写的那首古诗，要不然我们也是徒劳。"

马骝忽然一脸严肃道："喂，喂，喂，什么别提了呀？要提，要提，还要算一算账。这样吧，兄弟，斗爷不是给了你五百块嘛，你就当汤药费给我们算了吧。"

"这好说，这好说……"水哥也没计较，点点头道，说着，从身上拿出之前我给他的那五百块，递给马骝，然后说道，"这是我的不对，哪儿还敢要你们的钱。"

马骝也不客气，一手拿过那五百块，说道："识时务者为俊杰。不错，不错，孺子可教也。"一边说，一边把钱放进自己的口袋。

我连忙一手把钱抢回来，对马骝说道："你真是个贼猴哇，想把我的钱装进自己的口袋。"

马骝笑嘻嘻道："看你说的……我只是想帮你把钱放好而已。"

我"呸"了一声道："有炮还需要你点火呀？"

马骝刚想说什么，突然，门外响起了一阵脚步声，紧接着，有三支手电筒的光从门外同时照了进来。

# 第五章　恶　斗

　　只见在手电筒的光下，有三个人冲了进来。中间是一个五十多岁的男人，黑黑瘦瘦的，一身道士的装束打扮，斑白的头发在头顶上盘了个发髻，嘴上蓄着八字胡，下巴也蓄有一撮山羊须，眼神略显阴鸷。在道士左边的是一个年轻女人，大约二十岁，面容姣好，亭亭玉立，一身黑皮衣，那一头长发染了好几种颜色，如彩雀般绚丽夺目。而右边是一个身形魁梧的大汉，留着寸头，脸上有一条很明显的刀疤，由左耳一直延伸到嘴唇，看起来就像一条蜈蚣趴在上面一样，非常恐怖。如果没猜错，他们应该就是刚才来找猫灵木的那三个人。但刚才听脚步声，他们不是离开了吗？怎么会突然杀出来的？

　　这个时候，只听见那个刀疤大汉奸笑道："嘿嘿，还是师父厉害，他们果然钻进那墙里面，帮咱们找到猫灵木了。"

　　那个道士阴笑两声，说道："我就知道，这里肯定就是那个沈老道的家。但想不到，他竟然会在自家建了空心墙，还把猫灵木藏在里面。"

　　我立即质问："你们是谁？"

道士阴笑道："哼哼，你不用管我们是谁，识相的就留下猫灵木，否则就对你们不客气了。"

我也冷笑道："只不过是三只拦路狗，想吃骨头而已，你还得看看你碰见谁了。"

马骝也插话道："就凭你这一个番薯、两个臭鸟蛋，就想抢我马骝的东西，真是不知'死'字怎么写。"

那个大汉怒道："师父，跟他们说那么多干啥子哟？让我去把他们打趴在地上，再拿走那个猫灵木也不迟。"

说完，就要冲过来。

"莫急，既然他们可以找到猫灵木，应该是有点儿本事的。"那个道士连忙伸手拦住道儿，接着对我们说，"贫道是爱才之人，你们若愿意留下猫灵木，我们能不动手就不动手。"

马骝哈哈大笑道："论人头，我们都比你多一个，想打架是吧？我马骝从未怕过，来来来……"说着，撸起袖子，一副准备打架的样子。

那道士将了将下巴的山羊须，说道："看来，你们是不听贫道的话咯。"

我说道："亏你还自称贫道，竟然做出抢劫之举，比起那些偷吃狗肉的和尚，你更卑劣了一级。道教有你这个弟子，真是耻辱到家了。"

那个道士被我这样一骂，刚才还叫人莫急，现在自己却暴跳如雷，立即从背上拿出一支拂尘，目露凶光道："哼！先礼后兵，看来不给点儿厉害让你们瞧瞧，你们是不会怕的。"

旁边的大汉也拿出匕首叫道："我都说了，跟这些不知好歹的家伙谈啥子好话哟。丛林法则，靠恶就得，能动手就不动口。"

看见对方亮出匕首，我们三个也从背包里拿出匕首来，我看着水哥，叫道："水哥，都亮兵器了，你那支枪是吃素的吗？"

水哥突然尴尬起来，附在我耳边细声说道："不瞒你说，这枪是假的。"

我一听这枪原来是假的，真是觉得有些啼笑皆非，刚才还险些被那枪吓得半死，现在好了，关键时刻又知道是假的，想想真是气死人。我对他小声道："那你傻呀，你知道吓唬我们，难道不会拿出来吓吓他们吗？"

水哥听我这么一说，立即拿出手枪来，对准那个道士叫道："有本事你就过来，胆敢私闯民宅，今天就让你葬身太平村。"

那三个人看见水哥亮出手枪来，都怔了怔，但很快，只见那个一直未出声的彩雀女人一扬手，水哥突然"哎哟"痛叫一声，手枪应声而落。昏暗中，也不知那个女人用了什么招，竟然那么迅速地就把水哥手中的枪击落。只见水哥捂着手腕，从他那痛苦的表情来看，这一下并不轻。

马骝立即叫道："看来碰到对手了。长得那么漂亮，想不到心肠这么狠毒，哼！我马骝从不打女人，但今天也要破戒了。"他一边说，一边拿出弹弓，然后对准那个彩雀女人就是一弹弓。要是普通人，在这样的环境下，肯定躲不开马骝的弹弓。但偏偏这个彩雀女人不是普通人，只见她稍微一闪身，便躲过了马骝打出来的石子弹，身手之潇洒，有如武侠小说里面的高手一样。

我暗暗吃了一惊，连忙把关灵拉到身后，护在她跟前。关灵细声问我："斗爷，这三个家伙是什么来头，你知道吗？"

我说道："不是很清楚，但看他们的行当，就算不是寻宝猎人，也应该是盗墓贼。"

关灵说道："那要小心了，看样子他们都懂功夫。"

我点点头，握紧手中的匕首，假装镇定。毕竟我一直都是一等良民、三好学生，从未打过架，心想等一下打起架来，还真不知道会是什么结果。

这时候，我看见水哥想伸手去捡地上那支手枪，只听见"嘭"的一声，一个东西打在那支手枪上，竟然把手枪打飞到角落里了，吓得水哥连忙缩回了手，禁不住后退了一步。如果这一下打在水哥的手上，后果真是不堪设想。看来，真是遇到劲敌了。

马骝不甘示弱，对着那个彩雀女人又打出一弹弓。这次打出的是两颗子弹，这是马骝的专长，他可以将两颗子弹打到两个指定的位置，所以有时候，他的弹弓比枪还管用。

那个彩雀女人估计没想到马骝还会这一手，避开了一颗，却避不开另一颗，只听见"哎哟"一声痛叫，彩雀女人的身体晃了晃，想必是中弹了。马骝趁势追打，彩雀女人连忙跳出门外，马骝二话不说，跟着追了出去。

这个时候，那个大汉和道士也开始进攻了。可能觉得我不是对手，那个大汉直奔水哥去，与水哥扭打在一起。而那个道士拿着拂尘，阴笑着，不紧不慢地逼近我和关灵。

我不敢轻敌，护在关灵前面，拿匕首对准那个道士骂道："你这个臭道士，有本事就报上名来，我这刀不杀无名之鬼。"

道士冷笑道："哼，就你这种无名小卒，也配知道本道名号吗？赶快交出猫灵木，饶你们一命。"

我也冷笑道："哼，就凭你？"虽然打架不是我的强项，但正所谓输人不输阵，何况关灵就在身边，拼了命也要上。

那个道士没再说话，突然把手中的手电筒立着放在地上，一扬拂尘，就向我这边扫了过来。我连忙向旁边跳开，关灵也跟着躲开，但谁知那道士这一下是虚招，另外一只手突然一扬，一团白色的烟雾立即向我们袭来，这白色的东西不是别的，正是石灰粉。

虽然早有预防，但我想不到这个臭道士还会来这些阴招，一下子躲避不开，有些石灰粉进入了眼睛，辣得我双眼直流泪，差点儿就睁不开眼了。所幸关灵在我身后，石灰粉没有弄到她的眼睛里。

我被石灰粉撒中眼睛，痛得如千万只蚂蚁在咬，真是痛苦万分。我不敢揉眼睛，更不敢拿水来洗，只能不断挥舞手中的匕首，不让那个臭道士靠近。手电筒早已掉在地上，现场变得有些昏暗，更加看不清楚了。

这个时候，那个臭道士又对准我一挥拂尘。我生怕他又撒石灰粉，连忙脱下背包一挡，拂尘打在背包上，"啪"的一声响，透过背包能感觉到那股打下来的劲道非常猛烈，别看这个东西软软的，要是直接打在皮肉上，非被打肿不可。

还未等我回过神来，那臭道士再次发起进攻，一时打向左边，一时打向右边，动作又快又狠。突然，我的右手臂被拂尘打中了一下，整个手臂瞬间一阵酸软，再也拿不稳匕首和背包，一下子掉落在地。

见状，臭道士再次挥动拂尘，步步逼近，直把我和关灵逼到了神龛旁边。幸好那个臭道士没有再得寸进尺，他把我们逼开后，立即拿起我的背包，从里面找出猫灵木，然后兴奋地怪笑起来。

我想冲上去夺回猫灵木，关灵在背后一把拉住我，说道："让他拿吧，我们斗不过他，过去只会受伤。"

我心里愤愤不平且感到无比羞耻，第一次在女人面前如此丢脸，想不到我金北斗堂堂一个七尺男儿，竟然会被一个年过半百的老头儿打得毫无还手之力，落得如此狼狈不堪的下场，真是令人愤恨。

我越想越恨，越想越不爽，突然把心一横，挣脱关灵的手，然后冲向那个臭道士。那个臭道士没想到我会如此拼命，怔了怔，刚想躲开，但来不及了，被我一下子扑倒在地上，刚拿到手的猫灵木立即掉在一旁。

我和臭道士抱成一团扭打起来，但我终归不是这个老家伙的对手，一不小心就被他狠狠踢了一脚，整个人倒在了地上。那臭道士一个鲤鱼打挺跳起身，一脸的杀气，抬起脚就想往我的头部踢下来。在一旁的关灵看见情势危急，脱下背包扔过来，但背包有些重，没有扔中，她一眼瞥见旁边的神龛，也不顾忌什么了，双手捧起神龛上的香炉，朝着臭道士用力扔了过去。臭道士连忙收回脚，往旁边跳开，香炉"啪"一声落在地上，顿时扬起一阵香灰。趁着这个时机，我连忙挣扎着爬起身来，跑过去想捡回地上的猫灵木。但没想到那个臭道士已经先我一步，一下子夺走了猫灵木，塞进了怀中。而手中的拂尘也不知什么时候变成了一捆绳索，往我这边一甩，我只感觉大腿一阵剧痛，原来绳索上有个金色挂钩，挂钩钩穿了我的裤子，然后硬生生地钩进了肉里。别看这条绳索这么细，但我瞧了一眼就知道这东西是什么来头，这叫作"金钩银丝索"，是盗墓的一种工具，用来钩取难以下手之物，必要时也可用作武器。

这时候，只听见臭道士冷笑一声，用力一扯绳索，我一下子被拖倒在地上。接下来臭道士晃了几下绳索，我的双腿立即被缠绑了起来，动弹不得。水哥跟那个刀疤大汉不知打到哪里去了，整座大屋只剩下我们三个人。而马骝跑出去后，至今还不见回来，也不知情况如何。我心想，过不了多久，我肯定会被拖到臭道士跟前，到时就如砧板上的肉，任由他宰割了。

眼看着求救无门，突然，一个白色身影直向臭道士那边扑了过去，仔细一看，原来是关灵。我吃了一惊，关灵一个弱女子，更加不是那个臭道士的对手。果然，只见臭道士一扬拂尘，关灵便痛叫一声倒在地上。

我立即觉得心好像被刀割了一下一样，急忙冲着臭道士叫道："你欺负一个女孩子算什么英雄，有本事冲老子来……"

臭道士冷笑道："都死到临头了，还逞英雄，真是可笑。"说着，用力一扯绳索，挂钩钩在肉里比刀割还难受，但我忍住痛没叫出声来。

臭道士忽然松开绳索，转身看向倒在地上的关灵，一脸阴森的表情说道："一个人最痛苦的不是皮肉之苦，而是看着自己心爱的人被折磨而无力相助，这种痛，是由心底涌上来，遍布全身，是一种比死还难受的痛……"

看见臭道士那副阴森奸诈的表情，再听他说的话，我心里一寒，大叫道："你想干吗？你别动她……"我一边说，一边挣扎着坐起身来，伸手想去拔掉那个挂钩，那个臭道士看见我这样，大力将绳索一扯，我再次倒在了地上。

臭道士看着我说道："我动她你要怎样？杀了我吗？哼，我现在就要在你面前折磨她，看你能拿我怎样。"

说完，一个箭步冲到关灵面前，伸出一双魔爪抓住关灵的肩膀，用力一扯，关灵的外套立即被他扯了下来。我看见关灵吓得面容失色，急得眼泪都出来了，心里恨不得把这个臭道士撕得粉身碎骨。

就在这千钧一发之际，马骝突然从外面冲了进来，看见这个情景，大吃一惊，二话不说便冲了过来，直直地从背后扑向那个臭道士。臭道士好像背后长有眼睛一样，缩回魔爪，连身子也不站起来，抓起拂尘往后边一扫，我想叫马骝小心点儿，但还是迟了，马骝一下子被打倒在地上。

臭道士打倒马骝后，看了一下周围，似乎发现自己的人不在，表情开始显得有些担忧。关灵在地上挣扎了一阵，右手忽然触碰到一件东西，是一把匕首，她悄悄捡起匕首，突然往道士的左腿上扎了过去。

这一次，臭道士没那么幸运了，匕首狠狠地扎进了他的大腿。只见臭道士一个踉跄，几乎跌倒，脸上的表情变得非常恐怖，举起拂尘，往关灵的头上直打下去，看这情形，似乎要取关灵性命一样。关灵已经毫无招架之力，这一拂尘下来，就算不被打死，也会被打成脑震荡。

说时迟那时快，只见马骝在地上一个打滚，然后奋不顾身地扑在关灵身上，臭道士的拂尘刚好打了下来，只听见"啪"的一声响，拂尘重重地打在马骝的背上，打得马骝整个人颤抖了一下，差点儿就吐血了，马骝没支撑多久，便一头栽下晕死过去。可见这一下有多厉害，要是打在关灵脑袋上，肯定会被当场打死。

这个时候，趁着臭道士顾着打人，没有拉扯绳索，我咬紧牙关，抓起挂钩大力一拔，这个挂钩有倒刺，这一拔，竟然硬生生地连皮带肉给拔了出来。此时此刻，这种皮肉之痛对我来说，早已麻木了，我迅速脱掉腿上捆绑的绳索，抓紧挂钩，瘸着腿向臭道士扑了过去。

臭道士的大腿受了伤，也无心恋战了，躲开我的攻击后，便一拐一瘸跑出了大屋，消失在茫茫黑夜里。

我急忙去扶起马骝，只见他脸色苍白，牙关紧咬，已不省人事。我伸手探了探他的气息，幸好还有呼吸。我和关灵把马骝扶到一边，然后从背包里拿出一些药来，帮他涂了伤口，又掐了几下人中。做完这些后，我才留意到自己大腿上的伤口正不断冒出血来，整个大腿都被血染红了。

关灵也看见了，连忙拿了些药帮我止血，伤口被药一刺激，如千万只蚂蚁在撕咬，我终于忍不住痛叫出声，差点儿晕死过去。

关灵一脸焦急道："你伤得那么重，这点儿药根本不管用，得赶紧去医院，不然感染了就糟糕了。"

我摆摆手说道："不用慌，这点儿皮肉伤没什么大碍，用不着去医院。现在主要是看马骝怎样，他这人那么粗蛮，竟然也会被打得晕死过去，可见那臭道士打得有多重了。"

关灵看着躺在地上的马骝，咬了咬嘴唇说道："想不到他会……不要命地来救我，看他现在这样，我有点儿担心他挺不过去。要不，我们送他去医院吧？"

我看着马骝，心里也很焦急，要是外伤还好处理，如果受了内伤，看不见摸不着的，最令人担忧了。不过，我知道马骝是个粗蛮人，虽然他这个身板看起来很瘦弱，但体质很好，这伤肯定能熬得过去的。

我安慰关灵道："你别那么担心，马骝会挺过去的。况且现在这个时间，我腿又有伤，也很难把马骝弄走。"

话音刚落，只听见马骝忽然痛苦地呻吟了一声，终于醒了过来。

我立即叫道："马骝，现在感觉怎样？"

马骝想挣扎着起身，我连忙按住他道："别动，你伤得不轻。"

马骝晃了晃脑袋，喘着气说道："我没什么……只是头还有点儿晕，胸口有点儿闷。他奶奶的，幸好是打在背上，要是、要是打在脑袋上，还不……还不真的会要了我猴爷的命。这个死道士，下次让我碰着……我非要让他尝尝我那特制的弹弓不可……对了，关大小姐，你咋样？没事吧？"

关灵赶紧回答道："我没事，我……"对于马骝的相救，关灵一时不知该说些什么，之前她为了一只猫还跟马骝吵了起来，因为那情景令她想起了自己小时候养的那只猫，那只猫陪伴了她很久，但后来被人打死了。所以，当时看见那只黑猫被打伤，她才那样冲撞马骝。但现在人家连命也不要地来救自己，真的让关灵感到既尴尬又内疚。

马骝一摆手说道："千万别谢我，要谢就谢斗爷吧，谁叫他是我的兄弟，你又是他的女人呢，哈哈，没事就好……"

关灵看了我一眼，立即红起脸来，要是在平时，她肯定会冲撞马骝几句，但现在她没有说话，只是走到一边，把刚才用过的药包收拾好。我看见这样，立即拍了拍马骝的肩膀，说道："你这家伙，被打傻了吗？别以为你救了人家，就可以在这里胡说八道。"

马骝看着我笑了笑，喝了口水后，忽然对我细声道："斗爷，你这家伙也真是的，这男欢女爱很平常啊……哪需要暧昧那么久？赶紧把关系确定下来，好让我心安哪，要不然哪天我马骝一时兴起，也喜欢上了她，咱们搞个三角恋出来，那得多尴尬呀，到时我们就不只是兄弟，还是老襟了，哈哈哈哈……"

马骝一大笑，背部立即被扯痛，没笑几声就"哎哟、哎哟"呻吟起来。这次轮到我笑起来了，"马骝啊马骝，你看，说错话了吧。我告诉你呀，你千万别动这歪念，你敢动一下，我就……哼哼。"我冷笑一声对他说道，在他裆部做了个剪刀的手势，然后继续说，"你是想拿来喂狗呢，还是拿来煲汤呢？"

马骝连忙伸手挡住裆部，笑道："我屌，你长得那么帅，我能跟你争吗？"

我对他竖起大拇指道："马骝，你说了这么多废话，就这话最有道理。"

马骝虽然被伤得很重，但现在他有说有笑的，除了有点儿气喘之外，似乎跟平常没什么两样，看起来应该不会有生命危险。看见这样，我也安心了一点儿。

我问他："那只彩雀呢？被你打跑了吗？"

马骝叫道："那还用说，她以为自己的弹弓厉害，还没问问猴爷我呢，要是跑得慢点儿，我肯定把她打成筛子。"说着，一激动起来，背部又被扯痛，我连忙叫他别乱动。

马骝这时候忽然想起了什么，看了看周围问道："对了，那个水哥呢？"

我说道："我也不清楚，刚才他跟那个刀疤大汉打了起来，后来又打了出去，也不知道他现在怎样。"

关灵走过来说道："我想他应该没事的吧，他是个军人，如果连这个家伙都打不过，那他真是丢军人的脸了。"

马骝说道："还别说，刚才你也看见那个彩雀女人，她一挥手就把水哥手里那枪打掉了，我看哪，这三个人肯定是有来头的。"

我点点头说道："刚才钩住我的那个东西叫'金钩银丝索'，这东西是盗墓用的，所以我很肯定他们一定是盗墓贼。马骝，等下你把那东西放回包里，说不定到时可以以其人之道还治其人之身，让那臭道士也尝尝被钩住的滋味。"

说到这里，我忽然想起什么，拿起电筒往角落照去，只见水哥的那把手枪被扔在地上，看上去非常逼真。我稍微挪动了一下身子，把那把手枪捡了起来，掂了掂，立即感觉手感不对劲儿，这枪竟然有点儿重，凭感觉应该是金属造的。我连忙仔细打量起来，我对枪虽然不怎么了解，但现在这把手枪无论从哪里看，都不像是假的。

我把枪递给马骝，说道："马骝，你来看看，这家伙是真是假？"

马骝接过枪一看，立即说道："斗爷，这是实打实的真家伙呀。你看，子弹还是满的。"说着，马骝把弹匣弄出来给我看。

我说道："看来，这个家伙对我们撒谎了。"

关灵不解道："他为什么要这样做呢？就算让我们知道是真的又能怎样呢？"

我说道："我也不清楚，说不定他的身份也是假的呢。我们现在要假装不知道，但接下来的行程里就要多多提防这个人了。"

马骝说道："我屌，这家伙真是深藏不露哇。这样，要不我们把这枪收起来？"

关灵说道："那等下他回来，发现不见了，怎么解释？"

马骝说道："管他呢，就说是那几个家伙拿走了就行。难道他还要搜我们身？他要是敢搜，我就跟他拼命。"

我摇摇头说道："这不是很妥当，我们还是按原位放回去吧，不过我们要小心它是真的。哼，这家伙，要是当时敢开枪，我们也不会遭这个罪了。"

就在我刚把枪放回原位时，门外突然传来一阵脚步声，我们不禁紧张起来，心想那个臭道士不会折返回来杀我们吧？

# 第六章　蓬莱仙岛

我刚想伸手过去拿枪，因为现在这个情况，也只有这把枪才能救命。不料进来的却是水哥，只见他的衣服有点儿破烂，脸上也受了些伤，但从他走路的样子来看，应该没有什么大碍。

我立即缩回手来，对水哥叫道："水哥，没事吧？那几个家伙都走了吗？"

水哥说道："放心，我没事，他们都跑了。对了，那个猫灵木呢？"

我说道："不好意思，猫灵木被那个臭道士抢走了。"

水哥一听臭道士抢走了猫灵木，立即变了脸色，大声叫起来："什么？被抢走了？你怎么那么不小心……唉，早知道让我拿着就好了……"听他的语气，是在埋怨我弄丢了猫灵木。

我刚想解释一番，躺在地上的马骝就忍不住插话进来道："哎，你以为斗爷想的吗？你看看，我们都比你伤得重，我还差点儿被那个臭道士打死，就一个什么猫灵木的鬼东西，不见就不见了，用得着用这样的语气说话？要不是斗爷，咱们也找不到那个鬼东西，现在好了，一切回归原点。按我说，那东西就是个邪物，招祸上身。"

水哥没说话，但从他的表情来看，似乎对我失去猫灵木感到很愤怒。我怕马骝继续说下去，会得罪人，连忙说道："水哥，这个我也不想的，那个臭道士实在太厉害了，你也见识过他身边那个人的厉害，你的枪还被打飞了。不过，你也不用灰心，这个猫灵木的唯一用处，是用来找血太岁的，那三个盗墓贼肯定拿着它去蓬莱仙岛找血太岁，他们有地图在手，再加上这个猫灵木，说不定会为我们引路呢。"

水哥点点头道："嗯，你说的也有道理。"说着，连忙举起手电筒四处照射，我猜他应该是在找那把手枪，但我假装不知道。果然，水哥走到角落，捡起那把手枪，快速收回身上。

我忍不住说道："喂，这枪都是假的，还要它干吗？带在身上不觉得累赘吗？"

水哥的表情略显尴尬，道："没事，必要时用来吓吓人还是可以的。"

我没再说话，跟关灵和马骝他们对视了一眼，彼此都为水哥的谎话感到可笑，但同时也觉得很不安。现在这个致命的武器回到他手上，看来，接下来我们要时刻提防这个人了。

折腾了那么久，加上身上的伤痛，大家也都累垮了，就这样躺在地上睡了起来。山村的夜特别静，静得让人有点儿害怕，周围不断有虫豸在鸣叫，远处不时还传来几声猫头鹰的叫声，听起来非常诡异。

一宿无话，等到天边露出鱼肚白，我们才动身离开太平村，返回镇上，在镇上找了家医院，处理了几个人的伤口。关灵和水哥的伤没什么，主要是我和马骝，我的伤口需要缝针，而马骝的背部拍了片子后，被告知要住院观察。这样看来，没个十天八天我们是走不开了。

休息了一段时间，我和马骝的伤总算恢复得七七八八。虽然医院再三建议马骝多观察几天，但马骝哪里肯再逗留，坚决要出院。而水哥不知从哪里搞来了一辆二手马自达轿车，一行人便迫不及待地自驾前往蓬莱市。

蓬莱市位于山东省，是山东历史文化名城，有不少名胜古迹和旅游景点。传说中的蓬莱仙岛到底位于现在的哪个地方，关于这个问题，有多种说法。一种说是在岱山岛，一种说是在衢山岛，还有一种说是在山东的蓬莱市，更有说是在台湾和日本的。哪个是真，哪个是假，我也无从辨识。而关谷山老道人给我们指的地方，是山东的蓬莱市，而据水哥说，他爷爷沈工的笔记里，记载的同样是山东的蓬莱市，而传说中的"八仙过海各显神通"，也是在山东蓬莱市发生的。由此可见，仙岛未必是仙岛，但山东确实有一个真正的蓬莱市。

马骝在车上对我说道："斗爷，我们耽搁了那么多天，说不定那个臭道士拿着我们的猫灵木找到了血太岁呢。"

我说道："现在这样子，咱们急不来。况且，要是血太岁那么容易被找到，水哥的爷爷早就得到了，仅凭那三个家伙，我想不会那么容易得手的。"

关灵说道："可是，大家别忘了他们有地图在手。"

我笑道："像这种世间罕有的宝物，不是靠地图就能找到的。通常来说，地图只是一个方向指引，从古到今，真正靠地图就找到宝藏的少之又少。"

水哥点头附和道："斗爷说得没错，传说我爷爷还亲眼见过血太岁，他也有猫灵木在手，但为什么最后没有取得血太岁，反而被怪病夺去性命？所以那三人想寻得血太岁，哪有那么容易。"

我安慰马骝道："君子报仇十年不晚，咱们养好伤，到时有他们好看的。"

马骝咬牙切齿道："哼！这个仇我马骝不报誓不为人！"

一路上，我们都在计划如何报这个仇。

车子在路上一直开了三天，在第四天的中午才进入蓬莱境内。这里的气候已经非常寒冷，幸好我们在路上买好了防寒的衣服，但由于水土不服的原因，关灵还是感冒了，鼻子红红的，又可爱又令人心痛。

停好车后，我们找了家饭店吃午饭，席间马骝突然问我："斗爷，只知道蓬莱仙岛、蓬莱仙境，但那个岛那么大，你说到底要去哪个位置找血太岁？我们时间有限，而且这是个旅游区，有时间限制，我们不可能一直逗留在岛上吧？"

我说道："我也是第一次来这地方，目前也不知个东南西北，要到那地方去看看才知道。我只知道古代神话传说中的三仙山指的是蓬莱、方丈、瀛洲三座仙山，是当年秦始皇、汉武帝东巡访仙求药、祈求长生不老的地方，也是蓬莱神仙文化的源头。"

三仙山的由来，实起于战国，在古籍《史记·封禅书》和《汉书·郊祀志上》中有记载。其实这三座仙山，有可能就是海市蜃楼的现象，但当时神仙学说盛行，方士们便把海市蜃楼现象加以渲染，说成是海中的神山，山上有长生不老药。还传说三仙山上，禽兽及万物都是白色的，宫阙为黄金白银所砌，传得神乎其神。秦始皇派遣徐福去寻找长生不老药，到的地方就是三仙山。

关于秦始皇寻找长生不死药，古籍《十洲记》中是这样记载的："秦始皇时，大宛中多枉死者横道，数有鸟衔草，覆死人面皆登时活，有司奏闻始皇。始皇使使者赍此草，以问鬼谷先生，云是东海中祖洲上不死之草，生琼田中，一名养神芝。其叶似菰，生不丛，一株可活千人。始皇于是谓可索得，因遣徐福及童男童女各三千人，乘楼船入海，寻祖洲不返。"

所谓的十洲，是指祖洲、瀛洲、玄洲、炎洲、长洲、元洲、流洲、生洲、凤麟洲、聚窟洲，其实都是虚构的仙境之地。而记载中有的说是徐福带了三千童男童女，有的记载是五百童男童女，哪个数量正确，已无从考究。至于徐福究竟去了哪里，民间传说多是说他去了日本，有的传说还把徐福描绘成为了逃避秦始皇的暴政而远渡重洋。徐福东渡的传说在日本和东南亚都有广泛的影响。传说他到日本以后，用带去的种子和农具，在日本传播中国的农耕技术，被日本民间尊称为"司民耕神"和"司药神"。当然，徐福是不是真的东渡了，这个问题就留给历史学家们去探讨吧。

但从记载来看，不死之草似乎并非是指太岁，不管是血太岁还是其他太岁。因为太岁属于至阴之物，其生长环境非常苛刻，新闻中出现的太岁，大都是来自于地底下。而记载中说的不死之草，应该是指一种植物类的东西。

吃完午饭后，我们去找了家旅馆，想住一晚，明天再出发去蓬莱仙岛。从手机导航来看，这里距离蓬莱仙岛也就十多分钟的车程。稍作休息后，我们去外面逛了逛，欣赏一下蓬莱当地的风俗，品尝一下当地的美食。我曾经听说这里有一种美食叫"萝卜丝水饺"，便想找来尝尝，因为有句顺口溜是这样唱的："吃着萝卜喝着茶，气得医生满地爬"，听起来很有趣儿。但逛了两条街，也没有见到这种美食，便打消了这个念头。

经过一家百货店的时候，我忽然想起有些探险工具要买，便吩咐马骝和水哥去买一下，特别是能生火的工具，有了夜郎迷城的经验，我们都认为"火"这个东西，应该是探险中最佳的防身和攻击武器。

水哥问我："斗爷，你不一起去吗？"

我说道："我还有其他事干。"

"你还有什么事要干？分明是想故意支开我们，好享受享受二人世界吧。你直说不就得了，装什么呢……"马骝斜着眼睛盯着我，揶揄道，说着，又转过脸来看着关灵说，"关大小姐，趁有时间，赶紧用迷魂术把斗爷给收了吧，哈哈。"

关灵脸一红，佯怒道："呸，谁想收他……"

我一时被马骝说得不知怎么辩驳，只好往他屁股上踢了一脚，道："你真的是五行欠揍，是不是那个臭道士把你的肺打坏了？要不然哪来的那么多废话。"

一提起臭道士，马骝立即火冒三丈道："别让我碰到他，我不一弹弓把他的肺打残，我就不是马骝……"

马骝还在嚷嚷，被水哥拉扯着走开了，走了很远还听见他在骂那个臭道士。

关灵忽然歪着头，盯着我问道："你真的有事干？到底是什么事？"

我微微一笑道："我想带你去一个地方。"

关灵一听，立即低下头问道："去哪里？"

我说道："去了就知道了。"

关灵没再说话，跟在我旁边，低着头，不知是因为感冒还是害羞，脸蛋粉红粉红的，非常可爱灵巧，看起来就像一个文静单纯的女孩，比起第一次见面时的那种神秘和精明，我反而更喜欢现在的她。

走了一段路，我忽然停住脚步，对关灵说道："到了。"

关灵抬起头看了下，先是一脸茫然，但很快就一脸惊讶，道："医院？带我来这里干吗？"

我说道："你感冒了呀。"

关灵的一脸惊讶瞬间变成一脸失望，她尴尬一笑道："我还以为你要带我去哪里……"

我说道："能去哪里？趁这个时间，来医院打个针会好得快点儿，不然到时严重的话，会很辛苦的。"

关灵说道："我才不打，我最怕打针了，吃点儿药就可以了。"

我说道："你就别犟了，有病就得治呀！"

关灵忽然一跺脚，"哼"了一声道："金北斗，你才真的有病，要打你自己打个够吧。"说完，气恼地转身就走。

我一头雾水地站在原地，心想搞什么嘛，关心一下你也不行，真是女人心，海底针……我连忙追上去，说道："你生什么气嘛，我没得罪你呀……我只是关心你，想带你来医院治病啊。"

关灵没吭声，嘟着嘴加快了脚步，我在一旁跟着，一时不知所措。在别人眼里，我们看起来还真的像一对在闹别扭的情侣。

关灵一直走回旅馆，然后回到自己房间，大力关上门。我想再说点儿什么，但吃了闭门羹，也只好作罢。

刚好这时候，马骝和水哥买东西回来了，看见这样子，马骝立即冲着我叫道："我屌，斗爷你真是太过猴急了吧？你看你看，把人家搞生气了。"

我摊开双手，一脸冤枉地说道："我什么也没做呀……"

马骝笑道："你这小子，都往人家房里去了，还说什么也没做，是想进去，还是被赶了出来？哈哈哈……斗爷，要是你有生理需要，真的忍不住了，咱们三个人可以出去逛逛啊，风流快活一下呀。"

水哥也笑道："斗爷，你说有其他事要做，就是想干这个呀？"

我被他们两个一人一句说得面红耳赤起来，这一张嘴斗不过两张嘴，我被他们说得无从解释，更加不知该怎么辩驳，只好说道："我、我金北斗像那种人吗？"

马骝立即说道："嗯，不像。根本就是呀。"说完，又自顾自大笑起来。

我忍不住擂了他一拳说道："实话告诉你们吧，我看见她有点儿感冒，就好心想带她去医院打个针，弄点儿药吃，谁知道她看见我带她去医院，就一股无名火燃烧起来，一声不吭地走回来了……他奶奶的，我还真想问问她是不是大姨妈来了。"

马骝捂着嘴笑道："我屌，斗爷，你脑子那么聪明，别说那迷幻城，就说猫灵木，仅凭那首诗都能被你找到，只是这一个女人的心思，就把你难住啦？不是我马骝吹牛，说到女人嘛，这方面你肯定没有我厉害。"

那也是，说到女人方面，我的确没有马骝厉害，别看他脸无三两肉，长得跟猴子似的，但在泡妞方面，他可是个老鸟儿。我长这么大，也就谈过一次恋爱，而且到最后无疾而终。我自认为自己长得不差，追我的女生也很多，但因为我的思想比较传统，所以我看得上的真的是凤毛麟角，以至于到现在都没有女朋友。

马骝一边走回房里，一边对我和水哥说："告诉你们一个秘密吧，其实万里长城是我造的。"

我嗤笑道："呵呵，你继续吹。"

马骝一脸认真地说道："我错过一个女人，就捡起一块石头去垒，垒着垒着，就把万里长城给造了出来。"

马骝这个冷笑话还真的令我笑出声来，我拍着他的肩膀道："那你这个情圣给我说说，关灵到底在生什么气？"

马骝笑道："斗爷你真是不通气呀，这难得的二人世界，美好时光，你咋会想着带人家去医院呢？"

我立即说道："她有病啊！她感冒了，我想关心她一下也有罪？那不带她去医院，带她去哪里？"

马骝说道："你这样做你就真的有病了。我告诉你，难得我们走开，你俩有时间谈谈情说说爱，你却带着人家去医院打针，你真的是一点儿也不懂得罗曼蒂克，也难怪人家生气呀。"

我忍不住苦笑道："这、这什么逻辑呀，有病就得治呀……"

刚说到这里，房门突然被敲响了，我隔着猫眼往外看，不是别人，正是关灵。我心想，该不会找上门来闹脾气吧？

我打开门，刚想说话，但被关灵瞪了一眼，话到嘴边也只好"咕噜"一声吞回去。关灵正眼也不瞧我一下，而是对着马骝他们说道："我发现他们了。"

马骝站起身来问道："他们？谁？"

关灵说道："那三个盗墓贼。啊不，好像只有两个。"

大家一听是他们，立即警惕起来，马骝更是摸出身上的弹弓，叫道："他们在哪儿？"

关灵说道："我刚才在房里的窗中看外面，无意中看见了他们。我想这个时候应该还没走远吧。"

我们立即跑到关灵的房间，从窗户看下去，果然看见那个刀疤大汉和那个彩雀女人，他们身上都没有背包，脚步停在一家饭馆前，似乎想找地方吃饭。但除了他们两个，并没有看见那个臭道士。

马骝立即举起弹弓，我连忙制止道："别冲动，报仇不急于一时，别打草惊蛇，他们还不知道我们到了这里。"

水哥也说道："是啊，这闹市之中，搞出麻烦就不好了。"

马骝问道："我屌，那我们怎么办？"

我说道："静观其变。"

关灵说道："他们比我们早来那么多天，怎么还会出现在这里？会不会还没有找到？"

我说道："十有八九是了，就算他们有地图和猫灵木在手，但血太岁是何等宝物，要是那么容易被找到，早就被人取走了。"

马骝说道："这就不明白了，他们就算找不到，也没理由会跑到这里来吃顿饭，然后再回去找吧？而且只有他们两个，并不见那个臭道士。"

马骝这个问题的确令人费解，我一时也想不通。按理说，这两个家伙比我们早来十多天，不可能会出现在这里的，但现在来看，他们好像跟我们一样，才刚刚到。而且，那个臭道士应该是他们的头目，但却没看见他，虽然他被关灵用匕首扎伤了大腿，但对一个会功夫的人来说，这点儿伤完全不会影响行动。会不会是他们两个另有其他任务？

这时候，只见那个彩雀女人拨弄了一下那五颜六色的头发，不知是有意还是无意，忽然往我们这边看了过来，我们连忙从窗口躲开，以免被她发现。等我们重新偷偷看下去时，他们已经走进了一家饭馆。

我立即对大家说："大家做好准备吧，等他们吃完饭出来，我们就跟踪过去，看看他们搞什么名堂，到时看准时机把猫灵木抢回来。"

于是我们收拾好背包，顺便退了房，旅馆老板投来古怪的目光，似乎对我们那么早退房感到很意外。我们也没解释什么，把车开到离那家饭馆不远的地方，静静等待着。

没多久，那两个盗墓贼吃完饭出来了，在路边招了辆出租车，看出租车走的方向，应该是去蓬莱仙岛那边。

今天天气比较冷，整个天空黑沉沉的，雾气浓得令人呼吸都感觉不顺畅，天边不时出现一两道闪电，看样子一场大雨将要到来。可能是因为天气原因，岛上游客并不多，我们几个不紧不慢地跟在后面，看看他们究竟要去哪里。

蓬莱仙岛是三仙山之一，也是神话传说"八仙过海"的地方，著名的"蓬莱阁"就建在大海边。蓬莱仙岛取法于清代界画大师袁江、袁耀的《蓬莱仙岛图》，经过建筑大师再创造、精心设计而成。整个景观大气磅礴、造型优美，富有中国古典建筑之神韵，将中国古代文人的带有浪漫主义色彩的艺术想象变成了现实。如果运气好的话，还可以欣赏到难得的"海市蜃楼"幻景。

两个盗墓贼绕过一些建筑景点，穿过树林，走向前面一处悬崖。前面已无路可走，但他们也没打算掉头，因为前面有个人坐在一块石头上，此人不是别人，正是那个臭道士。见状，我们连忙躲了起来。

只听见那个刀疤大汉叫道："师父，我们回来了。"

臭道士"嗯"了一声，然后站起身来，突然对着我们这边喊道："别躲了，出来吧。"

我们吓了一跳，难道被发现了？接着又听见那个臭道士喊道："你们也来得太晚了吧，我都等你们好几天了。是我叫他们故意引诱你们来这里的，你们就别躲了，出来吧。"

# 第七章　溺　水

听他这一说，我们也无法躲藏了，便从石头后面走了出来。想不到不是他们笨，被我们跟踪，而是他们早有计划，引诱我们上钩。但对方是什么目的，我还没有想到。只不过面对这几个家伙，大家都没有好脸色给他们看，纷纷现出武器。

我对他们喊道："真是冤家路窄了，你们想怎样？"

只见那个臭道士向前走了两步，笑嘻嘻地说道："先别动怒，有话好好说，不必动刀动枪的。"

我"哼"了一声，骂道："呸！你还好意思说，真是贼喊捉贼，当初你们抢猫灵木的时候，是怎样的心狠手辣，你们忘记了吗？我们可还没忘记。"

那个道士说道："算是我们错了，但现在猫灵木在我们手上，你们想寻得血太岁，也只会是徒劳的。所以，我们要不合作合作？"

合作？

我们几个立即互相看了一眼，都在想，这个道士为何会说要跟我们合作？现在他有地图和猫灵木在手，本身就比我们更占优势，而且还跟我们有过节，现在竟然会提出合作的要求，是何居心？

马骝忽然冷笑道："想跟我们合作，可以！每人先让我打一弹弓吧。"说完，举起弹弓，做出要拉弓的姿势。

那边的彩雀女见状，连忙举起一把弹弓对准我们。但那个刀疤大汉似乎有点儿看不过眼，气恼道："哼，师父，跟他们说个啥子咯，我就不信没有他们不行，我们……"

道士摆摆手，制止刀疤大汉说下去，然后对我们说道："还是那句话，识时务者为俊杰，大家都是同一个目的，为何不强强联手呢？"

"你们有猫灵木，还有地图，怎么可能还需要和我们联手呢？难道，你们找了那么多天，还没有发现具体位置？"我问道，说到这里，我看见那几人的脸色都变了一下，然后我继续说，"果然如此，要是找到了位置，我想也不会用这些下三滥的手段引诱我们来这里吧？亏你们一个个看起来身怀绝技的样子，还说是盗墓的，没想到只是徒有其表的无能鼠辈。"

刀疤大汉指着我叫道："你、你咋知道我们是盗……倒斗的？"

我冷笑道："盗墓就盗墓吧，还倒什么斗，说得如此好听……你问问你的师父，他那条'金钩银丝索'，是不是给了我？"

刀疤大汉立即看着那个道士，问道："师父，他说的是真的吗？"

道士没理那个刀疤大汉，对着我说道："你还挺聪明的嘛，随便现出一件东西，就知道我们是干哪行的，不过，我也知道你们是干吗的。既然如此，我们就开门见山地说吧，我们的确没有找到血太岁所在的位置，所以才等你们到来。既然猫灵木被你们找到了，那看来，你们应该是有点儿本事的。"

马骝立即骂过去："我呸，我们有没有本事，关你什么事呀？"

水哥也说道："没错，你们哪会找什么东西，你们只会抢东西而已。"

可能是有求于人，对于马骝和水哥的嘲笑，那个道士这次竟然很沉得住气，没有发飙，而是笑笑道："这样吧，我让出地图和猫灵木，由你们带队，我们跟着就是了，如何？"

我说道："看来你们真的是穷途末路了，好吧，姑且相信你们一回，不过，你得先把那两样东西扔过来给我。"

马骝听我答应和他们合作，立即不爽了，嚷嚷道："哎，斗爷，你是不是傻呀，真的相信他们哪？这些人一看就知道是想利用我们，等我们找到血太岁，到时肯定会杀人灭口的。他奶奶的，这计谋我马骝早就看穿了。"

一直没有和我说话的关灵这时候也皱着眉头说道："金北斗，你要想好了，别把我们拖下水。"

我看了她一眼，心想老子只不过好心带你去医院，你还真的跟我耍脾气，斗爷都不叫，叫我全名了？但现在不是较真儿的时候，我之所以答应合作，一来我们的确需要猫灵木，那地图或许也有用；二来寻宝不是捉迷藏，就算不答应合作，他们一直跟在后面捣乱，我们也拿他们没办法。万一找到洞口进去了，他们在外面把洞口填了，那真的是不费吹灰之力就可以把我们给一锅端了。而他们的目的，也正如马骝所说，只不过是想利用我们而已。

于是我没理关灵，扭过头来对那个道士说道："想合作的话，地图和猫灵木，还不赶紧给我扔过来？"

那个道士很爽快地从身上拿出猫灵木和一卷东西，应该是地图。

就在道士刚想扔过来的时候，旁边那个彩雀女突然一伸手，抢了过去，用一种很复杂的眼神看着那个道士。这个长得亭亭玉立、打扮时尚的女人，由此至终都没有说过话，看起来好像是个哑巴。

那个刀疤大汉似乎也看不过眼，压低声音焦急道："师父！这东西来之不易，就这样拱手相让，岂不是自打嘴巴子？"

马骝耳朵尖，一听这样，又骂了起来："我呸，什么什么什么拱手相让？这猫灵木本来就是我们的，应该叫物归原主，果然是四肢发达，头脑简单，连这个都不懂。"

刀疤大汉瞪着马骝，刚想发飙，那个彩雀女突然一扬手，冷不防地对着马骝打了一弹弓。幸好马骝身手灵敏，一个侧身，子弹立即从耳边直飞而过，但即使是这样，耳郭还是被擦伤了，流出一道血。马骝摸了摸耳朵，一手的鲜血，立即怒了，随即拉弓对准彩雀女的手腕，只听见"哎哟"一声痛叫，彩雀女手上拿着的猫灵木和地图立即应声落地。

只见马骝满脸杀气，再次拉弓对准那个彩雀女，彩雀女知道自己不是马骝的对手，连忙往旁边跳开，但大腿还是被马骝打中，一个踉跄跌落在崖边。突然，脚下的一大块泥石崩裂开来，只听见彩雀女"啊"的一声惊叫，就快要连同那泥石一起掉落下去了。

我距离她不算远，看见这样的情景，一种救人的本能突然油然而生，我想也不想，一个箭步冲上前去，就在彩雀女快要掉落下去的那一刻，我一下子抓住了她的手。然而，我看见她对着我诡笑一下，突然一发力，一股力量从她的手臂传了过来，直把我往下扯。我毫无提防，根本想不到她会那么狠毒，竟然想拉上我一起死，只感觉身子一轻，便连人带背包"咕咚"一声掉进水里。

这几下只是几秒钟的时间，马骝他们还没反应过来，以为我救人不成，反而自己掉进水里。冰冷的海水打在脸上，如刀割般疼痛，一股寒流游遍了全身，冷得我直打哆嗦。

大雾中，我看见他们趴在悬崖边，对着我不断呼叫。也该注定我受罪，刚掉落水里，天上就开始淅淅沥沥地下起雨来，不久便倾盆大雨，似乎想把我淹没在水里。这水表面上看起来没什么，其实下面的水流很急，我虽然熟悉水性，但扑腾了两下也被灌了两口水进肚子，呛得我头昏眼花。幸好背包有浮力，我抓住背包，双脚不断踩水，尽量让身体保持平衡。

这时，从上面抛下来一根绳索，只听见马骝对着我大声喊道："斗爷！看见绳索了吗？抓住绳索，我们把你拉上来！"

这悬崖很高，距离水面起码有六七丈，那么长的一捆绳索抛下来，也只是刚好到达水面。我环视了一下周围，很远的地方好像有两艘游艇停在岸边，但似乎没有发现有人落水。这也难怪，大雾天气，加上又是冷风冷雨，大家都躲在里面享受暖气，谁会有心情出来巡查。

我刚想游过去抓住绳索，左脚突然被什么东西抓住，仔细一看，原来是那个彩雀女。只见她紧紧抱住我的一只脚，我踹了两下都没法儿把她踹开。我深知这种情况，一个不会水性的人如果溺水，只要抓住了某个东西，便至死都不会松开。但现在这样，如果不把她弄出水面，我和她都会葬身这冷水中。

我深呼吸一下，憋了口气，忍住刺骨的冷水，一头扎下去，伸出左手托着彩雀女的下巴，而右手抓住她的腰，使出九牛二虎之力，一下子把她拉出了水面。彩雀女得到了呼吸，不断喘气，她的皮肤本来就很白，现在浸泡了一下冷水，更加白得恐怖，看上去跟死人没什么区别。

彩雀女像抓住了救命稻草一样，紧紧地抱着我。我抱着她的腰，拼命划水，想过去抓住绳索。但抱着一个人，游起来非常吃力。而彩雀女似乎被冻得有点儿体力不支，身子开始往下沉。我心想，就这体质，还想去盗墓，真是不自量力。

忽然，一个风浪席卷过来，我和彩雀女一下子被水流卷入水下，幸好我一只手抓着背包，这才没被卷走。彩雀女真的是体力不支了，她抓住我的双手突然松开，整个人往下沉去。如果我这个时候不去救她，自顾自逃生的话，我肯定能抓住那绳索，根本不畏这大风大浪。但见死不救不是我金北斗的性格，即使对方是个坏人，如此情景下，我还是想去救她。于是我憋住一口气，钻入水下，再次托住她的身体，把她弄出水面。

这时，我隐约看见关灵趴在崖边失声痛哭起来，似乎想跳下来救我，但却被马骝一把拉住。我知道关灵怕水，看见这样的情景，一定感到很害怕。我心想你跳下来也救不了我呀，到时还要我反过来救你，那真的是大家一起去海龙王那里报到了。

这时候，风浪再次袭来，我一手抓着背包，一手抱着彩雀女，但这次的风浪太大了，我和她连人带背包一下子被卷入水下。我的体力也开始慢慢透支了，四肢被冻得僵硬，即使这样，我脑袋还是很清醒。再看彩雀女，已经开始支持不住了，手脚软绵绵的，已无力挣扎。

危难之中，我忽然想起了什么，连忙用嘴拉开背包的拉链，从里面拿出一个微型氧气筒来。我差点儿忘了这个东西，因为考虑到在岛上寻找血太岁，而周围都是水，所以我们事先准备好了氧气筒，以备不时之需。却没想到，还没开始寻找，就已经要用上了。

就在我刚取出氧气筒的时候，一股急流冲了过来，我立即松开背包，双手抱住采雀女，以免她被冲走。我对着氧气筒吸了两口氧气，接着把氧气筒递给彩雀女，示意她吸氧。彩雀女吸了几口，慢慢恢复了些精神。

而此时水流越来越急，似乎只朝着一个地方冲去，在这种情况下，人的力量根本无法跟水流抗击，只能顺着水流的方向而去。我观察着周围的情况，希望有什么东西能阻挡一下，要不然不知会被冲到哪里去了。但周围好像都是石壁，水流似乎冲进了一个隧洞里。氧气筒的氧气有限，若到时没了，我们就真的玩完了。

也不知冲了多久，就在氧气筒快要用完的时候，我忽然感觉身子一轻，接着重重地掉落，似乎从一条瀑布上冲了下来，落到一个水潭里。幸好水潭里的水流不急，我们被一块大石头挡了一下，这给了我们逃生的机会，我连忙抱着彩雀女钻出水面，用尽最后一丝体力爬上了一块大石头。一上岸，我们俩都趴在石头上，身子早已冷得毫无知觉，连呼吸都觉得费力。

歇了一阵，稍微恢复了体力，我便爬起身，四处打量起来。周围黑漆漆的，伸手不见五指，但依稀能感觉到眼前的这个空间非常大。我忽然想起了什么，往内衣口袋摸了摸，幸好手机没有弄丢。有了之前的教训，我这次专门上网订购了一台具有防水功能的手机，现在就算湿了，也可以使用。

我打开手机的手电筒，把周围照了一圈。只见眼前这个地方有几百平方米大，看起来像个天然洞穴，但应该不是所谓的溶洞，因为这里并不具备喀斯特地貌。而在一处洞壁上，有一条大瀑布直冲而下，气势宏伟，不用说，刚才我们应该就是从这瀑布上冲下来的。瀑布底下有个圆形水潭，潭中有两块巨石，黑暗中像是两只大乌龟趴在水面上一样。潭水经过两块巨石后，分成三条小支流，流向不同的方向，然后又汇聚在一起，流向西北方向的一个出口，形成一个壮观的水流风景。

我抱着彩雀女，选了一个离岸边比较近的方向，慢慢游了过去。上岸后，我把彩雀女扔在地上，也顾不得手脚冻得僵硬了，举着手机沿着岸边摸索过去，希望能找到逃生口。我大概猜到身处的位置是哪里，应该是蓬莱仙岛的内部，就是不知这个地下洞穴是什么时候形成的，有没有出口可逃生。但我找了一遍后，除了水流出去的那个缺口，再也没有发现其他出口了。

这时，我忽然感到一阵尿意，于是随便找了个地方撒泡尿。手冷得连拉链都不太顺畅，正方便之时，冷不防身后传来一个女人的声音："你在干什么？"

# 第八章　仙墓传说

我吓得差点儿尿湿了裤子，急忙拿出匕首转过身来一看，只见那个彩雀女不知什么时候坐了起来，正眼睁睁地看着我。我开始还以为她是个哑巴，没想到竟然会开口说话，便用匕首指着她惊讶道："你怎么会说话的？"

彩雀女说道："我又不是哑巴，怎么不会说话？"

我一边走过去，一边说道："之前都没见你说过一句话，我还以为你……"

我的话立即被她打断道："不说话，就一定是哑巴呀？你不拉拉链，那是不是一定是个流氓？"

我一听她这样说，连忙低头看向裤裆，我的乖乖，原来刚才被她开口说话吓了一跳，竟然忘记拉拉链了。我羞得脸都红了，连忙背过身去把拉链拉好。

为了避开这个尴尬的事，我问道："既然会说话，那为什么不见你说？"

彩雀女揶揄道："呵，跟你们有什么好说的？"

我真的想过去扇她一巴掌，心想要不是老子舍身去救你，你他妈早就去见东海龙王了。但我气归气，也不会真的过去打她。

似乎见我没有出声，彩雀女"扑哧"一声笑道："那么小气干吗？现在不是跟你说话了吗？"

我没好气道："哼！我想救你，你却把我拖下水。真是黄蜂尾后针，最毒妇人心！"

彩雀女可能觉得自己有点儿理亏，说道："我都忘记发生什么了……喂，那个……"

我连忙打断道："喂谁呢？我有名字的。"

彩雀女问道："那，请问大哥怎么称呼？"

我回答道："本大爷行不改名，坐不改姓，金北斗是也，江湖人称'斗爷'。"

彩雀女捂着嘴笑道："斗爷……那也是，这么冷，还不抖哇。"她故意把"抖"字说得重一点儿。

我问道："那你又叫什么名字？"

彩雀女回答道："我呀，复姓赫连，名叫淼淼。"

我知道"赫连"这个复姓，那是出自汉室刘姓，意思是赫赫与天连接，属于比较罕见的姓氏。我立即揶揄道："淼淼哇，哈哈，这么多水，难道不冷吗？"

赫连淼淼撩了一下头发说道："这一身都湿透了，能不冷吗？都快冷死了，赶紧找找，看看有没有东西可以生火呀？"

我一边环顾四周，一边寻找能生火的东西，岸边有些垃圾被冲在那里，其中就有一些枯枝。虽然枯枝可以燃烧，但没生火的工具，也是徒劳。之前在天坑那时，还可以用锡纸和电池来做生火工具，但现在我身上除了一把匕首和一部手机外，再也没有其他东西。虽然还不至于被冷死，但如果这样下去的话，肯定很快就会病倒，到时也只会是死路一条。

正当我不知所措的时候，一个东西突然从瀑布上冲了下来，掉落在水潭里，仔细一看，竟然是我的背包！真是天无绝人之路，我立即飞奔过去，在水潭的分流口处截住了背包。我把里面的东西全部倒了出来，虽然背包能防水，但我取氧气筒的时候曾经拉开了拉链，里面很多东西都湿了。但庆幸的是，手电筒还能亮，用封口袋包裹的生火工具和三个充电宝也在，还没有被弄湿。不过，我发现放在最上面的那袋吃的东西不见了，还有一个防毒面具也不在包里，有可能是被水流冲了出去。在这样一个未知的环境里，如果没有东西吃的话，我们会更加难以逃生。

我们找来一些枯枝，在洞里生起了一堆火，顿时感觉温暖了许多。看着红红的火光，我忽然想起了关灵，心里非常担心她的安危。那个臭道士是个阴险狡诈之徒，不好对付。马骝为人又比较冲动鲁莽，让他来保护关灵，我真的有点儿不放心。而水哥虽然表面上跟我们是一队的，但是他深藏不露，也有可能是个隐患……但事到如今，我再担心也没用，毕竟现在我自己都泥菩萨过河——自身难保，能不能逃出这个洞，现在还是个未知数。

这个时候，赫连淼淼忽然开口说话，她问道："你们要血太岁干吗？"

我抬起头，看着她，她白皙的脸庞在火光的映照下，像泛起了一阵红晕，非常漂亮，可以说比关灵还要漂亮。而且她的身材很好，玲珑有致，真令人想入非非。似乎发觉我在盯着她看，赫连淼淼立即用双手捂住胸口，叫道："看什么呢？你们这些臭男人，没一个是好东西！"

我赶紧收回目光说道："谁那么有空看你……我在想怎么回答你刚才的那个问题而已……"

赫连淼淼"哼"了一声，把手放下来，一边伸向火堆取暖，一边说道："扯吧，这还要想吗？不就是为了那两个臭钱……"

我立即反驳道："你以为谁都像你们那么贪钱哪，为了达到目的，可以做出些抢劫伤人之事。"

赫连淼淼说道："我们也不是为了钱。"

我说道："那是为了什么？"

赫连淼淼那冷艳的表情忽然变成了楚楚可怜的样子，她说道："是为了治病。在我的族里，人们都患有一种很罕见的遗传病，当今医学也无法救治。"

我不禁觉得有点儿同病相怜，便问道："难道血太岁，能治好这种遗传病？"

赫连淼淼点点头道："我们那里都这样说。"

我又问道："那个道士他们是你们的人吗？"

赫连淼淼摇摇头道："他们不是，他们是我请来找血太岁的。我手里有一张古老的地图，是族人留下来的，但没人能看懂，后来经朋友介绍，说那个道士可以看懂地图，便花重金请他和他的徒弟一起来寻找血太岁。"

我说道："所以你听说要把地图交给我们，你才不愿意？"

赫连淼淼说道："这是我们族里的东西，老祖宗留下的，可以说是宝物了，哪能说给别人就给别人？"

我越听越觉得有趣，想不到血太岁这个东西，竟然有人一直在寻找，而且还画了地图。不过，既然前人留有地图，那应该去找过血太岁，治好了族里的遗传病啊，为什么后人还要去找？难道那病又复发了不成？

我把这个疑问说了出来，赫连淼淼轻轻地摇了摇头说道："我也不清楚。听族里的老人说，也有不少人带着地图去寻找，但最后都无功而返。几天前，那个道士根据地图上的指示，来到了刚才我们站在上面的那个地方，同样没有发现什么血太岁。之后我们在附近也找了很久，仍然没有任何发现。后来那个道士说，你们也是去找血太岁，有可能会知道去哪里找，于是叫我们到城区去，碰碰运气，把你们带过来。"

我心想，从古至今，有多少人想寻得血太岁，但都没有一个成功，可想而知难度有多大。要不是近几年有一些大肆报道太岁的新闻，谁也不会想到那个像腐肉的东西，竟然会是如此珍贵的宝物。而血太岁作为太岁中的极品，更是只闻其声，而不见其形。我虽有《藏龙诀》这本奇书在手，但能不能找到血太岁，现在还是个未知数。而那个臭道士，竟然想仅凭一张地图就找到血太岁，那未免太过天真了。

我问赫连淼淼："那你对血太岁这东西了解多少？你族里有没有流传下来一些关于血太岁的资料？"

赫连淼淼抬头看了我一眼，然后说道："我们那里有一个传说，说血太岁藏在一座仙墓里……"

仙墓？

我立即想起关谷山说过的话，他曾经提到过血太岁藏在一个仙墓里，难道与赫连淼淼说的是同一处？

我连忙问道："那传说是怎样说的？那仙墓又在哪里？"

赫连淼淼说道："传说在古时候，有个夜郎国，这个国家被灭后，有一个大臣带着全家逃离，最后来到了现在的山东地区。但是谁也不知道，在大臣的家眷中，有一个女人是夜郎国的公主。"

我听到这里，忍不住叫出声来："什么？夜郎国的公主？"

赫连淼淼点点头道："没错，但可能是由于一路奔波，水土不服，公主突然得了一种罕见的怪病，看了很多大夫都治不好。后来碰到了一个云游四方的道士，他给了那个大臣一个方子，让他去找血太岁。于是那个大臣便带人四处寻找血太岁，历经多时，最后还真的被他找到了。但是等他们回来后才发现，公主早已病逝了。为了安葬公主，大臣在这座仙岛上修建了一座墓，并把找到的血太岁藏在墓中。"

我不禁问道："那个大臣是谁？还有那位公主，叫什么名字？"

赫连淼淼摇摇头说道："这个就不清楚了，传说里没有说，我那边的族人也不知道。"

我回想起关谷山说的那个仙墓传说，如果传说是真的，那么赫连淼淼口中所说的大臣，应该就是当年的夜郎巫官。但是，那个夜郎公主，会是一个怎样的人？关于夜郎国的历史资料，我翻过很多，但对于这样一段传说，我还是第一次听见。所以想从历史资料里查出这个夜郎公主是谁，估计是没有什么可能了。

这时，赫连淼淼忽然说道："传说血太岁并非像其他太岁那样，像块腐肉，它是有形状的，而且像人形。"

我忍不住惊讶道："像人形？"

赫连淼淼点点头说道："没错，它是一个生命体，听族里的人说，它长得就像一个小孩儿，浑身血红，不但样子像人，还能行走。"

我听得起了一身鸡皮疙瘩，我一直以为血太岁只不过跟其他太岁一样，都是个生命体，像块腐肉，最多像古籍中记载的那样，会流出血来，所以叫血太岁。现在听赫连淼淼这样一说，完全颠覆了我的想象，如果真是这样，那么我们寻找的就不是什么血太岁，而是一个血小孩儿了。不过，传说都是经过添油加醋的，而且大多都被神化了，也不能尽信。

赫连淼淼似乎看出了我的怀疑，于是对我说道："我想你肯定不信我说的，但在我们族里，就有一个血太岁的雕像，逢年过节族人都会去祭拜它的。那雕像是用石头雕饰而成的，上面还染了朱漆，远远看去，就是一个活生生的血人儿。"

我连忙问道："你是哪里人？"

赫连淼淼听我这样一问，忽然抬起头盯着我，神情严肃道："这个，我不能告诉你。"

我有点儿不明白，问道："这又不是什么敏感问题，有何不能透露的？"

赫连淼淼说道："这是族里的规定，不能对外人透露。因为你们这些外人，一旦知道我们那个地方，肯定会千方百计去探索、去曝光，这样的话，有可能会给我们的族里带来无法想象的灾难。"

赫连淼淼说的也不是没有道理。许多原生态的地方经过一些探索者的曝光，就不断遭到外人的入侵，这种曝光并没有给那些地方带来好处，反而使它们遭到各种破坏，时间一久，带来的灾难是无法想象的。

这不禁令我想起了天坑底下的夜郎迷城，还有死在那里的上官锋。要不是我们的入侵，夜郎迷城就不会遭到破坏，而上官锋也不会因此而死，我和关灵、马骝、九爷他们也不会中了独眼鬼虫的毒，更不会因要找血太岁而被困在此洞中……

这时，赫连淼淼突然"咦"了一声，似乎发现了什么东西，脸上立即出现了吃惊的表情，指着不远处的地方说道："你看那东西，好像是……好像是一个骷髅头骨！"

我顺着她指的方向看去，只见在昏黄的火光映照下，果然有一个骷髅头骨被镶在一面石墙里，大概有三分之一露了出来，似乎想破壁而出一样，样子十分狰狞。我心想，这个位于蓬莱仙岛底部，与水相连的地下洞穴，难道早有前人造访？

# 第九章　殉葬坑

我举着手电筒，走过去仔细打量起那个骷髅头骨，只见头骨呈灰黄色，看上去已有些年代，绝对不会是近几十年发生的事。我又看了看旁边的石壁，不看不要紧，一看吓得倒吸了一口冷气。只见有好几处地方，都出现了人的尸骨，有的是头骨，有的是其他部位的骨头，都镶在石壁里，一眼扫过去还会错认为是些石头，如果不仔细看还真的很难发现。

我们沿着洞壁走了一圈，几乎把整个洞仔细查看了一遍，就差检查水潭底了。但除了那面墙有骨头外，其他地方都没有什么异常情况。这偌大的一个洞里，除了虫豸，连个动物都没有发现。那也是，这洞可以说没有出入口，要不是刚好在悬崖那个位置掉进水里，又刚好被冲了进来，谁会想到在仙岛的内部，竟然会有这样的一个洞穴存在呢？

赫连淼淼吃惊道："我的天哪！难道这里以前发生了地震吗？怎么都死在石壁里？"

我说道："从这个洞穴来看，也不排除发生地震这个可能。你看这面石壁，就好像坍塌下来的一样。"我一边说，一边重新观察起整个洞来。如果说这是天然洞穴，那么大自然的鬼斧神工也未免太过厉害了。

我问赫连淼淼："你有没有觉得，这个洞穴有点儿像人工挖掘的？"

赫连淼淼看了看周围后道："这我还真看不出来。"

我指着水潭那边说道："你看那水潭，呈圆形的，而水中那两块巨石，无论形状还是大小，似乎都差不多一样，而且位置是相对分开的，如果由上往下俯视，你觉得像什么？"

赫连淼淼看着水潭，皱起两条黛眉说道："像什么呀……我觉得像两只大乌龟趴在那里。"

我有点儿哭笑不得，连忙说道："也的确像大乌龟。但是从整个布局来看的话，你不觉得像一个太极的符号吗？"

赫连淼淼听我这样一说，好像突然醒悟过来了一样，说道："对哦，你这样一说，还真觉得像一个八卦呢。但是，这又说明什么呢？"

我说道："说明这个洞穴不是天然的，而是人工的。"

赫连淼淼说道："这个也不一定啊，也许那两块石头是经过水流的冲刷才变成这样的呢。"

我说道："你说的也不是没有道理，不过你看那条地下河，首先是外面的水经过一个洞穴，形成一条瀑布冲下来，然后形成水潭，水潭分成三条支流，三条支流最后又回归在一起流出去。这种情形很难是天然形成的，肯定是人工形成的，如果我没猜错的话，这应该就是风水布局中的'万法归一'。也就是一生二，二生三，三生万物，万物最终又复归于道。"

赫连淼淼好像听得一头雾水，投来惊讶的目光道："难道你是风水师？”

我忍不住说道：“有见过这么帅的风水师吗？”

赫连淼淼撇了撇嘴，说道：“但你好像很了解风水这些东西呀……”

我揶揄道：“呵，果然美貌与智慧是不能并重的呀。这些东西，多看两本书就知道了，哪还要专门去做风水师。”

我这话没有说谎，但除了跟平时看的杂书有关外，最大的功劳其实还是来自《藏龙诀》那本书。我记得在《藏龙诀》的第二部分，也就是叫人如何藏宝的那部分里面，有一句这样的口诀：三清四梵，五行六界，七曜芒寒，八卦运转，万法归一。说的就是一个“万法归一”的风水布局。

当我觉得水潭像一个太极符号时，我就觉得这个洞穴并非那些普通的山洞，也许真的如我所猜的，这地下河是做成了“万法归一”的格局。我们是从瀑布上冲下来的，也就是说，入口与外面蓬莱仙岛周围的水是连通的。可能在很久以前，蓬莱仙岛的水位并没有那么高，于是有人挖了一个通道进入这里，然后又挖了眼前这个洞穴，等水位到达通道口时，水流就会从通道一直流进洞里，形成“万法归一”的格局，最后往回流出去。当然，这只是我的一个猜测。但洞中出现了人的尸骨，的确可以证明这里曾经有人来过，这点毋庸置疑。只是为什么会被镶在石壁里，这个就真的无从得知了。

不过，如果是人为挖掘的，那为什么要弄成“万法归一”的格局？难道这个洞穴藏有不可告人的秘密？

想到这里，我心里一阵兴奋，如果这里面真的藏有什么东西，那么《藏龙诀》就应该能派上用场了。我再次观察这个洞，除了镶有头骨的那面墙壁外，地面上并没有能证明此乃人工洞穴的痕迹留下。

但当手电筒的光掠过头顶时，我无意间发现洞壁顶部有许多裂痕，给人一种随时都会裂开，坍塌下来的感觉。仔细一看，它们的裂痕深度几乎都一样，与其说是裂痕，还不如说是人工凿痕，有人刻意做成这个样子的。这些裂痕纵横交错，大小不一，但格局清晰，一共三十六分格，犹如三十六个棋盘吸附其中，非常壮观。

我忽然想起那句口诀——三清四梵，五行六界，七曜芒寒，八卦运转，万法归一。这当中的"六界"，在道家中指的是三十六重天，这似乎跟头顶那三十六个棋盘有点儿吻合。而这里是蓬莱仙岛，传说有神仙和长生不老药，这样的布局似乎是想要超凌三界，逍遥上清，达到自由自在，长生不老的境界。

看见我盯着头顶的石壁入神，赫连淼淼不解道："喂，你在看什么？"

我连忙回过神来，指着头顶说道："你看那些裂痕，你觉得会是什么？"

赫连淼淼看了一阵后说道："看样子像人工凿出来的，但是凿这样的东西有什么意义？"

我说道："凿在洞顶上的，我觉得有可能跟天体、天文学这些东西有关。"

赫连淼淼看着我问道："那你知道是什么意思吗？"

我抬头道："我一时半会儿也猜不到是什么意思，但既然是人工所为，肯定有它的意义所在。这同时也说明一个问题，这个洞一定有古怪，说不定，我们碰到了一座古墓。"

赫连淼淼一听我这样说，眼睛立即亮了一下，道："古墓？难道是那座仙墓？"

我摇摇头说道："现在还不能确定。"

我一边说，一边把手电筒戴在头上，接着从背包里拿出一把工兵铲，走到那面镶有尸骨的洞壁前面，然后举起工兵铲，往那个骷髅头骨旁边的泥土直铲了过去。

赫连淼淼不知道我要干什么，急忙制止道："喂，你这是要干什么？侵犯了死灵可不是什么好事儿，赶快停住！"

我没有停下手中的动作，一边挖一边说道："你没注意到那颗头骨吗？好像要从洞壁里走出来一样，我在想啊，出路有可能就在这个位置。与其在这里瞎猜，还不如尝试一下呢。"说到这里，那颗头骨已经被我挖了出来。

这里由于空气潮湿，洞壁的泥土有黏性，而且相对比较松软，工兵铲虽小，但一挖也可以挖掉一大块泥土。头骨出来后，我又沿着周边开始挖，赫连淼淼似乎有点儿忌讳这些骨头，站在一旁看着我。我也没理她，继续往里面挖，挖了一阵后，身体逐渐暖和了起来，也就越挖越有劲儿了。

但挖着挖着，情况开始有点儿不对劲了，挖出来的骨头越来越多，似乎挖的不是泥土，而是骨头。赫连淼淼也注意到这个情况，惶恐道："这到底是怎么回事？怎么这些东西越挖越多？"

我皱了皱眉道："我也觉得奇怪，这似乎有两种可能性，那就是我们有可能挖到了一个殉葬坑，也就是说，我们挖到了一座墓；第二种可能性，那就是这些都是战争留下来的尸骨。"

赫连淼淼的表情瞬间变了，惊恐中夹杂着兴奋说道："这么说，我们真的有可能碰到古墓了？"

我点头道："这个可能性很大。这个洞穴的布局，估计就跟古墓的风水有关。"

接下来，我又继续深挖，不知不觉间，眼前的洞壁已经被我挖了有一米多深、两米多宽，挖出来的泥土当中，也不知混杂了多少骨头，如果拼起来的话，估计有五六个人的尸骨，这还不包括旁边还没挖的地方。如此多的人葬身于此，加上洞穴是人为布局的，估计是战争残留的可能性就很小了，但如果真的是殉葬坑的话，那么这个古墓就非同小可了。

我心想，难道真的那么巧碰到了传说中的仙墓吗？但是如果是仙墓，又为何会出现如此多的尸骨？

为了保证死者亡魂的冥福，古代丧葬中有一种以活人殉葬的习俗，殉葬又称陪葬，指将死者的妻妾、奴隶或财物、器具等随同死者一起葬入墓穴中。

所以，如果眼前这些挖出来的尸骨是殉葬之人的话，可想而知，能用到如此多的人殉葬的，一定是帝王将相或诸侯贵族等有身份的人。难道在这个蓬莱仙岛的下面，真的藏有一座帝王之墓？但我绞尽脑汁，也想不到历史上有哪个有身份的人会葬在蓬莱仙岛底下。

接下来继续往里挖了一阵，工兵铲突然碰到了坚硬的东西，凭感觉应该是石头。之前挖的时候也碰到过石头，但都是比较小的，现在连挖了好几下，都无法挖下去。我连忙拨开上面的泥土，很快，一块超大的长方形砖出现在眼前。只见这块砖长有一米左右，宽有三十多厘米，上面压印有精美的菱形纹饰和花鸟纹，还有一些凸起的圆形纹饰。

一看这砖的形状和纹饰，我心里一阵高兴，不用挖出来，我就知道这砖是空心砖。空心砖又称"空腹砖""空砖"等，是一种空心的墓砖，其体积庞大，印有各种纹饰，形状多为长方形，也有其他一些形状。盛行于战国末到东汉。相传空心砖最早由郑州砖匠郭公制造，故名"郭公砖"。清代开封人周亮工所著《书影》中曾经有这样一段话：

"余乡多郭公砖，体制不一，以长而大者为贵。江南人爱之，以为琴几。荥泽、荥阳尤多。郭公不知何时人，闻嘉靖元年，会城抚军命亓（qí）百户修月堤，偶发一古冢，砖上有朱书曰：郭公砖，郭公墓，郭公逢着亓百户，巡抚差尔修月堤，临时让我三五步。"后来修堤后，大家都叫这些砖为"郭公砖"。

赫连淼淼似乎也看出了些端倪，兴奋道："看来我们真的挖对地方了，这真的是一座古墓。不过，这些人为什么会在墓外殉葬的？"

赫连淼淼说的这个问题我也想不通。按理说，殉葬会有专门的殉葬坑，大多数都是在墓内，而眼前挖出来的这些尸骨却是在墓外，这点实在令人费解。不过，这个时候也没时间去想这些问题了，管它是里是外，能从这里进入墓里的话，也算是一条生路了。虽然不知道在墓里能不能找到出路，但怎么样都比死在这里要好。

于是我对赫连淼淼说道："我们把那砖挖出来看看是什么情况吧。"

虽然空心砖块头很大，但沿着砖与砖之间的缝隙挖，也不用费多大的劲儿，就把那块空心砖给弄了出来。这空心砖一端留有长方形孔，另一端留有一个圆形孔，应该是属于战国至西汉时期的空心砖。我想，这一时期，会有哪个大人物葬在这里？但在脑海里过了一遍这时期的历史资料，也没想出个所以然来。

随着空心砖的挖出，一个黑乎乎的洞赫然出现在我们眼前，但随之而来的是一股无法形容的陈年腐味儿，有点儿呛鼻子。我生怕那些气味有毒，急忙对赫连淼淼示意了一下，两人捂着口鼻走到了一旁。

约莫过了几分钟，感觉那股气味没那么呛鼻后，我便走到洞口那里，然后把手电筒伸进去探照了一下，只见里面是一个墓室，空间很大，透过光亮，可以看见一些陶罐、陶鼎和陶盆等陪葬品放在地上。

接下来，我们一连挖了几块空心砖，把洞口挖得足以容纳下一个人猫腰走进去才停了下来。然后，我点上一根火把，但这火把没松脂裹住，也用不了多久，不过有些火光，心里也会稍微镇定些。

就在我刚想迈步走进墓室时，赫连淼淼忽然说道："等一下。"

我扭过头来看着她，问道："什么情况？"

赫连淼淼问道："你有没有盗墓的经验？"

我摇摇头说道："没有，你看我像盗墓贼吗？"

赫连淼淼立即现出担忧的表情，说道："我还以为你跟他们一样盗过墓呢。那现在怎么办？"

我说道："什么怎么办？"

赫连淼淼说道："我和你都没有经验，就这样进入墓里，你说我们能走出去吗？"

我耸耸肩道："那你看着办吧，进不进去你自己决定。"

赫连淼淼没有出声。

见状，我也没理她，弯下腰走进墓室里。

就在这时候，那个水潭突然泛起一圈圈的波纹，不久，那水如沸腾般涌起来，似乎有东西要从水底钻出来一样……

# 第十章　水上石棺

眼前这个墓室的面积大约有二十平方米，有一些陶罐和陶器放置在里面，这些陪葬品虽然有点儿褪色，但仍不失精美。不过这个时候，我也没心情去仔细研究这些东西，更没有半点儿贪念。

在这个墓室的前面，有一条墓道很高，也很宽，能容纳三人并行行走。我刚想往前走，忽然发现赫连淼淼没有跟上来。这家伙，难道真的不想进来？

我立即冲着洞口叫道："喂，你真的不进来吗？"

赫连淼淼没有回答我，我又叫了一次，然而没有得到任何回应。我隐约感觉有点儿不对劲，便立即掉头回来，刚走到洞口，就看见赫连淼淼弯腰走了进来，差点儿碰了个头。

我问道："搞什么嘛？没听到我在叫你吗？"

赫连淼淼看了我一眼，一脸茫然道："啊，你有叫我吗？不好意思，没有听见，可能是瀑布的声音太大了吧。"

我盯着她的脸，总感觉她有点儿不对劲儿，但是哪里不对劲儿，我又说不出来，这种感觉令我有点儿恐慌。我禁不住问道："你没事儿吧？"

赫连淼淼看着我，笑笑道："我能有什么事儿？"

我点点头道："没事儿就好。"

我和赫连淼淼并排而走，走着走着，她突然挽住我的手，整个身子靠近过来，就像情侣逛街一样，一点儿也不觉得害羞，跟之前我所认识的赫连淼淼简直判若两人。她这样的举动令我感到有点儿害怕。但出于礼貌，我也不好意思挣脱她的手，毕竟一个女孩子走在这样的地方，说不害怕那是假的，挽着我的手可能会让她觉得有安全感吧。

我一边走，一边悄悄留意着她。老实说，我没有半点儿盗墓经验，虽然之前去过夜郎迷城，但现在在这些幽暗的地宫里行走，还是感到特别惊慌。而我发现赫连淼淼的表情虽然表现出恐惧紧张的样子，但却非常不自然，好像装出来的一样。不过现在这种情况，我也不能确定自己的判断是不是对的，也许不是她的问题，是我自己的问题，因为我生怕这种情况会和在夜郎迷城被魔鬼蛙迷惑时一样，分不清眼前的情景是真是假。

沿着墓道往前走，真有种步步为营的感觉，要是一个不小心碰到墓道上的机关，那就要死在这里了。墓道里的空气有点儿闷，但还好空间比较大，也不会出现呼吸困难。走了有十多米，直到出现了一个十字路口，都没有发现什么异常情况。十字路口分成四条墓道，而东西方向的墓道比我现在所处的南北墓道要宽许多，看样子应该是主墓道。

赫连淼淼问我："斗爷，走哪个方向？"

我摇摇头说道："我也没主意，但从我们刚才进来的方向判断的话，往右边走应该会到达主墓室。我们就走右边吧。"

赫连淼淼看着我说道:"那,那要是走错了呢……"

我苦笑一下,道:"不是左就是右,错了大不了就给墓主人陪葬呗。"

赫连淼淼立即皱起眉来,说道:"我那么年轻,很多事儿都还没做呢,我可不想就这样死在这里……"

听她这么一说,我打趣道:"很多事儿都还没做呀?不会还没谈过恋爱吧?"

赫连淼淼可能想不到我会这样问,双眼一下子瞪大,脸上浮出一丝女人的娇羞道:"哼,那又怎样?关你什么事儿?"

"要是没谈过恋爱,那还真是死得冤枉啊。不过,"我笑笑道,说到这里我清了清嗓子,然后看着赫连淼淼说,"不过有我陪着你,那也算死得其所了。"

赫连淼淼的脸一红,刚想说点儿什么,右边的墓道中突然传来一阵怪声,好像是蛤蟆叫的声音,但又比蛤蟆的叫声要尖锐。这突如其来的叫声把我们吓了一跳,赫连淼淼更是双手抓紧我,几乎把整个身子都蹭了过来,丝丝的女人香味儿立即窜进了鼻孔,令人心动,但同时又混夹着墓道里的气味,令人很不舒服。

这时,我手中的火把终于熄灭了,黑暗的墓道里只有手电筒的亮光。而那个怪声只是响了一下,等了很久也不见再响起。赫连淼淼抓着我的手并未松开,说话的声音都有点儿颤抖:"这、这是什么东西在叫……怪吓人的……"

我安慰她道:"镇定些,别自己吓自己,叫声而已,并不代表什么,更恐怖的怪物我都见过呢。"

那也是，在夜郎迷城那里，我经历了被大怪蛇攻击，被独眼鬼虫咬，被魔鬼蛙迷惑，被黄金触手拖进洞里，不知多少次走在死亡边缘，这区区一声怪叫而已，怎么可能吓到我？而且根据史料记载，古墓里更多的是机关陷阱，不过当然也可能会有怪物，但想必跟夜郎迷城里的怪物是没法儿比的。

我抓紧手中的工兵铲，然后往右边的墓道慢慢走去。本来想把随身带的那把匕首给赫连淼淼，但想了想，还是自己留着比较安全。我一边走，一边留意着周围的情况，在走了十多米后，墓道两边的墙上同时出现了三个正方形小洞，边长有十厘米左右，按上中下对齐排列，一看就知道是人为设置的，我生怕这里面有机关，便停下了脚步。

我举起工兵铲，往其中一个小洞拍了几下，并没有什么情况发生。就在我试着往前踏进一步的时候，脚下的空心砖突然微微一沉，然后听见"嗖嗖"几声，六支箭突然同时从小洞里射出来。我连忙向后退开，同时伸出工兵铲，"哐当"响了两下，两支箭几乎同时射中工兵铲，我的手臂立即感到一震，虎口被震痛，工兵铲差点儿被射落在地，可想而知那箭的冲力有多大。而没有射中物体的那些箭则射回了对面的洞里。刚才要是我们贸然走过去的话，肯定会被利箭穿身，死在这墓道里。

赫连淼淼吓得惊叫一声，躲在我身后。我捡起地上的弓箭看了看，发现是铜制的，箭身泛起一层铜锈，但依稀可以看到上面的一些精美雕饰和不规则的卡槽，箭头不算很锋利，不过非常特别。

古代的弓箭一般分为双翼镞和三棱镞，在夏商时期，青铜箭镞就开始兴起，到了战国晚期，三棱镞才出现。因为在战国晚期，士兵们把防护加强了，普通牛皮甲经过油浸后十分坚韧，双翼镞已经很难穿透，所以形似穿甲弹的三棱镞便应运而生，因为三棱镞与双翼镞相比杀伤性能更强。而我手中的这支铜箭虽然是三棱镞式的，但每一棱上都还带有锯齿，实属罕见。

在火器发明之前，弓箭在战争中起到了不可取代的作用，可以说是冷兵器中的王者。明朝人茅元仪在《武备志》中说："弓者，器之首也。故言武事者，首曰弓矢。"而能拥有这种带锯齿的特殊弓箭的人，身份一定非常高。

我从背包里拿出一件衣服，把两支铜箭包了起来，也许带回去可以好好研究一下。把铜箭放好后，我观察了一下地面，地面同样是由空心砖铺砌而成，而我刚才踩下去的是正对着洞口的那一块砖。我伸出脚去试了一下，果然一踩下，铜箭就会射出来。如是试了几次，结果都是一样，那些铜箭来回穿梭，从这个洞射回到对面的洞，似乎永无休止。在这种情况下，我们根本无法前进。

赫连淼淼说道："现在怎么办？要不我们往另外一条墓道走吧。"

我说道："估计另一边也会有这些机关。"

不出我所料，我们折返回另一边的主墓道，同样在十多米的位置处出现了六个方形小洞，同样一踩地上那块空心砖，铜箭就会射出来。而另外两条墓道里并没有这样的机关，但却不是我们要走的。

赫连淼淼的脸上立即出现不安的神情，她说道："那、那我们怎么办？还能走出去吗……"

我安慰她道："别灰心，天无绝人之路，既然是机关，肯定会有破解方法的。"我说是这样说，但还没想到怎么破这些机关。要是时间一久，就算我们在这个古墓里没有累死，也会饿死。

赫连淼淼问道："那我们直接跳过去不行吗？"

我摇摇头道："这个很冒险，你能想到的，古人肯定也能想到。万一你跳过去，另外一边也设置了机关，同样难逃一劫。"

赫连淼淼说道："不是哦，我们都跳过去了，那些铜箭都是固定在一个位置射出的，就算落地的时候踩中了机关，也伤不了我们哪。"

我笑了一下道："看来你还真的一点儿都不懂机关陷阱。我虽然没有盗墓经验，但是对这些机关陷阱还是有些了解的，如果这么容易就能躲过的话，古人设置的这个铜箭机关就未免太过儿戏了吧。"

古墓里的机关陷阱，一般都是用来防盗的，设置者在设置机关的时候，基本上会考虑到所有能发生的可能性。如果像赫连淼淼所说的那么容易，直接跳过去就可以躲开的话，那真的有点儿小看古人的智慧了。

赫连淼淼的表情半信半疑，我也没必要跟她较真，反正我这样一说，谅她也不敢去试。不过，现在这种情况下，不把机关破解，根本没路可走。我试图搜索《藏龙诀》里关于机关方面的口诀，但最后还是没有寻得帮助。那也是，虽然《藏龙诀》用处很大，但也不是万能的。

我返回之前的墓道，蹲下身子仔细察看地上那块能沉下去启动机关的空心砖，从外形和雕饰来看，跟其他的并无区别，但想撬开这空心砖破坏机关，这法子也行不通。怎样才能破解机关呢？我坐在地上，背靠墓道，绞尽脑汁也想不出办法。

赫连淼淼坐在我旁边，焦急道："那怎么办……怎么办……看来我们要死在这里了……"

我没接话，闭上眼睛让自己冷静下来。虽然《藏龙诀》里面没有专门破解这机关的口诀，但是所谓万变不离其宗，启动机关是在空心砖下，而铜箭是从小洞里射出来的，空心砖不能动，那么破解的窍门儿会不会在那六个小洞上？

想到这里，我立即站起身来，倾斜着身子，小心翼翼地靠近其中一个小洞。赫连淼淼在身后小声叮嘱我要小心，我做了个手势表示知道。透过额头上的手电筒的亮光，可以很清楚地看见小洞里面有一支铜箭正对着我的眼睛，而铜箭架在一个机关上，有种随时都要弹射出来的感觉。我一连看了几个，里面都是这样的情形。

赫连淼淼问道："怎么样？"

我说道："能看到铜箭和机关设置。我想，它们之间应该是相连的，我们可以试试破坏其中一个，看看情况怎样。"

赫连淼淼有点儿不明白，问道："破坏其中一个？怎么破坏？"

我说道："我还在想办法。

赫连淼淼说道："可惜没有长棍，你的工兵铲也弄不进去……"

我忽然想起什么，连忙问她："对了，你的弹弓还在吗？"

"落水的时候，我把它收好了。"赫连淼淼点点头道，说着，忽然醒悟过来般，"啊，难道你想用弹弓去破坏洞里面的机关？"

我点点头，说道："没错。这个任务就交给你了。"

赫连淼淼皱起眉头道："可是……"

我拍了一下她的肩膀，笑道："你不是耍得一手好弹弓吗？"

赫连淼淼知道我话里有话，一下子尴尬起来，从身上拿出一把弹弓，然后说道："那要怎么打？"

我说道："对着洞里面直打进去。对了，弹弓是有了，子弹有吗？"

赫连淼淼点点头道："我这衣服的几个口袋里，都有夹层，里面都装有子弹，以备不时之需。"说着，她拿出一粒子弹来，原来是一粒有点儿尖的石子，但从形状来看，应该是自制的。

我忍不住揶揄道："看来不能得罪你呀，要不然被这些子弹打中，肯定变成筛子了。"

赫连淼淼忽然露出冷艳的表情，说道："得罪谁都好，千万别得罪女人。"

说完，突然转过身来，一拉弓，对准其中一个小洞就打了进去，只听见"砰"的一声，子弹不知打中了哪里。我示意她再打几下，赫连淼淼又对着同一个小洞打出两弹。最后一弹的声音有点儿不同，听起来像物体被折断的声音。

我叫赫连淼淼退开，然后往启动机关的空心砖上踩了一下，铜箭立即射了出来，但我们都看见，刚才被弹弓打过的那个小洞，竟然没有了动静。这下可令人兴奋了，这证明我的想法是对的，用这种方法可以破解机关。

这时候，赫连淼淼也不用我吩咐了，拉弓对准另外一个小洞，同样一连打了几弹弓，直到听到那个类似折断的声音才停下来。接下来，用这个方法把剩下的几个小洞都解决了。然后我再次去启动机关，那空心砖虽然还是往下沉，但六个小洞再也没有铜箭射出来，看样子应该是完全破解了这个铜箭机关了。

过了这个机关，我也不敢大意，一步一步往前摸索过去。果然刚走到第三块空心砖，脚下再次出现下沉，我立即意识到危险，急忙一把抱住身后的赫连淼淼，往墓道边贴紧，只听见"嗖"的一声，一支铜箭从墓道前面的黑暗处射了过来，贴着背包而过，铜箭的力道很足，也不知射去了哪里。

这一下真的是危险至极！要是我迟一点儿避开，肯定会中箭，或者我自己避开，那么跟在身后的赫连淼淼肯定避不开，一样会中箭。

此时赫连淼淼背靠着墓道，我和她的脸贴得很近，能感觉到她紧张的气息吹在我脸上，挂在额头上的手电筒把她的脸庞照得白里透红，非常美丽。一时间，我们四目相对，我看见她突然红起了脸，把头埋了下去，呼吸也变得更加急促。

见状，我连忙松开抱着她的手，说了句"不好意思"，没想到她竟然伸出手，把我抱回去。这一下可把我吓得不轻，我甚至感觉自己失去了反抗能力，任由她抱住我。

赫连淼淼把脸靠近过来，盯着我看，嘴角微微翘起，似笑非笑道："你刚才不是问我，有没有谈过恋爱吗？"

我支支吾吾道："嗯……好像是吧……怎、怎么啦？"

赫连淼淼说道："我没谈过，不过，我想和你谈恋爱。可以吗？"

我没想到她会那么直白，甚至可以说直白到有点儿吓人。虽说被女人主动表白是很正常、很幸福的事，但在这种情景下，被这么一个我不是很了解的女人表白，我一点儿激情都没有，更多的是恐惧。

我不敢拒绝她，只好笑笑道："这事嘛……要不，我们出去后再认真谈谈？"

赫连淼淼依然保持那个似笑非笑的表情，说道："那要是我们出不去呢？"

我说道："怎么会出不去，一定可以出去的。"

赫连淼淼看了看周围，忽然忧伤地说道："其实，在这里也很好呀，就我们两个人，没有人来打扰我们……"

我一听她这样说，立即起了一身鸡皮疙瘩，心想这丫头不会是鬼上身了吧？难道那鬼看中了我，附身在赫连淼淼身上，要我留在墓里陪她？我越想越害怕，虽然不相信鬼神之说，但身处此地，不得不去想这个呀。

赫连淼淼估计是看穿了我的心思，突然"扑哧"一笑，松开抱住我的手道："跟你开玩笑啦，看把你吓得冷汗都出来了。"

我松了口气，心想还说冷汗，再这样下去，估计得尿裤子了，看我不整你一下，于是我突然伸出手抱住她说道："玩笑？我可是当真的。"

赫连淼淼没想到我会变得那么快，微微吃了一惊，但很快就一脸喜悦道："你是说真的吗？"

我阴笑道："嘿嘿，你以为呢？你不了解我，对于投怀送抱的女人，我一向都是来者不拒的。我使坏的话，说不定等会儿就把你就地解决了。"

我这话说得算是露骨了，连我自己听起来都觉得难听。但没想到赫连淼淼竟然很认真地看着我说道："就地解决？你是说，你真的愿意陪我留在这里？"

我大吃一惊，心想玩笑开过头了，这丫头究竟是没听明白呢，还是一个傻白甜？或者说，真的鬼上身了？

我连忙松开抱住她的手，颤抖着嘴唇问道："你、你到底是谁？"

赫连淼淼皱了皱眉，愕然道："喂，你怎么啦？我是赫连淼淼呀！"

我问道："那你怎么会想留在这里？"

赫连淼淼捂住嘴哈哈大笑起来，笑了一阵才说道："看把你吓得……哈哈，我还以为鼎鼎大名的斗爷天不怕地不怕呢。"

我真不知道她的话哪句真哪句假，心里又气又害怕，希望她说的都是玩笑话吧，要不然真不知该怎么应付了。我清了清嗓子，扯了个话题说道："好了好了，大家算扯平了……你看，我就说了吧，你能想到的，这古人肯定也能想到，这不，跳过来肯定会踩中这里的机关，到时就不好躲闪了。"

赫连淼淼假装没事般说道："是呀，幸好没跳过来……"

接下来的几块空心砖，都设置了机关，幸好我们早有准备，贴着墓道边走，这才躲过了那些铜箭。没过多久，墓道终于走完了，前面突然宽敞起来，应该是到了主墓室了。我举着手电筒扫视了一圈，发现墓室竖着五根石柱，错落有致，直径有五十厘米左右，柱子上面都有几个四方槽，想必刚才那铜箭就是从这些四方槽中射出来的。在这些石柱的中间，有个圆形水池，非常大，直径有十米左右，在水池中间，有一副长三米多、宽一米半左右的石棺放置在上面，远远看去，像漂浮在水面上一般。

中国的丧葬形式很多，古墓的构造各朝各代也都不同，但如此古怪的安葬方式，我还是第一次见。幸好是石棺，如果换成其他东西的话，这样放在水面上早就腐烂成一堆烂泥了。而且，偌大的一个主墓室，除了这个水池和石棺外，竟然没有其他陪葬品存在。

我不敢大意，走的时候非常小心，走过去之后，发现水池的水有点儿混浊，看不清到底有多深。而石棺上面什么雕饰也没有，想要打开石棺，那就必须要下水。但现在这种情况下，我根本没心思去想办法打开它，心想里面也只不过就是一具古尸和陪葬品而已，不过看现在放的方式，说不定里面的东西都变成烂泥了。

这时候，赫连淼淼忽然指了指石棺背后的地方说道："你看那个是什么东西？"

我举起手电筒，往赫连淼淼指的方向看去，只见那面山壁上，有一个脸盆般大的青铜鬼头挂在上面，鬼头面目狰狞、栩栩如生，竟然跟在夜郎迷城里面见到的一模一样！我暗自吃惊，这是巧合，还是这个古墓也跟夜郎有关？抑或，这真的是传说中的仙墓？

# 第十一章　盗　洞

古时候的夜郎国应该是在贵州那一带，距离这里非常远，能在这个地方发现与夜郎有关的东西，实属罕见。夜郎国被消灭的时候，可能有夜郎人千里迢迢远走山东，来到这里，最后在这里修建了这么一座古墓。当然，这些根本无从考究，但也并非没有可能，也许仙墓传说就是真的，毕竟能流传一千多年，总不会是空穴来风吧。就像夜郎迷城的传说一样，巫官金跑到天坑那里修造地下城池，要不是我们误打误撞，也许再过一千几百年，也没有人会发现。

似乎发现我的表情不对劲，赫连淼淼连忙问道："你见过这东西？"

我也没隐瞒，对她说道："以前见过，这好像是夜郎时期的东西。"

赫连淼淼说道："那么说，这里是夜郎时期的古墓？"

我摇摇头道："这个我也不敢确定，周围都用空心砖围了起来，唯独这一面墙体没有，看起来好像倚山而建一样，似乎有特别的用意。"

我一边说，一边走到青铜鬼头底下，想仔细看清楚这个鬼东西。就在这时，身后突然传来一个怪声，是之前那个像蛤蟆叫的声音。

我和赫连淼淼都被吓了一跳，连忙转身一看，然而身后什么东西都没有，手电筒所照的地方都没有任何生物存在。怪了怪了，这叫声是从哪里传来的？我走过去仔细察看了一遍，确实没有发现任何能发出声音的东西。

　　忽然，我一眼瞥见水潭的水好像动了一下，我立即看过去，只见水面出现了一圈细微的波纹，应该是有东西潜入了水里。难道真的是只蛤蟆在水潭里发出声音？我走回水潭边，用工兵铲在水里搅了两下，这一搅不要紧，却把我们吓个半死。只见几十只长相怪异的生物突然从水里冒出脑袋来，同时发出一种尖锐的蛤蟆叫声。那东西的脑袋圆圆的，乳白色，上面有两只红色的眼睛凸出来，好像随时都要掉下来的样子，嘴巴一张一合，可以看见里面的牙齿锋利无比，发出来的声音很像蛤蟆，但相对要尖锐很多，有可能是变异的物种。不过它们也就叫了几下，然后全部一起沉入水底消失不见了。

　　赫连淼淼惊恐道："这是什么怪物？"

　　我摇摇头道："还真没见过。不过不管它们是什么，只要不攻击我们就好，我们也没必要去惊动它们。"

　　赫连淼淼点点头道："嗯，我们现在最重要的，是要找到出路。"

　　接下来，我们继续在墓里寻找出路。在主墓室的左边，有一条墓道，墓道不是很深，也没有设置什么机关。在墓道的尽头有一扇巨大石门，但石门似乎已经被人破坏，倒塌在地，露出一个黑乎乎的空间，似乎是储物室。

　　我刚想迈步向前，突然发现石门旁边有一个东西，仔细一看，竟然是人的头骨。在古墓里面发现尸骨是件很平常的事，但眼前这个头骨似乎不是那么简单，只见在头骨的口腔里面，有一团黑色的东西，好像是块烂布。我拿出匕首，然后小心翼翼地把那烂布挑出来，在手电筒的亮光下，我们都很清楚地看见，这东西并不是一块烂布，而是一只皮手套。不用怎么去细看，便知道这只皮手套是近代产物。

我看着那只皮手套说道："果然有人进过这个古墓。"

赫连淼淼蹙着眉说道："这人会不会是被同伙谋杀的？"

我说道："应该是了，不可能自己把手套塞进嘴里自杀吧？估计跟很多盗墓的故事一样，在利益面前，这些人发生了内讧，从而争个你死我活。"说到这里，我忽然想起什么，扭过头来看着赫连淼淼说道："说不定我们为了血太岁，也会出现这样的结果。"

赫连淼淼苦笑了一下，说道："现在别说找到血太岁，能不能走出这里，都是个未知数呢。"

我心想也是，不过既然有盗墓贼进来光顾过，那么一定会有盗洞存在的。只要找到了盗洞，我们还是有可能逃出去的。

我们踩着石门走进去，只见里面是一个大约八十平方米大的储物室，有十几个大箱分几排放在地上，大箱是铜制的，有半个人高，上面已经铜锈斑斑，但从锁头来看，似乎所有铜箱都被人开过了。我走过去逐个打开，果然不出所料，全部都是空空如也。而在最后一个铜箱那里，有一堆泥土散落着，我连忙把那个铜箱移开，只见铜箱背后，一个盗洞赫然出现在眼前！

盗洞里面向上倾斜，洞口不是很宽，但一个人弯下腰走完全没问题。我往里面照了一下，一时也探明不了里面的情况。但从目前的情况来看，这应该是唯一的出路了。

我对赫连淼淼说道："你跟在我背后走吧，如果这个盗洞能与外界相连，那我们算是大难不死了。"

赫连淼淼点点头道："嗯，希望能走出去。"

我攥紧手中的工兵铲，深呼吸一口气后，便弯下腰走了进去。赫连淼淼跟在身后，用手拉着我的背包，生怕走丢了一样。盗墓贼可能为了行走方便，在盗洞两边挖了些槽，这样走起来也有个支撑，所以并不算费力。

不过，这个盗洞的长度超出了我的想象，我们走了差不多有五分钟，竟然还没有走到头。而且我发现，越往上走，空气就变得越闷，还有一股若有若无的气味，但分辨不出是什么。所幸盗洞挖得相对宽敞，一时半会儿也没有出现呼吸困难的情况。但从这种情况来看，我怕盗洞有可能已经被封死了。

再走了几分钟，前面突然没了去路。我暗叫不好，盗洞果然被封死了。赫连淼淼发现我突然停下来，连忙问道："怎么了？"

我说道："洞口被封死了。"

赫连淼淼脸色都变了，紧张道："那、那我们怎么办？能挖开吗？"

我叹了口气，说道："也只能试试了。"

说完，我拿起工兵铲挖了起来。但在这样的通道里作业，最考验的是体能，由于长时间在地洞中行走，空气又闷，加上又没东西下肚，挖了一阵，我便靠在洞壁喘息起来，四肢开始感到酸软，呼吸也变得有点儿困难。赫连淼淼接过工兵铲，继续挖起来。她虽然打得一手好弹弓，但这种体力活不是她的强项，没挖几下便累得挖不动了。

就这样轮流挖一下，停一下，一个多小时过去，却挖了不到两米深。而这盗洞似乎被封得很死，完全感觉不到外面的世界。这个时候，我们都感觉又渴又饿，我的嘴唇甚至干裂了，连说话都感觉吃力，照这样下去，我们肯定会死在这里。看着那被堵死的出路，我不免感到一丝绝望，看来逃出去的机会非常渺茫了。

赫连淼淼的脸上也出现了绝望的表情，脸色更是白得吓人。她看着我，也许是感觉逃生无望，她摇了摇头，然后苦笑了一下说："看来玩笑成真了，我们都要留在这里了。"

我舔了舔干裂的嘴唇，说道："先别灰心，我们退回去吧，也许其他地方还有出路。"

我一边说，一边用工兵铲撑起身子，但刚站起来，突然感到一阵头晕，脚下跟跄了一下，差点儿跌倒，我连忙扶着洞壁，做了个深呼吸。赫连淼淼想过来帮我一把，但她自己也有点儿不对劲儿，身子晃了晃，突然一头栽在地上。

我叫了她两声，但她好像晕死过去了，身体毫无反应。我暗暗吃惊起来，这并不是缺氧的原因，也非劳累过头，而是在这个时候，之前那股若有若无的气味开始变得越来越浓。我靠着洞壁，强忍着支撑住身体，不让自己倒下。我拿起手电筒往来路照去，通道里没有任何异常。我知道这种情况，十有八九是"墓毒"在作怪。

有些人说"墓毒"是不存在的，古墓中的毒气，不过是有机生物体和其他物质腐烂时形成的一氧化碳。这种说法并不是不对，但太过片面了，很显然不太了解中国古人的防盗墓法。

在古墓中，有很多种毒物，包括气态、液态和固态，可以说是"五毒俱全"，这些在考古发掘中已得到过证实。在古籍《酉阳杂俎·尸穸》中就记载过齐景公的古墓，说盗墓贼掘开墓穴后，有青气上腾，望之如陶烟，飞鸟过之辄堕死，遂不敢入。墓内冒出的气体，竟然可以把天上飞过的鸟儿都毒死，可见墓毒之毒，难以想象。

不过，现在这古墓中的毒气是从什么时候开始出现的？我和赫连淼淼进来后，一直都平安无事，是进入了这盗洞后，才闻到那股若有若无的气味。难道毒气只存在于这个盗洞中？细心想想，这似乎是不可能的，这盗洞是后来人挖的，就算墓里有毒气，也不可能会只集中在这里，一定还有其他的原因。

想到这里，我的脑袋已经非常沉了，像灌了铅一样，耳朵似乎出现了幻听，好像听到有人在说话，还有挖东西的声音，而且声音竟然是从封死了的盗洞那边传过来的。我想贴耳倾听，然而再也支撑不住了，双脚一软跪在了地上，身体慢慢倒了下来。

就在闭上眼睛的一瞬间，我依稀看见通道里出现了一个黑影，一个有点儿像人的黑影……

# 第十二章 搜 救

再说关灵和马骝他们，自从我和赫连淼淼掉下水后，两帮人都慌了起来，大家都暂时撇开之前的恩怨，一起找到景区的负责人，通报了此事。景区的管理员也紧张起来，估计从没遇到过这样的事，立马打电话通知了岛上的巡防队。很快，一艘巡逻船开了过来，关灵和马骝上了巡逻船，其他人则留在管理处等待。

巡逻船开得很快，在暴风雨中往悬崖那边疾驶而去。船长是一个五十多岁的男子，戴着黑色绒帽，穿着军大衣，另外还有两个水手。从船长饱经风霜的脸上可以看出，他是个有经验的搜救者。但从他的表情来看，似乎对这次搜救任务很不情愿，那也是，这样的天气，谁也不愿意出来干活，更何况大风大雨时，稍有不慎，连船也会被弄翻。

船长看了眼关灵和马骝，自言自语道："真想不明白你们这些人，现在这样的天气，怎么还来这里旅游，真是有钱闲不住，自找麻烦……"语气中充满了抱怨。

这个时候，马骝也知道不能说些得罪人的话，只好强忍脾气，赔着笑脸说道："师傅说的是，这不是没留意天气预报嘛，进来这里才发现天气这么糟糕，真是倒霉呀！"

船长说道："这好好的，怎么会落水呢？"

马骝说道："这不是因为下雨路滑嘛，一个不小心滑倒，另外一个去救，结果两个人都掉进水了。"

船长叹了口气，没再说话。开了十多分钟，船终于抵达了悬崖那边的水域，但在附近搜寻了一遍，并没有发现落水者。

关灵望着四周的海水，焦急地叫道："人呢？人呢？怎么会不见了……"

其中一个水手忽然说道："估计被冲走了吧。你别看这水这样，下面的水流很急的，加上大风大浪，还不知被冲去哪里了呢。"

船长也接话道："这样的天气掉进水里，真的是凶多吉少，你们最好做好心理准备吧。"

关灵和马骝对看了一眼，彼此的心都凉了。

这时，巡逻船驶过一个弯坳处，关灵似乎发现了什么，指着弯坳处叫道："你们看那里，好像有东西！"

船长他们也看见了，连忙把巡逻船驶向那里，等船靠近后，大家才发现，那只不过是一堆垃圾而已。由于这里处于弯坳处，水面的垃圾几乎都被冲到这里，聚集成一堆，所以远远看去，好像有人漂浮在水面上一样。而在那些垃圾后面，有个大洞，准确地说，应该是一条比较大的石头缝隙。

关灵对船长说道："能进那里面去看看吗？"

船长摇摇头说道："那只不过是一条裂缝而已，如果从悬崖那边落水，是不可能被冲到这里来的。"

关灵再次问道："那进去看看也无妨吧？"

船长说道："这船太大了，开不进去的，要想进去，只能用小皮艇。"

关灵说道："那先开到那边看看吧。"

船长看了眼关灵，似乎觉得这个女人很执拗，但也没说什么，把船慢慢开向那条大缝隙。在离缝隙几米开外处，船停了下来，然而四周也没有发现什么异常情况。

关灵看着那黑洞洞的缝隙，忽然说道："能不能弄条小皮艇进去看看？"

船长的表情明显不高兴了，他说道："你要是觉得落水者会被冲进那里，我劝你还是别有这个想法了，这根本不可能。你这样搞，不仅耽误了我们的工作，还会延误救人的时间。再说，我们船上也没有小皮艇给你。"

马骝也劝道："大小姐，这时候你也别胡闹了，我们还是到其他地方找找吧。"

关灵看向马骝，一脸认真地说道："你看这些垃圾，都被冲来这里，那说不定斗爷也被冲来这里，然后冲进里面的那个缝隙呀。"

马骝说道："人家船长经验丰富，这紧要关头，还是相信他们这些专业人员吧。"

关灵摇摇头道："我有直觉，斗爷有可能在里面。"

马骝觉得有点儿啼笑皆非，道："我说大小姐，不会又是你们女人的那种什么第六感吧？"

船长说道："我们出去吧，别在这里浪费时间了……呵，还直觉，要是那么准，还需要用到我们吗？"

关灵还想说些什么，但一时也不知道怎么开口，她自己也觉得这直觉说出来肯定不会有人信，但如果不这样说，她也不知道该如何回答。

马骝看着关灵那复杂的表情，在心里叹了口气，忽然站起身来，走到船长那里，在他耳边说了几句话，船长的表情一开始有点儿吃惊，但随即露出笑容，点了点头。关灵不知道马骝跟船长说了什么，她看见船长把船再次靠近石缝口，然后拿起传呼机，叽里呱啦说了几句方言。不久，一艘巡逻船便疾驶而来，在船的两边，还有两条小皮艇。

船上除了开船的人外，还有水哥、道士和那个大汉。等船停好后，水哥立即对关灵和马骝喊道："有没有找到人？"

马骝摇摇头道："还没有。"

水哥说道："听说你们要小皮艇，我们也跟过来了，看有什么可以帮忙的。"

马骝指了指前面的石缝口说道："我们要进里面去。"

水哥问道："哦？是发现了什么情况吗？"

马骝摇摇头道："我和关灵想进去看看里面是什么情况。"

说话间，两条小皮艇已经准备好了。几个人在船长和两个水手的带领下，慢慢往石缝口里面划去。石缝口下的水域很窄，仅仅够小皮艇进去，从船长划桨的动作来看，他应该对这里的水路很熟悉。不进来不知道，这条缝隙竟然很深，越往里面空气越冷，光线也变得越来越暗，要开启手电筒才能看得到周围的情况。然而大家划了十多分钟，竟然还没有划到头。

马骝忍不住问道："这还要划多久？"

船长回答道："再划个五分钟左右吧，应该就到头了。其实这里面也没什么，你也看见了，要是有东西的话，一眼就看见了。"

船长的话说得没错，这里面就是一条水道，两边是山岩，虽然光线很暗，但所有景物一眼看尽。但来都来了，也只好划到尽头看看。大约划了五分钟，前面的地方稍微宽敞起来，水道也变成了一个大水潭，水潭上面有个平台，由几块大石头整齐排列而成，看不出人为的痕迹，应该是自然形成的。平台上面什么都没有，往里就是山体，呈倾斜状，看起来好像曾经坍塌过。

这时，船长扭过头来对关灵说道："看吧，我都说过了吧，这里面就是这样一个地方，落水者根本不可能冲到这里来。"

关灵一脸茫然的样子，没有接话。马骝对她说道："大小姐，你说现在怎么办？你能感觉到斗爷在哪里吗？"

关灵看了眼马骝，摇了摇头说道："我也没主意了……"

"我们还是出去吧，我让人送你们去管理处那边，救人的事还是交给我们去处理吧。"船长说着，然后看向马骝，"刚才说的话，要算数哇。"

马骝歪了一下嘴角说道："放心，一分也不会少给你，帮我们找到人，还另有打赏。"

船长露出一丝狡黠的笑容道："那就好，我们会尽力去搜救的。"

这时候，关灵大概猜到马骝在船上跟那个船长说了什么，应该是用钱买通了他，要不然也不会那么顺利就有小皮艇进来。但现在就算进来了，也没有发现什么情况，关灵有点儿后悔，生怕还真的耽误了搜救时间。于是她对船长说道："那我们赶快出去吧。"

就在大家准备掉头出去时，那个道士忽然说道："等一下，要不你们先出去吧，我们想留在这里参观一下。"

船长立即投去不高兴的眼神，道："这有什么好参观的，要是出了事，谁负责？你们看那上面的泥石，现在下大雨，这里随时都有可能会发生崩塌。"

道士看了一眼头顶的泥石，并不在意，笑笑道："我们自己负责，不会麻烦您的。"

道士这个奇怪的举动令大家都感到很疑惑，他这是要干吗呢？马骝立即对他说道："我屌，你这是胡闹个什么？不想救人了吗？要留你自己留下来，我们要出去救人，水哥，到我们这边来。"

没想到水哥尴尬一笑，说道："对不起了，马骝兄弟，我、我也想留在这里参观一下呢。"

马骝一听，刚想开口骂人，关灵连忙拉了他一下，对他摇了摇头。见状，马骝只好将到嘴边的粗话吞回肚子里。"既然这样，那我们也留下吧，反正我们出去也救不了人，反而给船长他们添了麻烦，"关灵说道，然后她看向船长，"那就麻烦船长和两位水手大哥出去帮我们搜寻其他地方吧。"

船长立即惊讶道："你们这是要干吗？留在这里有金子捡吗？"

马骝也察觉到些什么，连忙对那个船长说道："这样，我们再做单交易吧。你身上的对讲机留下给我，如果我们想出来，就呼叫你。当然，钱不会少给你。"说完，他从背包里拿出一沓钱来，递给那个船长："这里有多没少，你们自己分账，出去后一定要仔细搜救我们的人。还有一个条件，不要对任何人说这事儿。"

正所谓有钱能使鬼推磨，看着那一沓钱，船长立即露出了财奴般的笑脸，说道："这个好说，这个好说……那你们爱咋样就咋样吧，注意安全就好。"说着，伸手就把钱拿上，连数也没数就放进袋子里了。

于是，等马骝一行人踏上平台后，船长他们便留下一条小皮艇，然后划着另外一条急匆匆出去了，看起来似乎是怕马骝反口，把钱要回来一样。

等他们走了之后，马骝立即对那个道士说："喂，现在没外人了，你该对我们说出实话了吧。"

道士不慌不忙地从身上拿出那张地图，然后神秘兮兮地对大家说道："我一直弄不明白这里画的是什么意思，不过看见那条石缝后，我就明白过来了，这地图上画的这个地方，应该是指这里。"

大家举起手电筒看向地图，只见地图上画有山峰水流，其中有一条淡红色的线穿梭于其中，似乎是路线。但路线的终点似乎是一处悬崖，然后再也没有指示了。而在距离终点不远处的地方，歪歪斜斜地画了个很长的"人"字，看起来跟这个石缝很相似。而在"人"字的中间，还有一个四方形，但不知道表示什么。

马骝看着看着，似乎看出了些端倪，惊喜道："难道说，这里可以找到血太岁？"

道士说道："这个很难说，不过这个四方口，我猜有可能会是一个入口。"

马骝立即问道："那你知道入口在哪里吗？"

道士看了看四周，摇了摇头道："这地图是以前的人留下的，过了这么久，估计入口被封住了，得找找才行。"

这时，关灵突然指着平台后面说道："不用找了，入口应该是在这里。"

听关灵这样一说，大家不禁都吃了一惊，一起看向她。马骝问道："大小姐，不会又是你那些直觉吧？"

关灵一脸认真地说道："你们看这后面的山体，是倾斜的，而且从表面看，跟两边的山体很不同，这应该是后来坍塌下来导致的。"

道士点点头说道："嗯，我同意她的看法。"

站在道士旁边的那个大汉立即叫道："那还等啥子咯，挖开看看呗。"说完，从背包里拿出工兵铲，自顾自挖了起来。

见状，马骝、水哥和那个道士也加入了进去，几个大男人你一铲，我一铲，把挖出来的泥土都倒进了水潭里，很快就挖了一大片地方出来。挖了十多分钟后，那坍塌下来的泥土几乎被挖光了，但并没有出现所谓的入口。

马骝吐了口水说道："屌，我们会不会挖错地方了？"

水哥接话说道："是呀，这几乎都挖平了，还是不见什么洞口哇。我说，会不会地图有错？或者说，是我们搞错了？"

道士看着眼前挖开的地方，皱起了眉头，自言自语道："按道理不会错的呀……"边说边从怀里拿出地图看了看。

关灵也感到有点儿意外，难道自己猜错了？

就在这时候，突然听见那个大汉惊叫一声："有了！有了！"大家连忙看向他那边，只见他挖开的地方，有一个黑乎乎的小洞露了出来，好像还有些光线。那个道士见状，连忙兴奋地叫起来："赶快挖！挖大一点儿！挖大一点儿！"

马骝和水哥立即过去帮忙挖起来，原先的小洞渐渐被挖大，很快，一个半人高的洞口出现在大家眼前。

# 第十三章　神秘失踪

不知昏迷了多久，感觉有人在叫我，我迷迷糊糊睁开眼睛，发现关灵和马骝正围着我。看见我醒了过来，关灵脸上绷紧的表情立即松了下来，噙着泪花惊喜道："啊，你终于醒啦！太好了！太好了……"

我以为自己是在做梦，忍不住掐了一下大腿，疼，看来是真的！我难掩兴奋之情，情不自禁地一把抱紧关灵，兴奋道："真的是你，真的是你……"

马骝似乎有点儿看不过眼，对我叫道："我屌，好你个金北斗，你这家伙趁机吃人家女孩子豆腐，完全把我当透明的呀，我在看着呢。"

水哥也笑笑道："斗爷，大难不死，必有后福哇！"

我连忙松开关灵，晃了晃脑袋后说道："说真的，我还以为这辈子都见不到你们了，还好命大呀，这样我们也重逢了。"

关灵抽了一下鼻子，兴奋而又有点儿害羞道："我们也想不到，竟然会在这里碰到你，真的是太幸运了……你现在感觉怎样？没受伤吧？"

我抚摩了一下肚子说道："我人没什么，就是感到很饿、很渴。"

关灵立即从背包里拿出一些压缩饼干和一瓶水来，我伸手接过那些东西，狼吞虎咽起来，一个不小心，被呛得不断咳嗽起来。关灵拍着我的后背，叫我慢点儿吃。这时候，我发现关灵还挺有心的，心想之前还生我的气，是故意的吧。

马骊问我："对了，你不是掉进水里了吗？怎么会出现在这里的？"

我把落水后的情况大概说了一下，他们听得满脸惊讶，然后我问道："那你们呢？怎么进来的？"

关灵于是把发现石缝和道士那张地图的情况说了出来。我听后总算是明白了，这盗洞的入口原来是在石缝那里，由于山体坍塌，把入口封住了，所以就算有人进入过石缝里，也没有发现那里竟然会有一个盗洞可以通往这座古墓。

我忽然想起什么，连忙问道："对了，那个道士呢？"

马骊指了指里面说道："这两个盗墓贼，进来发现了这古墓，还不摸个遍哪。哼，要是中了机关埋伏，我们就别去救他们了，这种人就让他们在这里自生自灭吧。"

我问道："那个女人也一起去了？"

关灵眉头一皱道："哪个女人？"

我连忙解释道："跟我一起落水的那个女的，她的名字叫赫连淼淼。"

马骊立即说道："屌，你这人也是的，自己都还没管好，管人家那么多干吗？像这样的坏女人，你还不要命地去救她，真不知怎么说你好了，你这要是有个三长两短，你叫我们的关大小姐咋办？"

我看了一眼关灵，发现她的脸微微红了起来，看不出是怒了，还是害羞了，但她努力表现出没事的样子说道："我们挖开洞口的时候，只发现了你一个人，并没有看见其他人。"

我心里一惊，赫连淼淼明明是在我旁边晕倒的，怎么会不见了呢？

关灵似乎看出了我的疑惑，问道："怎么了？是不是发生了什么事？"

我说道："她是在我旁边晕倒的，如果你们进来发现了我，那应该也会发现她呀，人怎么会不见了……"

水哥说道："我们进来后，只看到你。难道她已经醒了，走开了？"

我说道："这里没有出口，就算她醒了也出不去哇。"

关灵说道："你知道自己是怎么晕倒的吗？"

我明白关灵话里的意思，她是怀疑我是被那个赫连淼淼弄晕的，于是我把晕倒的经过一五一十详细地说了出来。关灵和马骝听完后，脸上都出现了疑惑的表情。马骝说道："你刚才说，晕倒之前，看见了一个黑影，会不会是这个黑影在捣鬼？"

我摇摇头道："我也不清楚，也看得不是那么真，模模糊糊的，但感觉像个人的影子。"

"这古墓怎么会有人的影子……"马骝一边说，一边拿着手电筒四处扫视，然后吐了口水说，"这古墓看着就很邪，肯定会有些令人无法想象的恐怖情况发生，大家一定要小心哪。"

就在这个时候，古墓里传来一声惊叫，大家都听出来是那个刀疤大汉叫的。我们连忙循着声音的地方走去，我认出是之前看过的储物室，心想这两个盗墓贼估计是在捶心口，后悔没早点儿发现这个古墓吧。

等我们走到之后，只见那个刀疤大汉躺在地上，好像晕了过去的样子。那个道士蹲在地上，对着刀疤大汉又是掐人中，又是揉胸口。从他的表情来看，似乎刚才经历了一些很可怕的事情。

马骝对着他们喊道："喂，你们这是干什么？发生什么事了？"

那个道士扭过头来，那一双混浊的眼睛里竟然充满了恐惧，脸色都变青了，只见他颤巍巍道："鬼……有鬼……"

我们四个一听，立即感觉到一股寒意由脚底升上头顶，如果他在其他地方说出这个东西，估计我们还没有那么害怕。但是这里是个古墓，那情况就不同了。按理说，他们都是经验丰富的盗墓贼，那个道士又有点儿本事，本该不会那么容易被吓到的，但现在从那个道士的眼神和语气来分析，就算他们碰到的不是鬼，也应该跟鬼一样恐怖了。

但我还是忍不住说道："这世上哪来的鬼？你们看错了吧？"

马骝也接话道："就是，你们也算是盗过墓的人，还会怕这古墓里的东西？"

道士没有说话，只是不断地弄地上的刀疤大汉，想把他弄醒。过了一阵，那个刀疤大汉终于醒过来了，他喘着大气看着道士，似乎有话要说，但那个道士却突然向他使了个眼色，刀疤大汉立即低下头来。

这地方虽然昏暗，但他们之间的举动还是没有逃过我的眼睛。我心想，他们刚才究竟发现了什么？为什么会出现如此古怪的举动？如果说他们真的是碰到鬼了，我是有点儿不相信的。对于一个道士来说，驱魔驱鬼是常事，而那个刀疤大汉又不是胆小之人，不可能一个吓晕了，一个吓得脸色都变青了。那似乎只有一个可能，他们碰到的东西，比鬼还可怕。

我问道："那你们有没有发现赫连淼淼？"

道士和刀疤大汉一听我这样问，突然一起瞪大了眼睛，互相看了一眼，脸上的恐惧再次浮现出来。那个道士摇了摇头道："没、没有……她，她怎么会在这里……"

我说道："我都在这里了，她怎么不可能在这里，落水后，我是跟她一起进入这个古墓的，然后发现了那个盗洞，想挖开逃出去，但后来我们都晕倒了，醒来后就不见她了。"

道士说道："会不会她醒来后出去了？"

我刚想说话，马骝立即叫道："我屌，你这是被吓蒙了吗？这都没出口，她怎么出得去？你这不是废话吗？"

那个道士没有吭声，但我发现他们的表情非常古怪。我问他："你们刚才说碰到鬼了，那鬼到底是长什么样的？"

那个刀疤大汉立即冲口而出："我靠，满口獠牙，血淋淋的，真的差点儿把我吓死……"

我用手电筒照了一下地面，然而一点儿血迹都没有。要是有个血淋淋的东西在这里出现过，应该会留下些蛛丝马迹吧？难道真的是鬼不成？或者，是他们在说谎？但为什么要说谎呢？

我又问道："是男鬼还是女鬼？"

刀疤大汉说道："女……"他刚说出一个字，道士立即投来警告的目光，他便赶紧收了口。

我知道这样问也问不出什么，因为从他们的表情和语气来看，他们并不想多说此事，有可能觉得这事很丢人吧。

这时，马骝忍不住揶揄道："一个女鬼就把你们两个大男人吓成这样啊，真是大开眼界呀，亏你是个道士，亏你长那么大个儿，原来都是无胆鼠类。"

那个刀疤大汉立即黑起脸道："你他妈说谁是无胆鼠类，有种再说一句。"说着，就撸起袖子，一副要打架的架势。

马骟不是那种容易被唬到的人，冷笑两声道："呵，谁搭话就是谁呗，但就不知道谁他妈没种呢，竟然被一个女鬼吓晕过去，真怀疑你裤裆里有没有男人那个东西呢。"

马骟这话算是点着了导火线了，只见那个刀疤大汉立即摸出匕首来，二话不说，狠狠地往马骟那边扑了过去。马骟一个闪身，躲开对方的攻击，忽然一扬手，只听见"砰"的一声，接着就听见刀疤大汉"哎哟"一声痛叫，不用说，他肯定是被马骟用弹弓打中了。

就在刀疤大汉再次发飙想杀人的时候，那个道士突然一个箭步冲上去，挡住了他，然后厉声道："别在这里较劲儿，难道你忘记了正经事吗？"

看见对方出面劝停，我也对马骟劝道："可以了可以了，得饶人处且饶人，在这地方上演全武行，伤了谁都不好。"

水哥也劝道："大家都是为了血太岁来的，节外生枝，伤了和气就不好了。"

那个刀疤大汉恶狠狠地盯着马骟，一副想吃人的表情，跟之前被吓得晕死过去时简直判若两人。马骟也没给他好脸色看，对着刀疤大汉一直冷笑。我生怕他们再次打起来，连忙把马骟拉到身后，对他使了个眼色。虽然说马骟的弹弓功夫很厉害，但要真的混战起来的话，我们肯定不是他们的对手。

于是我对他们说道："大家都消消气，这打来打去，伤了谁都不好，现在最重要的是找到你们的人。"

关灵也附和道："斗爷说的没错，咱们先把个人恩怨放一边，这古墓看起来没什么，但你们刚才也被那些东西吓到了，这说明这墓里充满了危险。现在你们的人不见了，情况肯定很危险，所以我们还是先去找人吧。"

道士和刀疤大汉对视了一眼，两人的表情都非常古怪，似乎都不想去找人。但看见我们走出墓室，他们也跟了出来。

在经过另一边的主墓道时，我叫马骝用弹弓破坏了那个铜箭机关，然后叮嘱他们一定要贴着墙壁走。马骝忍不住问道："斗爷，你怎么知道这样可以破解那个机关？"

我说道："我之前就碰到过，要不是那个女人也会弹弓，我们也过不去。"

关灵说道："我就不明白了，这古墓黑漆漆的，她没有手电筒，怎么能走得了？万一碰上个机关陷阱，就完了。"

我也想不明白，如关灵所说，在这墓里行走，没有光肯定行不通。我知道赫连淼淼是没有手电筒的，不过她身上应该有手机，如果没坏的话，那完全可以当照明设备用。想到这里，我摸了摸身上的手机，还好，手机还在。不过就算这样，又能走去哪里？难道除了那个盗洞，还有另外一条出路？然而我们把古墓的每个墓室都找了个遍，最后还是没有发现赫连淼淼，也没有发现另外一条出路。

关灵忽然对我说："斗爷，你说你们是从瀑布上冲下来的，那地方在哪里？她会不会跑回那里了？"

被关灵这样一说，我才发现那个地方我们还没有找过，于是我说道："也有可能，我带你们去吧。"

走过主墓道，在分叉口往右边的墓道走去，很快就听到水流声。

被我挖开的洞口依然保持原样，我率先钻了出去，再次回到这个地方，我忽然觉得有点儿恐惧。这里的一切都跟之前一样，并没有什么不同，但依然不见赫连淼淼。

我用手电筒照向那条瀑布，对他们说道："我们当时就是从那条瀑布上冲下来的。"

马骝惊讶道："真是别有洞天哪，要不是你们掉下水，被冲到这里来，哪会想到在仙岛的内部，竟然还有这样一个鬼斧神工的大洞穴。"

关灵说道："这不是天然形成的，这是人为的。"

马骝瞪大了眼睛，说道："什么？这洞穴是人为的？怎么看出来的？"

关灵把手电筒的光从瀑布照向出水口，然后说道："这水流的走向本身就是一个风水布局，叫'万法归一'，而头顶上方那些划痕，应该是叫'三十六重天'，在道家中，这些都是想成仙的布局，有种'跳出三界外，不在五行中'的意思。这样的布局，不用说，一定是为了这座古墓。"

我一听关灵这样说，心里忍不住兴奋起来，看来自己之前的想法是对的。那个道士也对关灵投来惊讶和佩服的目光，似乎想不到这个女孩在道学方面竟然会有如此造诣。他忍不住问道："请问，你是师从哪位高人？"

未等关灵回答，一旁的水哥立即叫道："她呀，那可不得了哟，她的爷爷就是'穿山道人'关谷山老道长，想必您也听说过吧？"

那个道士一听"关谷山"这个名字，脸上立即出现惊讶之情，再次打量了一遍关灵，一边点头一边说道："怪不得，怪不得，果然名师出高徒哇。"

关灵对他的话不理不睬，拿着手电筒四处照看。忽然，她蹲下身子，招呼我道："斗爷，你过来看看。"

我走过去，发现她正用手电筒照着地上一摊东西，我连忙问道："那是什么？"

关灵摇摇头道："不知道，好像是一些分泌物。"

我蹲下身子，仔细察看，只见地上有一摊透明的液体，黏糊糊的，发出一阵恶臭的腥味，令人有点儿恶心。大家也凑过来看个究竟，但谁也说不上来这是什么东西。

我拿手电筒照了一下周围，发现液体一直延伸到水潭边。难道有东西爬了上来？我走到水潭边，往水潭里看了看，水面很平静，但是非常混浊，看不清里面的情况，也不知道有多深。

马骝走过来，往水中吐了口口水，然后说道："走吧，斗爷，那女人不可能藏水底里去了吧。"

我对他说道："有点儿不对劲儿，这水怎么会那么混浊？我记得之前没那么混浊的。"

马骝看了看说道："这有什么，外面正在下大雨呢，那瀑布冲进来的水能不混浊吗？"

我摇摇头道："不是，如果是冲进来的水混浊的话，不可能是由中间散开的。你看那浑水，明显是中间比较混浊，然后往四周扩散，好像有东西在底下弄混浊的。"

马骝皱着眉头道："屌，这咋回事？难不成有水鬼？"

我没接话，忽然瞥见那几块被我挖出来的空心砖，于是我叫上水哥，两人走过去抬起一块，然后大力往水潭扔了下去。只听见"扑通"一声，水花四溅，差点儿把马骝的衣服溅湿。

马骝立即叫道："我屌，你们真是……"他只说到这里，瞬间呆住了，嘴巴张成了"O"形，一脸惊恐地指着水里叫道："真、真的有水鬼……"

　　只见水潭的水如沸腾般涌了起来，有一个东西从水底慢慢浮了上来……

# 第十四章　变　异

大家吓得连连后退。没多久，那东西浮出了水面，竟然是一个人！仔细一看，这人并不是别人，正是赫连淼淼。只见她披头散发，双眼充血，脸色如白纸般吓人，在水里拼命挣扎，想游到岸边来。

这突如其来的一幕令我们慌了手脚，谁也不敢往前一步。我心想，她怎么能在水底藏那么久？是有特异功能还是真的鬼上身了？想起之前她在墓道里对我表白的那情景，我依然觉得浑身不舒服，她虽然说是开玩笑，但在表白的时候，那股认真的表情似乎并非是能装出来的。

突然，刀疤大汉惊叫出声："果然是你！你、你干吗要吓唬我们……还把我打晕……"

听他话里的意思，刚才他们碰到的女鬼，估计就是赫连淼淼。我想他们之所以隐瞒不说，有可能是觉得被自己人吓到很丢脸吧。

这个时候，赫连淼淼一边在水里挣扎，一边冲着我喊道："斗爷，我好冷啊，快来救我，快来救我……"

那声音听起来很真实，并不像传说中的女鬼说话那样空洞。我忍不住向前走了一步，立即被关灵拉了回来，她看着我叫道："斗爷，你别上当！她有可能不是赫连淼淼了。"

我说道："这好像……"

我话还没说完，忽然被人往脸上打了一巴掌，我起初还以为是关灵，却没想到竟然会是马骝。我立即叫道："你大爷的，你打我干吗？"

马骝一脸紧张道："我屌，斗爷你肯定被她迷惑了。我这哪里是打你，我是在救你呀！"

我叫道："我什么时候被迷惑了呀？"说着，我想还他一巴掌，关灵立即伸手拉住道："都什么时候了，还玩这些……怎样，很痛吗？"

我摸了摸脸，吐了口口水道："能不痛吗？这家伙手掌又没肉，打过来的全都是骨头。你这只泼猴，出去后看我不把你收拾一顿。"

这时，赫连淼淼已经挣扎着游到了岸边，但似乎体力不支，好久也没能爬上来，她对着我再次发来求助的声音："斗爷，你怎么不理我了？你之前不是说喜欢我，要和我谈恋爱吗？你怎么不来救我……"

我大吃一惊，这丫头在搞什么鬼？我尴尬地看向关灵，只见她脸色都变了，惊讶中又充满了醋意，我连忙举起手来，摇摇头道："你别听她乱说，我根本没有说过这些话……"

关灵小声"哼"了一下，说道："你跟她的事儿，不用对我说……"

马骝插话进来道："好你个金北斗，吃着碗里瞧着锅里，还怪我打你，你这分明是被她迷惑了，枉我们那么辛苦去找你，好呀好呀，原来你们躲起来谈起恋爱了呀，要是我们没闯进来，你们还不连孩子都生了……斗爷呀斗爷，你咋这么容易动情呢，你这样，叫关大小姐如何是好？"

我冲着他叫道："你大爷的，你胡说什么呢？好的不见你说，就

138

会给我添乱。"

马骝说道："那你敢对天发誓，你真的没跟她说过那些话？"

我一时语塞，自己的确跟赫连淼淼开过这样的玩笑，这下她当着众人的面说了出来，真是跳进黄河也洗不清了。

见我没说话，马骝得寸进尺般说道："看吧看吧，不敢发誓了吧。"

我说道："去你的，这哪里能看见天，你叫我怎么对天发誓？"

说话间，赫连淼淼终于爬了上来，只见她全身湿漉漉的，冷得浑身直打哆嗦。她扫视了一下众人，然后朝着我慢慢走了过来。这个时候，大家都知道她不对劲，一直往后退，而那个道士和刀疤大汉已经钻回古墓里去了。

然而赫连淼淼表现出很正常的样子，冲着我们叫道："我是淼淼，你们这是在干吗？我有那么恐怖吗？"

我举着工兵铲，对她叫道："你别怪我们，你不是在盗洞里面晕倒的吗？怎么会从水里出来的？"

赫连淼淼惊恐道："我醒来后，就发现在这里了，我估计是被拖到这里来的，后来那些怪物突然出现，把我拖下水，幸好你们不知谁扔了那石头下来，吓跑了那怪物，我才可以脱身。"

怪物？

我们几个一听，都对视了一眼，那个道士和刀疤大汉似乎也听见了，鬼鬼祟祟般从洞里探出头来。我问赫连淼淼："那是什么怪物？"

赫连淼淼摇摇头道："没看清楚……"

我又问道："是不是水池里那些蛤蟆？"

马骝立即冲口而出："啊？又是蛤蟆？不会又是那魔鬼蛙吧？"

水哥问道："魔鬼蛙是什么？"

我说道："那是一种史前生物，但这里的不是魔鬼蛙，而是一种嘴里长满锋利牙齿、脑袋圆圆的白色怪物，虽然长得有点儿像蛤蟆，但肯定不是蛤蟆那一类。"

关灵吃惊地看着我，问道："你也见过？"

我点点头道："在主墓室里，不是有个水池吗？水池上面还有副石棺，那怪物就在水池里面，有很多。"

我心想，这些怪物都很小个儿，不足以把人拖下水，难道这水潭里面还藏着一只大的？于是我对赫连淼淼问道："你说你被怪物拖下水，那怪物有多大？"

赫连淼淼哆嗦着身子说道："很大很恐怖……斗爷，你、你能弄点儿火，让我暖和……暖和一下吗？我、我就要冻僵了……"

看见她那难受的样子，我有点儿于心不忍，如果她说的是真的，那我们真的是见死不救了，但是，如果她说的是假的呢？一番思想挣扎后，我转过头来看着关灵，问她："你看，能不能先借套衣服给她？"

关灵也很大方，并没有说什么，从背包里拿出一套衣服来，我想自己拿过去给赫连淼淼，但因为之前赫连淼淼说的话，关灵似乎对我失去了信任，自己一个人走了过去。

在离赫连淼淼两米左右，关灵停了下来。近距离看着眼前的赫连淼淼，关灵忽然感觉她有点儿古怪，她的双眼布满血丝，看人的时候，眼神里带有一种饥渴，同时嘴巴在微微抖动，似乎不是因为冷，而是舌头在里面抖动。

关灵不敢再靠前，把衣服递过去，然后说道："你赶紧找个地方换上吧。"

赫连淼淼向前走了一步，伸出手来，关灵看见她的手毫无血色，而且指甲非常长，非常尖。关灵立即觉得有点儿不对劲儿，她之前见过赫连淼淼的手，指甲是没有那么长的，怎么可能那么快变长了呢？

就在赫连淼淼的手刚抓住衣服的时候，一股非常大的力量突然透过衣服传了过来，把关灵往前一扯，关灵急忙松开衣服，一个踉跄，整个人向前扑去。当她意识到那力量是来自赫连淼淼的手时，已经迟了，赫连淼淼伸出手来一下子把她揽入怀里，她的指甲如利箭般插进关灵的身体，力量很大，关灵挣扎了好几次都没挣脱。幸好衣服比较厚，要不然肯定会在皮肉上插出五个窟窿来。

突然，赫连淼淼张开口，一股腥臭味立即袭来，熏得关灵头昏眼花。这个时候，我们都很清楚地看见赫连淼淼那张嘴里，原先那两排整齐的皓齿竟然不知什么时候变成了两排非常尖利的獠牙！要是被她咬到，肯定连骨头都会被咬碎。

这情景似乎很熟悉……我猛然想起来，在水池里看到的那些怪物，张开嘴巴时就是这个样子！难道说，赫连淼淼被那些怪物咬了，变异了？

看见关灵难受的样子，我也想不了那么多了，抢起工兵铲就打了过去。赫连淼淼抱着关灵一闪，我立即扑了个空。就在赫连淼淼想往关灵脖子上咬下去的时候，马骝立即拉开弹弓，对准她的嘴巴打了一弹，没想到赫连淼淼看也不看，伸手一挡，子弹打在她手里的衣服上。趁着这个时机，关灵用身体猛地一撞，把她撞开，然后在地上打了个滚。

我立即跑过去，把关灵扶起来问道："怎样？没事儿吧？"

关灵摇摇头，刚想说话，胃里突然一阵难受，张开嘴巴呕吐起来，几乎连黄胆水都吐了出来。我一边拍着关灵的背，一边冲马骝和水哥叫道："你们别让她过来，赶紧把她打下水去！"

水哥举着工兵铲叫道："这怎么打呀……"

马骝一边拉弹弓一边叫道："我都说这丫头不是什么好东西，斗爷你就偏偏不信，还可怜她，给她送衣服去……"

我叫道："你别啰唆了，赶快把她给收拾了，她已经变异了。"

马骝打了几弹弓后突然叫道："斗爷，不行啊，这丫头太厉害了，快撤！快撤！"

这时候，只见赫连淼淼张着血口，挥舞着手上的衣服，反应迅速，将马骝打过去的子弹都一一挡住。见状，我们连忙退回古墓里，这时候才发现，那个道士和刀疤大汉早已不知跑去了哪里。

我忽然想起他们之前的表情，有可能不是因为被自己人吓到才隐瞒不说，而是他们早就知道赫连淼淼变异了，但他们没有说出来。怪不得之前一说到去找赫连淼淼，他们就一脸的不情愿。他奶奶的，这两个盗墓贼还真是够自私的。

我们钻进古墓后，一直跑到主墓室，那两个盗墓贼也不知躲去了哪里，在主墓室没有发现他们。这个主墓室除了那个水池外，并无其他可躲藏的地方，我连忙拉着关灵跑到水池后面，虽然没什么用，但起码隔着一个水池，多少也令人安心点儿。而且有一副石棺在上面，也可以做一些遮挡。马骝和水哥也跟了过来，我叫他们赶快把手电筒关了，墓室顿时陷入一片黑暗中。

过了不久，一阵脚步声由远而近，应该是赫连淼淼到了，只听见她在呼叫："斗爷，你在哪里啊？出来陪陪我呀……你不是说要跟我谈恋爱吗……"那声音非常尖锐，听得让人起鸡皮疙瘩。

黑暗中，我看见关灵看着我，虽然看不清楚她的表情，但从她的呼吸声也可以知道，她有点儿生气了。我在心里直骂自己蠢死了，赫连淼淼在表白的时候，估计已经变异了，只是未完全变异，所以才没有变成满口獠牙。

自从落水后，我和赫连淼淼一直在一起，并没有分开过，如果她被怪物咬了的话，我是不可能不知道的。我也不知道她是不是因为被怪物咬了，所以才会变成这样，但似乎除了这个原因，也想不出其他原因了。

那赫连淼淼是什么时候被怪物咬的呢？我在脑海里不断回想落水后的画面，忽然，我想起一个细节。那是在我挖开空心砖，进入古墓的时候，当时我发现赫连淼淼没有跟上来，于是回头喊了她几声，但她说没有听见我的叫喊。现在回想起来，当时我和她距离很短，就算瀑布声很大，也不可能听不见我叫她的。难道说，就是那个时候，她被怪物袭击了？

没错了！一定是那个时候！也是从那时候起，我才觉得她开始不对劲儿的。不过，刚才我发现，她身上似乎并没有被怪物咬伤的痕迹，也是因为这个，我才没发现她变异了，还以为她是鬼上身。但如果没被怪物咬伤，那么她是怎么变异的？

刚想到这里，又听见那个赫连淼淼在叫道："斗爷，你在哪里呀？出来抱抱我好吗？你之前抱我的时候，我感到好幸福哦……我从来没有被男人抱过，你是第一个抱我的……我不会伤害你的，你出来抱抱我好吗？我好冷啊……"

赫连淼淼这一番话说得非常露骨肉麻，我发现关灵他们三个都在盯着我看，真是尴尬得恨不得在地上挖个洞钻进去。

突然，脚步声没了，难道走了？我稍微抬头看了看对面，但周围黑得伸手不见五指，根本看不清情况。再观察了一阵后，我打开了手电筒，果然没有了赫连淼淼的踪影。就在我刚想松口气的时候，石棺上面突然传来一声喘息，我们几个大吃一惊，连忙举起手电筒往石棺上面照去，我的妈呀！赫连淼淼不知什么时候跳到石棺上面去了，而我们竟然丝毫没有察觉。只见她恢复原来的样子，嘴角翘起似笑非笑，正俯视着我们几个。

我们连忙往旁边躲去，然而赫连淼淼并没有追我们。见状，我们也停下了脚步，因为我们也不知道躲去哪里为好。

马骝立即冲着我叫道："斗爷，你看你搞出来的烂摊子，真是阴魂不散呀！"

我瞪了他一眼，叫道："说什么呢？还不赶快打她。"

听我说要打她，赫连淼淼忽然变得一脸忧伤，道："斗爷，你真的那么讨厌我吗？"她这个时候的样子，完全跟之前一模一样，满口的獠牙也变回原来的皓齿，一点儿也看不出她变异了。

发现她没有要攻击的样子，我忍不住问她："你到底是谁？"

赫连淼淼回答道："我是淼淼哇。"

我又问她："你是不是被那些怪物咬了？"

赫连淼淼摇摇头道："没有，没有东西能伤害到我。"

我和关灵他们对视了一眼，她这一句话明显就不对劲了。我再次问她："那你知道我们来蓬莱仙岛是干什么吗？"

赫连淼淼愣了愣，然后说道："你不是来陪我的吗？"

我一脸的尴尬，这丫头看来真的是对我痴情一片哪。不过她这样一说，也足以证明她不是赫连淼淼了。

马骝忽然对我奸笑道："斗爷，她对你那么痴情，要不你就干脆留下来陪她吧。"

我刚想骂马骝，关灵忽然用手肘撞了我一下，对我使了个眼色，细声道："你看那副石棺。"

　　我偷偷把手电筒的光线往下移了移，只见那副石棺不知什么时候开了一个口，有两个手掌般大。我记得一开始进来的时候，石棺是没有被打开的，难道赫连淼淼醒来后，过去把石棺打开了，所以才会变异的？石棺里面又到底藏了什么东西？

# 第十五章　开　棺

这个时候，赫连淼淼突然从石棺上跳了下来，我们立即往后退去，生怕她会突然间扑过来咬人。只见她看着我问道："斗爷，他们……都是些什么人？不是说好了，只有我们两个留在这里吗？"

我对关灵细声道："她连你们也不认识，这可以证明她并非赫连淼淼，所以她说的话你千万别信。她是在胡说八道，是在引诱我们，好让我们放松警惕。"

关灵皱着眉问道："如果她不是赫连淼淼，那么她为什么会认识你？"

关灵这个问题真的是问倒我了，我只好支支吾吾道："也许……可能我长得比较帅吧……"我这个自夸并未缓解气氛，反而令关灵投来白眼。

关灵说道："那她怎么对你那么痴情？"

我更加不知道怎么回答这个问题了，心想你不对我痴情，人家对我痴情你就吃醋了？我刚想说句什么回应一下，突然发现赫连淼淼变了脸色，盯着我们叫道："你们在说什么？斗爷，她是谁？"

我伸手抱住关灵的小腰，对赫连淼淼道："她是我的女朋友。"

关灵用手肘撞了我一下："干什么呀……谁是你女朋友……"她嘴上是这样说，但并没有挣脱我的手。

赫连淼淼惊讶道："什么？她是你……女朋友？"

我点点头道："没错，我们很快就要结婚了，你就别妄想了，你死了这条心吧。"

关灵向我投来吃惊又害羞的眼神，刚想说话，我连忙对她使了个眼色，示意她别出声。但我这话彻底把赫连淼淼激怒了，只见她的脸色一阵红一阵青，双眼开始慢慢充血变红，突然咆哮一声，那两排皓齿再次变成獠牙，对着关灵直扑了过来。

马骝揶揄道："斗爷，我看你这次说话最失败了，人家本来好端端的，你刺激她干吗呀？这不是找死吗？"

我没空跟马骝打嘴仗了，连忙拉起关灵，想往旁边躲开，但赫连淼淼的速度实在太快了，一下子就把关灵扑倒在地。情况危急，我也顾不了那么多了，举起工兵铲就往赫连淼淼头顶拍了下去。

赫连淼淼看也不看，一伸手就把工兵铲抓住，然后用力一扯，把工兵铲夺了过去，我也被她这股力量弄倒在地。马骝和水哥也挥舞着工兵铲打过去，但同样被赫连淼淼弄倒在地上。

这时，赫连淼淼举起了手，那长长的指甲如同利剑一样，就要往关灵脸上抓去。我急忙爬起身来，往关灵那边扑了过去，用身体挡住关灵，只感觉背部立即传来一阵剧痛，即使穿的衣服厚厚的，也被赫连淼淼的指甲撕去了一大块，那指甲碰到我的皮肉，如刀割般剧痛。

马骝在一旁叫道："斗爷，小心！她又来了！"

我抱着关灵，护在身下，根本来不及躲开。这个时候，我已经把生死置之度外了，只要关灵没事，我再挨一下打算不了什么。于是我索性闭上眼睛，突然听见赫连淼淼"咦"了一声，接着有一只冰冷的手在我脊背上抚摸起来，嘴里发出一种兴奋般的叫声。我不知道她想干什么，只好一动不动。

　　马骝看准时机，拉弓对准她打出一弹，这次赫连淼淼竟然没有躲开，子弹打在她的手上，令她一下子缩了回去，往后退了一步。但同时也激怒了她，她转过身来，对着马骝咆哮一声，然后扑了过去。趁着这个时候，我急忙抱起关灵，往石棺那边跑去。

　　马骝身子虽然灵活，但也不是她的对手，没几下就被赫连淼淼抓住，然后往旁边一扔，摔得马骝嗷嗷直叫。而水哥自称是当过兵的人，但面对这么一个变异人，也吓得不敢进攻，最后索性往旁边的墓道跑了，只留下我们三个在主墓室里。

　　我在心里忍不住骂道：他大爷的，这家伙明明有枪在身，却不拿出来救我们，真是一点儿义气都没有。

　　这个时候，赫连淼淼也没去管马骝，转过身来，搜寻着我和关灵的位置，发现我们藏在石棺那边，立即走了过来。我刚想拉着关灵躲开，赫连淼淼对着我说道："斗爷，等一下，你是夜郎人吗？"

　　一听"夜郎"两个字，我立即停下脚步，感到既惊奇又疑惑。我和关灵对视了一眼，她脸上也现出惊讶的表情，她也想不到这个变异的赫连淼淼竟然会问出这样一句话。

　　我举起手电筒，看向赫连淼淼，只见在昏暗的光下，赫连淼淼竟然不知什么时候恢复了原先的样子，脸上现出一种难以形容的表情。似乎见我没回答，赫连淼淼又说道："我知道你是夜郎人，你背上种有夜郎符。"

我一听，更是大吃一惊，不禁问她："你、你怎么知道那是夜郎符？"

赫连淼淼兴奋道："因为那夜郎符是只有我们夜郎人才有的。"

我们？

这个回答真的是出乎意料，关灵看看我，又看看赫连淼淼，好像把我们当成了怪物一样。我忽然想起什么，连忙举起手电筒，往石棺后面照去，那里镶着一个青铜鬼头。关灵也看见了，细声惊叫了一下："啊！是青铜鬼头！"

我想，能在千里之外的蓬莱仙岛内部，发现与夜郎迷城一样的青铜鬼头，谁都会感到惊讶和费解吧。而且，估计也只有夜郎人，才会有这样独特的青铜鬼头。

我连忙转回头来，问赫连淼淼："那你知道这夜郎符是怎么来的吗？"

赫连淼淼刚想说话，突然一个黑影一闪，紧接着听见"砰"的一声闷响，赫连淼淼应声倒下。我大吃一惊，仔细一看，原来是马骝拿着工兵铲进行了偷袭。只见赫连淼淼整个人倒在地上，身子抽搐了几下，然后再也不动了。

我立即冲马骝骂道："你大爷的，你等她说完再下手不行吗？我身上的符号之谜就差点儿被解开了，现在好了，被你一铲子给打死了，我这辈子都不知道这夜郎符是什么鬼东西了。"

马骝很不爽地说道："我怕等她说完，就再也没机会下手了，到时咱们都得被她弄死在这里。"

我一肚子气，没有说话，白了马骝一眼后，小心翼翼地走过去，用工兵铲撩了一下赫连淼淼，并没有反应。不会真的被打死了吧？别看马骟这人像只瘦猴子，耍起横来老虎都有可能被他打死。

我刚想蹲下身子，关灵立即拉住我，心有余悸地说道："斗爷，别理她了吧……"

我对她笑了笑，安慰她道："没事的，放心，她要是想杀我，估计我早就死了很多次了。"说着，我蹲下身子，探了探赫连淼淼的鼻息，幸好还有微弱的呼吸。

我站起身来说道："放心，她还没死。"

马骟立即叫了起来："她没死，你咋还放心哪？让开，让我再拍她一铲子。"说着，就要动手。

我连忙拦住他，生气道："你再乱来，别怪我翻脸哪！再说她现在如果是人的话，你搞不好就变成谋杀了。"

马骟一脸的不爽，他知道我这次是真的生气了，鼓起腮没有说话。关灵见状，赶紧对我劝道："斗爷你别生气了，马骟也不是有心的，他这样做也是为了救咱们。"

听到关灵在支持自己，马骟立即得意起来，叫道："就是嘛，她都变异了，她还算是个人吗？况且就算在这种地方杀个人，又会有谁知道？"

"天知地知，你知我知，还有她知。"我冷笑了一下说道，然后指了指躺在地上的赫连淼淼，"你看她现在的样子，就算变异了，也都被你那一铲子给打回原形了。"

关灵对马骟说道："是呀，你下手也太狠了，刚才那一铲子几乎都把她打死了，现在如果再赶尽杀绝的话，就有点儿过了。"

马骟瞪着眼睛看着关灵说道："关大小姐，难道你忘记她刚才是怎么欺负我们的吗？是怎么伤害你的吗？我的腰几乎被她摔断了，有机会我还不报仇哇？"

关灵很认真地说道："她虽然变异了，但始终是人身，我想她也是不想伤害我们的。伤害我们的，应该是她体内的东西。"

马骝摇了摇头，苦笑道："看来你俩真是很登对呀，训起我来的语气都一样……好吧，我一张嘴斗不过你们两张嘴，我认输……"说着，举起双手做投降状。

就在这个时候，水哥突然在墓道那里出现，紧接着是那个道士和刀疤大汉。我看见他们的背包似乎鼓了许多，不用猜了，肯定是去做贼去了。

水哥打着手电筒，似乎发现了躺在地上的赫连淼淼，惊讶地问道："她死了吗？"

我没回答他，马骝冷笑一声，对他说道："你这家伙，真是不够义气呀，临阵退缩，亏你还是个人民子弟兵。"

水哥尴尬一笑道："这样的变异人，我们这些普通人怎么能跟她斗。俗话说，惹不起，躲得起呀，你们说是吧？"他看向那个道士和刀疤大汉，寻求支持。

道士点点头道："没错，她都变异了，我们还跟她斗，这不是找死吗？"

马骝还想说话反驳他们，我拉了他一下，摇摇头，马骝也明白我的意思，往地上吐了口口水，没再说话。我和关灵一起举着手电筒，走向石棺。石棺虽然开了道口，但还是不能窥探到里面有什么东西。

我心想，赫连淼淼当时一下就说出我背上的符号是夜郎符，她是如何知道的呢？难道她也是夜郎的后裔？这个不是没有可能，因为在之前的谈话中，当我问她是哪里人的时候，她并没有对我透露，如此神秘，也许真的和夜郎有关。不过细心一想，赫连淼淼刚才说出夜郎符的时候，已经变异了，也就是说，她的思想可能并非来自真正的赫连淼淼。如果是这样的话，那左右赫连淼淼思想的那个"东西"究竟是什么？

想到这里，我忍不住盯着眼前那口石棺。一种很强烈的感觉告诉我，打开这副石棺，应该会得到答案。但是石棺在水池中间，而我知道水池里面有那些怪物，不能贸然过去打开石棺。

我沿着石棺绕了一圈，还是没有想出办法来。其他人也盯着石棺看，想必每个人都有打开石棺的念头，只是暂时还没有人想到办法去打开它罢了。特别是那个道士和刀疤大汉两人，那双眼睛放着光，估计虎视眈眈许久了。那也是，当初他们刚进来的时候，肯定也看见了这石棺，但应该也是没有办法打开它，要不然按他们的贼性，早就打开摸个精光了。

马骝这时对我说道："斗爷，攀绳索过去行吗？"

我问他："怎么弄？"

马骝指着石棺后面的石壁说道："那里有个鬼头，我们可以爬上去，把绳索绑在那里，然后让两人把绳索拉紧，我身子轻，可以沿着绳索爬下来，落到那个石棺上。"

水哥立即拍手称好："对呀对呀，马骝兄弟说得好，我和这兄弟力气大，我们可以拉紧绳索。"水哥看向旁边的刀疤大汉。

刀疤大汉点点头道："嗯，我没啥子本事，力气还是有的。"

我也觉得马骝这个法子可以，心想这家伙鬼点子还是挺多的。说做就做，我们把两条绳索缠在一起，然后我和马骝走到青铜鬼头那里去。青铜鬼头距离地面有四米多高，我对马骝说道："我托你上去吧，但要小心点儿，他们不知道，你应该知道这是什么东西。"

马骝点点头道："不用你提醒我也知道，这鬼东西放在这里，一定有它的用处的。赶快蹲下来吧，难得踩在斗爷你的肩膀上，这机会不是常有的，嘿嘿。"马骝奸笑起来。

这时，关灵突然走过来，细声对我和马骝说道："斗爷，你看那鬼头的方位，那个鬼嘴刚好对准下面的石棺，说不定这会是个机关，一旦有人要打开石棺，有可能就会启动机关。"

我点点头道："嗯，这个我早就留意到了，所以我叫马骝上去绑绳索的时候要小心点儿。但不管怎样，我们都要试一试，因为我觉得，打开这石棺，有可能会解开我背上那个符号之谜。"

关灵说道："那你们要小心点儿。还有，要提防那个水哥，我感觉他变节了，不站在我们这边了。"

马骝"哼"了一声道："早就摸透他了，这见利忘义的家伙……"

"大家小心点儿就是了，别忘记了他身上带了家伙的。"我用手做了个枪的手势。然后我蹲下身子说，"马骝，来吧。"

马骝立即双脚踩在我的肩膀上，我把他举起来，刚刚好够得着。马骝把绳索绑好后，然后用力拉了拉，确保绳索安全后便跳下来，对我说道："斗爷，你说这青铜鬼头会像夜郎迷城那石门上面的那个一样吗？这石壁里面会不会也有石门？"

我说道："按夜郎人的做事风格，不是没有这个可能。"

这时候，水哥和刀疤大汉扎好马步，把绳索往腰上缠了几圈，然后拉紧。马骝踏上水池边沿，双手抓住绳索，然后慢慢往石棺攀爬过去。

马骝刚爬了两下，口袋里忽然掉落了一个东西，刚好掉落在水池里，大家一看，原来是一包香烟。然而就在香烟刚落水不久，水中立即有了动静，一阵尖锐的蛤蟆怪声叫了起来，紧接着一个个白色的圆圆的脑袋冒了出来，一起涌向那包香烟，眨眼之间，那包香烟被怪物们撕了个粉碎，似乎觉得味道不好，又全都吐了出来，浮在水面上。

大家都被这一幕吓呆了，现场气氛非常紧张，大家盯着马骝，都替他捏了一把汗。马骝也被吓得手脚有点儿不利索了，抓着绳索不敢动，稍微镇定了一下后，他才慢慢再次攀爬起来。一段不长的距离，但马骝足足用了好几分钟。

终于，马骝选好位置跳下石棺，身轻如燕，动作如猴子般灵活，真不愧是马骝。他慢慢爬下石棺，站在垫着石棺的石台上，石棺已经开了道口，马骝用手电筒往里面照了一下，眉头立即皱了起来，想必石棺里面的情况并不理想。

马骝伸出双手，抓住石棺的棺盖，想用力把它推开。然后就在这个时候，我突然发现那个青铜鬼头有点儿不对劲，连忙对马骝大喊道："小心那个鬼头！"

话音刚落，只听见"嗖嗖嗖"三声，三支铜箭从青铜鬼头里面直射而出。

# 第十六章　金锁铜盒

说时迟那时快，只见马骝往前一扑，在石棺上打了个滚，然后在石棺的另一端缩下身子。同一时间，有一支铜箭从他头顶擦过，射落在水池里；另外两支分别打在石棺上，溅出一些火花。真是太危险了，稍微迟那么一两秒，马骝肯定会被铜箭射中。

这个时候，在马骝面前的水里，突然出现了十多只怪物，一个个张开大口怪叫起来，似乎在等马骝掉进水里，好饱餐一顿。马骝吓得把身子缩成一团，不敢乱动，生怕惊扰到那些怪物。

稍微喘了口气，马骝慢慢站起身来，眼睛一直注视着青铜鬼头，以防再有铜箭射出。然后，他对准青铜鬼头的嘴巴打了几弹弓，但似乎没什么用，只好作罢。收起弹弓后，他想从这边推开棺盖，但不管他怎么用力，棺盖依然纹丝不动。

马骝转过头来看着我，说道："斗爷，搞不了。"

我对他说道："估计这石棺应该是被设计成这样的。也就是说，必须从那边推过来才行。"

马骝立即说道："那我去那边。"

我连忙制止道："不！别过去，太危险了。"

我深谙这机关的厉害，刚才马骝是幸运躲过而已，如果再到那边去打开石棺，估计不是每次都那么幸运了。

马骝问道："那怎么办？要不拿东西钩住棺盖，拉动它？"

真是一语惊醒梦中人，我立即想到一样东西，连忙问马骝："那条'金钩银丝索'在你背包里吗？"

马骝听我这样问，一下子明白过来："你是想用它来拉开棺盖？"

我点点头道："没错。"

那个道士大概也听到了"金钩银丝索"这个东西，立即皱起了眉头。不过他并没有说话，可能是知道如果这个时候插话进来，会招来我们的讨厌，毕竟他用这个东西打伤过我。但那个刀疤大汉就不同，看见我从马骝背包里拿出那条"金钩银丝索"后，立即叫道："那是我们的。"

我瞪了他一眼，看见那个道士也向他使了眼色，似乎叫他别出声。我也没理他们，把"金钩银丝索"抛过去给马骝，幸好它够长，马骝接住后，小心翼翼地爬上石棺，又小心翼翼地把"金钩银丝索"钩住开了道口的棺盖，然后躲回之前的地方。

我对他说道："要不你回来吧，这样还是很危险。"

马骝摇摇头道："不用不用，我躲在这里没事的。况且过都过来了，再回去又要折腾一番，等你打开石棺，我就可以看清楚里面究竟有什么东西了。"

我知道马骝的意思，只好抓住"金钩银丝索"的另一端，使出九牛二虎之力，然而棺盖还是没有动。其他人见状，连忙过来帮忙拉，人多力量大，棺盖终于动了，同一时间，青铜鬼头上面又射出三支铜箭，而且射的位置都一样。

我们在水池外面，根本不担心这些铜箭会射过来，没过多久，棺盖被我们拉开了将近一半。而青铜鬼头射了几次铜箭后，便再也没有反应了。我放下手中的绳索，对马骝示意了一下，马骝立即爬上棺盖，用手电筒仔细观察石棺里面的情况。

那个道士立即问道："里面都有什么东西？"

马骝双眼亮了亮，但随即摇摇头道："只是一堆腐烂的东西，没什么值钱的。"

刀疤大汉有点儿失望道："费了那么多力气，竟然没发现值钱的东西，你不会看走眼了吧……"

马骝装作没听见的样子。忽然，他好像见到什么令人惊讶的东西，"咦"了一声，连忙对我说道："斗爷，你看这是什么？"

我被他搞得一头雾水："我都看不见那东西，我怎么知道是什么？"

马骝一脸古怪的表情说道："要不你过来看看，我想这东西好像跟你有点儿关系。"

马骝这样一说，其他人都对我投来惊异的眼光。我心想，难道发现了与夜郎符有关的东西？于是我叫水哥和那个刀疤大汉拉好绳索，然后我学着马骝那样爬到石棺那里去。

等我站好后，马骝用手电筒照着石棺里面说道："你看，就是这东西。"

我俯下身，仔细打量起来。只见石棺的棺盖上有七个凹槽，连成一线后可以看得出是一个北斗七星。而石棺里面只剩下一堆黑乎乎的、腐烂的东西，就像一堆烂泥一样，已分不清哪些是骨头渣子，哪些是纤维物了。我心想，果然不出所料，把棺材放在这样一个环境里，不腐烂才怪。

然而这样一个大石棺，陪葬品竟然少得可怜，只有几个陶器和几件未腐烂的女人首饰。而马骝所说的那个东西，是一个圆形直壁的盒子，几寸大，好像是古代女人的梳妆盒，上面布满了铜锈，在盒子上面，还写着一行字，字体跟夜郎迷城里面看到的一样，应该是所谓的夜郎天书。而这一行字里面，我只认出了"夜郎"两个字。这两个字，也是关谷山翻译出来后，我记下的，想必马骝也认出来了。

这时，马骝对我说道："难道这里真的跟夜郎有关？"

我说道："那就要看看墓主人到底是谁了。"

我一边说，一边戴上手套，然后伸手去取出那个盒子。只见盒子做工很精致，除了那一行字外，还有一些花草灵兽雕饰，底部有三兽足，旁有兽御环耳。我迫不及待地想打开盒子，然而却打不开，这才发现上面挂有一把很小的锁。

我问马骝："这会不会就是奁？"

我知道奁是一种古代的箱子，是古代女子用来存放梳妆用品的东西。近代考古也出土过这样的奁，形状一般为圆形，直壁，有个盖子，腹比较深，底下有三兽足，两旁还有兽御环耳，这种古物大多流行于战国至唐宋年间。

马骝点点头说道："我看就是奁，不过我在古玩市场上见的都是木制和陶制的，铜制的也有，但比较少见。像这种还带锁的，就更加少见了。不过这可以说明，墓主人应该是个女的。"

我忍不住看向赫连淼淼那边，她躺在地上，似乎还没有醒来。如果这个墓主人是个女的，那会不会就是赫连淼淼说的那个夜郎公主？

我们再次搜寻了一遍石棺，然而除了这个盒子外，并没有其他可以拿的东西。马骝叹息一声，骂道："我屌，还以为藏有什么宝贝，就只有一个这样的盒子，还害我差点儿丢了命。要不，其他几件首饰也拿走算了。"

我连忙制止道："不许动。我们不是贼，这样冒犯人家已经很不道德了。要不是我想弄清楚那个夜郎符，我也不会去拿这个东西。"

马骝撇了撇嘴，说道："屌，就算我们不拿，也有其他人拿呀。"说着，一躬身，几乎整个人探进了石棺里。

我连忙揪住他的后背，把他扯上来，故意大声说道："赶快离开这里，这一眼就看光了，哪还有什么宝贝，走吧。"

马骝一脸不爽的表情，但也只好作罢。我把铜夋收好，然后对水哥他们示意了一下，让他们拉紧绳索，好让我们攀爬回去。

等回到地面后，大家立即围了上来，那个道士笑嘻嘻问道："是不是找到了宝贝？"

我心想，我和马骝在石棺里的一举一动，他们都看得一清二楚，这老家伙真是明知故问。我拿出那个铜夋，递给他说："你经验丰富，给我掌掌眼。"

道士接过铜夋，仔细打量起来，脸上慢慢出现惊奇的表情，捋了捋下巴的胡子说道："我行走江湖那么多年，见过各种夋，但这个带有金锁的铜夋，真是见所未见。"

我问道："你说这是金锁？"

道士点点头道："没错，你看锁的上面，并没有铜锈，刮一下还可以看见黄金色泽，所以这绝对是金锁。这属于富贵人家的东西，从这座古墓来看，也是属于西汉时期的，但西汉出土过的夋，并没有一款像这个一样，带有金锁的。"

我问他："夜郎时期的，你见过吗？"

道士翻起眼珠子，看着我说道："夜郎？这考古界里，关于夜郎时期的东西少之又少。难道说，这是夜郎时期的？"

我模棱两可道："我猜猜而已。"

马骝在一旁叫道："研究那么多干什么，赶快打开看看里面装有什么东西吧。"

水哥也附和道："是呀，既然上了金锁，那里面的东西肯定很值钱吧。"

我说道："这只是个梳妆盒而已，能装有什么值钱的东西，最值钱的，估计也就是这金锁了吧。"

那个道士立即摇头道："那不一定，这个东西应该是墓主人生前喜好之物，所以有可能会把最珍贵的东西放进去。"

刀疤大汉立即叫道："那还等啥子哦，赶紧把它打开哟！"

我也想看看铜奁里面究竟会装有什么，于是便没有制止。马骝发现我没说话，立即一手从道士手中抢回铜奁，然后一边从背包里面拿出开锁工具，一边说道："开锁这些细活，还得猴爷我出马。"

我深知马骝的开锁能力，果然不用几分钟，那把小金锁就被他打开了。马骝得意地看了众人一眼，然后才慢慢揭开盖子。

# 第十七章　人形怪物

　　大家屏住呼吸，所有的眼睛都完全集中在那个金锁铜匣上。等盖子完全揭开后，一个用黄布包裹住的东西立即露了出来。由于铜匣的密封性很好，黄布还没有腐烂，我伸手过去，小心翼翼地打开黄布，出现在大家眼前的，竟然是一块玉佩。只见玉佩白中带绿，呈六边形，中间雕饰着一个鬼头，光泽温润，摸起来手感很好，隐约带有一丝灵气，一看就知道是上等货。

　　然而当我看见这块玉佩的时候，不禁大吃一惊，这块玉佩的样子竟然跟我背上的夜郎符一模一样！

　　马骝也察觉到这玉佩的不寻常，对我惊讶道："斗爷，难道这玉佩就是你所说的夜郎符？"

　　我立即把玉佩交给马骝，说道："你帮我仔细对照一下，看看有没有不同的地方。"

　　马骝拿着玉佩对照了一阵，又把玉佩放在我背上，然后惊叹道："斗爷，这放上去刚刚好，几乎没有差别呀，就像烙上去的一样。依我看呀，这块玉佩应该就是夜郎符的原型了，看来我们跟夜郎还真有缘哪，就不知道，那解药会不会也藏在这里呀。"

除了我和关灵之外，其他人都不知道马骝说的话是什么意思。他们也逐一拿玉佩去观察，但也没有人能说出这玉佩为什么会跟我背上的夜郎符一个样，更加不清楚这玉佩的来历，在他们的眼里，估计只知道这玉佩非常值钱。

那个刀疤大汉忽然问道："那、那现在这个东西归谁？"

马骝立即把玉佩攥紧，说道："当然是我们的啦，难不成你还想要？"

刀疤大汉说道："这个东西大家都有份儿，凭啥子是你们的？"

马骝指着我背上的夜郎符说道："呵，凭啥子？凭的就是这个夜郎符。你背上有吗？要是你背上也有这个符号，我立马拱手相让。"

刀疤大汉歪了歪嘴说道："这个东西，鬼知道是不是个文身……"

水哥似乎看不过眼，插话道："也不能文得一模一样吧，别说斗爷了，大家都是第一次进到这里，都是一起打开这个东西取出玉佩的，如果说事先就知道这玉佩的模样，那是不可能的。"

马骝说道："水哥说的有道理，用脑子想想都知道啦！"

道士对我们说道："行行行，大家别争了，这东西就归你们所有吧。"

刀疤大汉很不忿儿，对道士说道："师父，这东西咱也有帮忙……"

道士摆摆手，制止道："算了算了，别说了。"

刀疤大汉"哼"了一声，但似乎不知怎么发作，只好一脸愤愤不平地走到水池边，拿起工兵铲在水池那里拍打起来，找水池来发泄。

道士看了他一眼，也没制止，然后又对我们说道："这次就算了，但是下次碰到石棺的话，里面的东西可就归我们了。”

马骝用手电筒扫了一下周围，说道："难道还有其他石棺吗？"

道士狡黠一笑道："这个嘛，你就别管了。"

就在这时，突然听到刀疤大汉惊叫一声，我们不知道发生了什么，连忙向他那边看过去。只见十几只手掌般大的怪物不知什么时候跳上了水池，对着刀疤大汉张开了嘴，露出了一口锋利的牙齿。这些怪物的身形有点儿像蛤蟆，但脑袋是圆圆的，全身的皮很白，那两只眼睛红得非常诡异，它们身后还拖着一条长长的尾巴，也不知道是哪种生物变异过来的。

马骝说道："有什么好大惊小怪的，这些小怪物，猴爷我一工兵铲一个，就能把它们拍成肉饼。"

然而马骝话音刚落，其中一个怪物对准了刀疤大汉的方向，它的皮刚才还是白色，眨眼间竟然变成了血红色，连那圆圆的脑袋都变成了红色，整个儿看起来就像一只火蛤蟆。然后猛地一跳，以迅雷不及掩耳之势直扑刀疤大汉，只听见他惨叫一声，跌倒在地上。

那个道士连忙冲过去，挥着拂尘把那怪物赶走，然后拉起地上的刀疤大汉逃回来。我们都看见，那个刀疤大汉的胸前被撕咬下一大块衣服，露出鲜血淋漓的伤口，幸好衣服够厚，伤口不深，要不然被这些怪物咬一口，肯定连皮带肉少一块。

而那只撕咬过刀疤大汉的怪物，正在嚼着那些衣服，似乎觉得味道不好，又全部吐了出来。这时候，其他怪物都纷纷变成了红色，一只只盯着我们这边，随时都有可能会扑过来撕咬。

看见这样，马骝忍不住对刀疤大汉骂道："他奶奶的，你没事儿去那边搞什么呀……现在好了，把它们都激怒了，我们都要成为它们的口粮了……"

那个刀疤大汉痛得眼泪都流出来了，也没心思跟马骝斗嘴。再看他的伤口，已经开始变成了紫黑色，不用说，一定是中毒了。道士连忙从包里拿出一包药粉来，撒了一些在刀疤大汉的伤口上，然后把他扶到一根石柱后面坐下。

我把玉佩放进盒子里，收在身上，然后对马骝说道："你刚才不是说一工兵铲一个，把它们拍成肉饼吗？那现在就交给你了。"

马骝立即叫起来："交给我不是不行，但就我这几两肉，还不够它们塞牙缝呢。按我说，这些怪物就交给我们的关大小姐去对付吧。"

我骂道："你大爷的，你自己搞不定就算了，也别推给一个女孩子呀！"

马骝说道："斗爷，难道你忘记了吗？魔鬼蛙都是她用那个什么光的法术击退的，难保这些怪物不是魔鬼蛙的近亲哪。"

关灵摇摇头说道："这些怪物不是什么幻术，用法术肯定制伏不了它们。"

我对马骝说道："你用弹弓试试看能不能制伏它们。"

马骝点点头，刚拿出弹弓，其中一只怪物突然朝着我这边扑了过来，我立即拿起工兵铲迎战，但还是迟了，手臂立即被撕咬了一下，一阵疼痛立即传来，我刚想打它，但那怪物一下子跳开，在黑暗中消失不见了。

这时候，其他怪物也有所行动，我立即叫道："赶快用火焰枪！"在来的路上，我叫马骝和水哥去买了一些火焰枪，现在应该能用上了。

马骝和水哥立即从背包里拿出火焰枪，打开开关，火焰枪立即喷出一团火焰来。火焰虽小，但是那些怪物一看见火，都停止了攻击，不敢靠近。我连忙看了看伤口，还好只是撕破了皮，并不是很严重，而且也没有像那个刀疤大汉那样，出现中毒的情况。

关灵忽然对我说道："斗爷，你看那边。"

我连忙往关灵指的方向看过去，只见有一只怪物躺在不远处的地上，四肢抽搐，如中毒一样，再仔细一看，好像就是刚才咬我的那只。这是怎么回事儿？我猛然想起，我曾经被独眼鬼虫咬过，身上还残留有毒素，难道是因为这样，那只怪物才出现这样的情况？

马骝也看见了，对我说道："斗爷，难道你比它们还毒？这家伙刚才袭击你，咬了你之后就死翘翘了。"

我说道："有可能是独眼鬼虫的毒在作怪。"

马骝一听，立即来精神了，叫道："那我们还怕它们干吗，我们比它们还毒，可以来个以毒攻毒呀。"

马骝说到这里，竟然把火焰枪关了，似乎真的想以毒攻毒。我连忙说道："你傻呀，你没看见它们那口牙呀，咬你几口，你还有命在这里以毒攻毒？赶紧给我把火焰枪开了。"

马骝一脸无辜的样子叫道："没有哇，斗爷，我没有关哪。"马骝一边说，一边尝试了几次打开开关，但火焰枪好像坏了。

我立即把火焰枪接过来，试了几次，果然是坏了，忍不住说道："你大爷的，你是不是贪便宜，买的假货呀，这才用了多久，就不行了。"

马骝骂道："我屌，八十八元一个，还便宜呀？鬼知道这东西的质量那么差……他妈的，到时回去我找那老板算账，还说这是进口货，进他奶奶……"

我说道："马骝呀马骝，亏你是生意人，平时骗了不少人吧，这下好了，现世报哇，现在体验到做'水鱼'是什么滋味了吧？"

这时，水哥突然叫道："这次真的被骗了，他娘的，你看我这个也不行了。"刚说完，只见他手上的火焰枪立即熄灭了，弄了好几次也弄不着。

没有了火，那些怪物又开始蠢蠢欲动了。

水哥一边后退一边焦急道："斗爷，咋办呢？赶紧想想办法呀，你们有奇毒护体，我没有哇……"

"能咋办哪……对付这些家伙可不是我的强项啊！"我也焦急道，一边说，也一边往后退，忽然想起什么，对水哥叫道，"你不是有枪在身吗？赶紧掏出来打死它们哪。"

水哥猛然醒悟般，立即伸手进怀里，掏出枪来对准其中一只，然后扣动扳机，只听见"乓"的一声枪响，那个怪物立即中弹倒地。其他怪物见状，顿时张开嘴，对着水哥怪叫。其中一个要冲过来，水哥再开了一枪，竟然没打中，他又一连打了几枪，这才打中怪物的脑袋，立即溅得到处都是血肉。

马骝假装一脸惊讶道："你这家伙，不是说枪是假的吗？"

水哥怔了怔，尴尬一笑道："这……这……"

马骝"哼"了一声道："这、这、这不出来了吧？这是在骗我们！"

就在这时，那些怪物突然一阵狂乱，纷纷掉转头去，逃命似地跳进水池里。这个情景令我们感到很意外，难道那些怪物看见同伴被枪打死，都害怕了？

马骝惊讶道："我屌，行啊水哥，你这几枪起作用了，你看它们被吓得好像被赶的鸭子一样，全跳回老巢里了。"

然而就在大家都这样想的时候，墓道里突然传来一个声音，有东西从墓道那边走来！我立即示意马骝别出声，大家侧耳倾听起来。

声音很沉、很重，似乎来的东西是个庞然大物。我暗吃一惊，心里明白了个大概，想必这些怪物跳回池里，并不是被水哥的枪吓的，而是因为从墓道走来的这个东西。不用说，这个东西一定比这些怪物还要恐怖，就像在迷幻城里，那些独眼鬼虫碰到了那条巨蛇一样，如遇到天敌般不敢靠近，甚至逃走。

刚想到这里，那东西终于出现了，只见在手电筒的光线下，一个黑色的"人"映入大家的眼帘。这个"人"很大，全身湿漉漉的，像刚从水里上来一样。它的身高有两米左右，穿着一身乌黑的衣服，等走近仔细一看，那并不是衣服，而是一片片鳞片，从头到脚都长满了鳞片。这"人"的脑袋很大，但没有毛发，两只大眼睛发出令人毛骨悚然的红光，那鼻子也很大，两个鼻孔像似被人撑大的一样，非常恶心，而在鼻孔下面，是一张满口獠牙的大嘴，那些獠牙跟赫连淼淼变异时一个样。

我忽然想起在盗洞里晕倒前看到的那个像人的黑影，难道是这个人形怪物？这不是没有可能，刚才我们在寻找赫连淼淼的时候，赫连淼淼是从水里出来的，她曾经说过自己是被一只大怪物拖下水的，不会就是眼前这个人形怪物吧？但是，当时我们是一起晕倒的，为什么只拖走赫连淼淼，而没有伤害我？

这个时候，我感觉被人扯了一下，只听见马骝叫道："斗爷，赶紧走哇！这家伙又不是美女，有什么好看的……"

我说道："这墓室就这么大，能走去哪里？"

"那、那怎么办？"马骝说道，忽然看见水哥还拿着枪，连忙对他叫道，"我屌，开枪打它呀，还愣着干吗？"

水哥抖着手，对着那个人形怪物开了一枪，子弹打在鳞片上，那声音像是打在了金属上面一样，非常尖锐。然而人形怪物只是轻微地摇了摇身体，并未被击倒。水哥再开了一枪，结果还是一样。

但这次激怒了人形怪物，它对着水哥咆哮一声，突然张大嘴巴，吐出一口东西，像痰一样，非常恶心。水哥急忙躲闪，那东西落在他站的位置上，是黏糊糊的液体，真的像痰，那腥臭的气味简直令人反胃。

人形怪物吐完液体，立即朝着我们走了过来，水哥对着它又开了几枪，但子弹打在鳞片上，对人形怪物来说如同搔痒一般，毫无损伤。

马骝对水哥叫道："我屌，你咋专挑硬邦邦的地方打呀？打它的眼睛啊！我不信它的眼睛还能挡子弹。"一边说，一边拉开弹弓，对准人形怪物的眼睛打了过去。

谁知道人形怪物一扬手，竟然挡住了马骝打出来的子弹。马骝不死心，一连打了几发，水哥也对着怪物的脸上开枪，但统统都被怪物用它那两只大手挡下。对付这家伙，现在连真枪实弹都无可奈何，马骝的子弹就更加不用说了。

见状，大家既焦急又害怕，纷纷往后退去。那个人形怪物一边向我们走来，一边发出沉闷的呼吸声，双眼四处扫视，忽然瞧见地上那只蛤蟆怪物，立即走了过去，抓起来就往嘴里塞，硬生生地吞进了肚子。

马骝惊恐道："斗爷，这家伙是什么变的？吃东西不用嚼，简直生吞哪。"

我说道："我哪里知道，要不你过去跟它打个招呼？"

马骝叫道："我屌，别搞我，被它抓住，估计连骨头都没得剩了……"

关灵说道："你们两个别闹了，赶紧想办法搞定它。"

马骝说道："怎么搞定它？连枪都打不了它，难道拿个工兵铲敲它呀？"

关灵摇摇头说道："不是，像这样变异的怪物，它的原身有可能是个人，只是不知道为什么才变成这样而已，虽然全身鳞片硬邦邦的，但我猜它一定有软肋，想办法找到它的软肋，就可以制伏它。"

马骝立即问道："那它的软肋在哪里？"

我忽然想到什么，连忙说道："一直生活在黑暗中的生物，最惧怕的应该就是强光。你们还记得那魔鬼蛙吗？当时马骝开了闪光灯，就刺激得那魔鬼蛙发疯了一般，我想这个怪物应该也会惧怕强光。"

马骝说道："那如果弄巧成拙，岂不是会把这家伙惹恼了？"

我说道："当时的魔鬼蛙是一种幻术，现在这个怪物应该是真真切切存在的。"

我一边说，一边拿出手机来，然后对着怪物那边拍了一下，闪光灯立即在黑暗中闪了一下，如白昼般光亮，那怪物立即伸手遮住眼睛，咆哮一声，站在原地不敢动了。

看见这个方法奏效，马骝和关灵都拿出手机来拍照，闪光灯顿时变成了最厉害的武器，把怪物闪得嗷嗷大叫，但同时也激怒了它，发疯般横冲直撞起来。

马骝叫道："斗爷，你看你的方法，我都说了会弄巧成拙了吧……被这家伙撞一下，还不断几根肋骨呀……"

我说道："这样的话，它的防守能力也就降低了，你找准时机打它的眼睛，先让它失去方向。一旦它瞎了，咱们就可以慢慢对付它了。"

马骝点点头道："行，交给我吧。"

这时候，那个人形怪物冲了过来，我们连忙跑去水池那边，相隔那么大的一个圆形水池，人形怪物想攻击我们也有点儿困难。我对水哥叫道："你的枪法如何？"

马骝嗤笑一声道："这还用问他吗？刚才大家都看见了，斗爷，你这样问，人家怎么回答你呢？"

水哥尴尬一下后说道："我虽然当过兵，玩过枪，但枪不是我的强项，所以……"

我点点头道："明白了。那这样，这人形怪物那么大，你总能打得中吧？你先打它几枪，引开它的注意力，然后剩下的就交给马骝，打它的眼睛。"

水哥疑惑道："刚才我们不是也这样试过吗？它可会挡子弹哪。"

我说道："刚才没闪光灯，现在有了，反正你听我的话照做就好。"

水哥点头示意收到，然后举起枪，对着人形怪物一连开了几枪，那子弹打在鳞片上，虽然伤不了它，但身上的鳞片受到子弹的冲击力，也令它一时不敢乱动。趁着这个时机，马骝拉紧弹弓，对准人形怪物的左眼，突然一松手，只见怪物的头往后仰了一下，咆哮一声，左眼处流出红白色的液体来，一直流到脖子上。不用说，它的左眼被马骝打中了。

马骝握拳做了个胜利的姿势，然后再次拉弓，这次要打的是人形怪物的右眼。就在这个时候，人形怪物突然四肢趴在地上，从口里不停地朝我们这边喷出一坨坨的液体，虽然隔着一个大水池，但那些液体如同炮弹一样打过来，其中一坨溅到放在地上的一个背包，立即燃起一团白烟，我一看那背包，暗叫不好，那背包是我的。我刚想过去，看能不能抢救一下，但是整个背包已经开始被那坨液体腐蚀了，不久便化成一堆黑乎乎的东西，如同被烧焦了一样。

马骝叫道："我屌，这家伙喷的东西是什么鬼？怎么会像镪水一样啊？"

我看见自己的背包成了这样，忽然想起什么，用手电筒照了照身后，只见那个道士和刀疤大汉瑟缩在一根石柱的背后，好像在那里坐山观虎斗一样，而他们的背包就在不远处扔着。我知道那个道士把猫灵木放进了背包里，于是我对关灵耳语了几句，然后两人往道士那边跑去。

马骝和水哥看见我们跑开，也跟着一起跑，人形怪物虽然只剩下一只眼睛，但也看得见我们跑去哪里，连忙调整方向，继续向我们吐出液体。

那个道士看见我们跑过来，也不知道什么情况，急忙叫道："喂喂喂，你们过来干吗？你们过来干吗……"

我叫道："你大爷的，你们躲在这里真是舒服哇，我们都差点儿没命了。"

马骝也叫道："我屌，我们在那边出生入死，你们躲在这里观战，还是不是人哪？"

道士尴尬一下，道："这不是因为他受伤了嘛，我要照顾他呀……"

我"哼"了一声道："哼！这么大个人，这一点点伤还需要照顾？真的是人不笑狗都吠！"

就在这时，关灵突然惊叫一声："斗爷，赶快闪开！"

我连忙往旁边跳开，只见人形怪物向前靠近了一些，那些液体刚好打在我刚才站的位置上，真的是太危险了。我连忙叫道："大家赶快散开，这样集中在一起，就真的要被一窝端了。"

我这样一喊，那个道士急忙扶着刀疤大汉，三步并作两步逃到另一边躲藏起来。趁着这个时候，我在地上打了个滚，顺手把道士的背包抓在手上，然后跑到关灵那边，把背包交给关灵。

当我们几人分开后，人形怪物似乎找不到方向了，停止了攻击，然后慢慢站起身来。扫视了一圈后，似乎发现了我和关灵，突然朝我们这边走来。我在心里骂道：你这家伙，就不能先找其他人玩儿吗，非要在这时候找我们？

我轻声问关灵："怎样？拿到了吗？"

关灵点点头道："拿到了。"

我说道："那好，先藏起来，那家伙要来对付咱们了。"

这时，人形怪物突然发起攻击，对着我这边猛冲过来，像发疯了一样。我拉着关灵，连忙跑到石棺后面。只见人形怪物一下子撞在墓壁上，竟然撞碎了好几块空心砖。接着，它转过身来，又对着我们撞了过来，似乎跟我和关灵有仇似的，非要撞死我们不可。虽然怪物的冲力很大，但幸好瞎了只眼睛，速度有所下降，我和关灵急忙躲开，只听见"轰"的一声响，水池后面的地方又被它撞了个粉碎。

我看向水哥那边，冲他喊道："水哥，还愣着干吗？赶紧开枪打它呀！"

水哥举起枪，对着怪物打了几枪，那怪物再次用手臂护住脸，一看这样，我忽然明白过来，没错了，这脸肯定是怪物的软肋！但是，凭水哥的枪法，根本打不中怪物的脸。马骝虽然打弹弓很厉害，但是没玩过真枪，这枪和弹弓的打法又不同，就算给马骝也没用。

这时候，关灵突然指着扔在地上的"金钩银丝索"，对我说道："斗爷，可以用那条'金钩银丝索'缠住那个怪物，然后再制伏它。"

我一听关灵这样说，立即说道："没错，先缠住它，再打它。"说着，我捡起那条"金钩银丝索"，刚想扔出去，但是突然发现一个问题，这东西我不会用。虽然可以乱抛，但是不钩住那怪物也是没用的。

关灵看出了我的意思，说道："可以叫那个臭道士去缠住它，这东西是他的，他肯定会使用。"

我们立即往道士那边跑去，道士看我们又跑回来，刚想说话，我立

172

即对他说："我们看着你徒弟，你用这'金钩银丝索'去缠住那个怪物。"

那个道士也是聪明人，一听我这么说，立即明白过来，点点头，接过"金钩银丝索"，然后绕到怪物身后，瞄准时机，突然一甩手，那条"金钩银丝索"如毒蛇般朝怪物脖子上飞去，一下子钩住了怪物的脖子，那个道士立即在地上打了两个滚，绕到石柱后面，把"金钩银丝索"绑在石柱上。

这个时候，被金钩钩住喉咙的人形怪物，痛得连发出声音都变得有点儿困难，它双手抓住"金钩银丝索"，想把金钩拔掉，但是金钩钩得太深了，而且还有倒刺，如果使劲拔掉，那肯定连喉管都会被拔出来。

看见这个情景，我也心有余悸，想当初要是这个东西不是钩住我的脚，而是钩住我喉咙的话，估计也痛得跟这个怪物一样。

这个时候，道士拉着"金钩银丝索"不断拉扯，痛得那个怪物趴在地上。我一看时机到了，连忙呼叫水哥道："水哥，赶紧过去爆头！"

水哥举着枪，哆嗦着身子，有点儿害怕道："这……"

我知道他并不是真的害怕，而是不想自己受到伤害。我立即冲到水哥那边，对他叫道："你不会这个时候还怕它吧？你不打，就让我来！"

这时，那个道士也叫道："赶紧打呀！再迟点儿，我这边也不行了……"

水哥还在犹豫，另一边的马骝破口大骂道："我屌，你这家伙还说当过兵，怎么叫你打个怪物还像个女人一样扭扭捏捏的……"

水哥被马骝一激，咬了咬牙，突然冲了过去，对着怪物的额头和脑袋连开几枪。只见那怪物痛叫一声，往一旁的石柱撞了过去，然后趴在地上挣扎了几下，便一动不动了。

就在这时，那根被怪物撞了一下的石柱突然震动了一下，我连忙举起手电筒照过去，只见石柱上面的四方槽有东西在动，然而还没来得及看清楚，就听见"嗖嗖嗖"三声响声，从四方槽那里射出三支铜箭来，而那铜箭射的方向，正对准了我！

想躲开已经来不及了，我闭上双眼，心想死定了……

# 第十八章　暗　门

就在这千钧一发之际，昏暗中突然有一个身影一闪，犹如闪电般直把我扑倒在地上，那速度之快简直令人难以想象。我睁开眼睛一看，此人不是别人，正是赫连淼淼！我不禁大吃一惊，自从她晕死过去后，一直都在石壁那边，大家顾着开棺，也没有人留意她，难道早就醒了过来？

再看赫连淼淼，只见她背上被三支铜箭射中，鲜血汩汩，浸染了她的衣服。她看着我，脸上出现痛苦的表情，但还是对我微微一笑，然后慢慢趴了下来，在我耳边轻轻说了一句话，我听得不是很清楚，只依稀听见"不要进"三个字，然后就再也听不到了。

这"不要进"是什么意思？

我想弄明白，便抱住赫连淼淼叫了几声，但她都没有回应，再探她的鼻息，原来已经没有气了。不知为什么，我突然感到一阵揪心般的痛，说不出有多难过，我跟她相处的时间很短，但她为了救我而舍命，难道对我真的如此痴情？或者说，是因为夜郎符的关系？

我忽然想起临出发前，关谷山对我说过的一句话，他说这夜郎符并非致命之物，可能还会有助于我，难道说的就是现在？

　　这时候，关灵和马骝过来扶起我，关灵一脸的担心，关切道："斗爷，你没受伤吧？"

　　我摇摇头道："我没事。"

　　马骝看了看倒在地上的赫连淼淼，摇了摇头，然后叹了口气道："斗爷，她真的是有情义呀，竟然会舍命来救你，看来你们的关系……"

　　"我也不知道我们是什么关系，她刚才过来救我的时候，好像还是变异人。如果说她不是赫连淼淼的话，那么，"我说到这里，看了一下那副石棺，"她有可能会是这里的人。"

　　马骝惊讶道："难道说，她会是墓主人？"

　　我点点头道："很有可能，刚才我们也看见，这个墓的主人是个女的，很有可能就是她上了赫连淼淼的身。"

　　关灵看着那石棺，打了个寒战，说道："她……怎么会上身的……都这么多年了，难道还冤魂不息？"

　　这个问题我也解释不清楚，只好说道："有些东西真的难以用科学解释。"

　　马骝说道："如果她真的是墓主人，那么她会是谁？"

　　我摇摇头道："不管她是谁，但应该都跟夜郎有关。"

　　就在我们说话的时候，道士他们好像发现了什么，在水池后面的地方挖了起来。果然，没挖多久，就听见那个刀疤大汉兴奋道："师父，你看这是啥子哦？"只见他挖开了青铜鬼头下面的泥土，里面竟然露出了坚硬的石板，看起来好像是一道暗门。

　　我们三人对视了一眼，都感到一阵惊奇。难道说，这青铜鬼头会跟夜郎迷城一样，背后藏有暗门？

那个道士走过去打量了一下，立即两眼发光，一脸兴奋道："这是暗门！赶紧把旁边的挖开看看。"

刀疤大汉应了声，挖起来的速度更加快了，没用多久，青铜鬼头周边的泥土被他挖光了，接着刀疤大汉站在水哥肩上，继续挖上面的泥土，直到两扇石门完全露了出来才停止。

只见石门非常巨大，宽有四米多，高也有三米多，气势雄伟。石门上面没有任何图案，也没有发现什么凹槽，而那个青铜鬼头刚好在石门的正上方，连着它的是一根石柱，跟夜郎迷城的石门很是相似。

我们三个看着这一幕，都暗自吃惊，虽然很反对他们那样做，但是也想探究一下这石门后面到底藏有什么。我想，如无意外的话，开启机关的地方应该是在那青铜鬼头的嘴里，毕竟都是夜郎时期的机关设置，所谓万变不离其宗，估计也不会发生太大变化。

我发现那个道士的注意力从石门开始往青铜鬼头那边移去，然后他将了将山羊须说道："嗯，机关应该在那鬼东西上。"

刀疤大汉问道："那怎么破？"

道士没有出声，在石门前来回踱着方步，似乎在想破解机关的方法。

马骝对我说道："斗爷，怎么看？"

我说道："什么怎么看？"

马骝忽然笑嘻嘻道："要不，我们过去打开它？说不定里面藏有……"

我立即打断他道："除非里面藏有血太岁，否则想都别想。"

马骝狡辩道："这、这不打开，怎么知道里面到底藏有什么？鸡蛋不打开，也不知道里面是单蛋黄还是双蛋黄呢，何况这石门那么大，也很难说里面不会藏有血太岁呀！"

我说道："你那么厉害，你去打开它呀。"

马骝叫道："唉，你还欺负我不会呀，我就过去给你打开看看。"

似乎听到了我们的谈话，那个道士连忙跑过来问道："两位，难道知道怎么开启这石门的机关？"

马骝用鼻子"哼"了一声，对他爱理不理地说道："那当然，你以为呢。"说着，马骝也不顾我的反对，自顾自走到石门前，对刀疤大汉和水哥叫道，"走开走开，让我来。"

刀疤大汉投来怀疑的目光，道："你懂怎么破？"

马骝没有应他，刀疤大汉自讨没趣，有点儿气恼地走到一边。水哥估计知道自己叛变的事，所以也没说话，让开个地方。马骝从包里取出点火器和一件衣服，割了一段绳子，把衣服绑在工兵铲上，然后用点火器把衣服点着。

道士那班人都不知道马骝要干什么，一个个瞪大眼睛在观看。马骝举着工兵铲，对刀疤大汉叫了一声："喂，大只佬，你过来，把我拖上去。"

刀疤大汉惊愕地指了指自己胸口，道："你叫我？"

马骝说道："还有比你更大只的吗？"

他不知道马骝是南方人，听见马骝用"只"来形容他，顿时一脸不爽，刚想发作，那个道士连忙向他使了个眼色，示意他过去帮忙。刀疤大汉只好乖乖走过去，很不情愿地让马骝踩在肩膀上。

马骝先是找来另外一把工兵铲，把手柄伸进青铜鬼头的嘴里捅了几下，然后才拿烧着衣服的工兵铲放在青铜鬼头的嘴前，然而这次并没有像夜郎迷城那样，会喷出火来。只见那衣服都差不多烧光了，那个青铜鬼头却依然一点儿动静也没有。

马骝看向我，一脸的不解和尴尬道："斗爷，这不对劲哪，怎么这次就不行了呢？"

我心里也纳闷，马骝的操作完全没有问题，难道机关的设置跟之前的不同？我走到石门那里，仔细观察起来，发现这石门并无特别之处，除了那个青铜鬼头，确实找不到其他像样的机关设置。

马骝从刀疤大汉肩上跳下来，走到我身边说道："是不是这里的机关有问题？"

我说道："你才有问题。这机关要是那么容易被你破解，那也太小看夜郎人了。刚才没看见外面那个'万法归一'的布局吗？能做出这样的布局的，一定是个高人，在机关设置方面肯定也非同寻常。"

马骝问道："那你能破吗？"

我摇摇头道："暂时还没想到办法。"

刀疤大汉在这时候发出两声嘲笑，他本来跟马骝就有过节儿，现在被马骝踩了肩膀，真的是憋不住火了，冷笑着说道："我还以为有啥子本事，还说啥子夜郎哦，我看也只不过是夜郎自大。"

马骝一听就来气了，举起手中的工兵铲就扔了过去，叫道："你他妈说谁夜郎自大呀？"刀疤大汉一个闪身躲开，马骝还想过去打架，我连忙一手拉住他，对他们两人说道："别冲动，一人少一句。在这样的环境下，最糟糕的就是内讧，到头来不是你俩的事，而是我们都有可能会葬身在这里。出去后我不管你们，但在这里，你们必须给我沉住气！"

那个道士也瞪了一眼刀疤大汉，说道："有什么个人恩怨，出去再解决。"

关灵走过来，把马骝拉到身后，然后对我说道："斗爷，在这位置出现暗门，一定是藏有什么东西。你看，这墓外使用'万法归一'的布局，目的是想成仙，但又在这水池上放棺材，这似乎有点儿奇怪，现在还在这里修造暗门，更是另有玄机了。说不定，这里就是我们要找的那座仙墓。"

　　我明白关灵的意思，她也想打开这石门。人的好奇心是无法想象的，特别是在这样的环境下，就算明知道有危险，也会充满了求知探索的念头。抛开所有的利益不说，我自己内心其实也有这样的想法，特别是见到那块夜郎符玉佩，我更加想弄清楚这里的一切。于是我对关灵点点头，再次观察起这暗门来。

　　如果说机关不是在青铜鬼头那里，那估计会是在地下，因为古代的石门机关，多数都是利用涡轮原理，不然带不动这么重的石门。而且这青铜鬼头在暗门的顶上，原本可以像夔龙石门那样做成机关，但在这里并没有这样做，所以我把注意力投到暗门前面的水池里，也只有这里最不对劲儿了，也最适合暗藏机关了。

# 第十九章　中天八卦

我围着水池走了一圈，里面的水依旧很浑浊，但似乎没有了那些怪物。经过刚才那一场恶战，我还心有余悸，生怕水里会突然跳出几只怪物来。关灵跟在我身后，走了一圈后突然对我说道："斗爷，你说这个水池会不会也是一个八卦？"

我问道："怎么说？"

关灵说道："你看水池的水，看似浑浊，好像是死水，但仔细看的话，水应该是活的，也就是说，那水一直在流动。你看马骝刚才掉下去的那包烟的碎片，刚才还在那边的，但现在到了这边，而且这里没有任何风力，如果这水是死的，那么漂浮在上面的东西绝对不可能跑到这边来的。"

听关灵这么一说，我才注意到这个现象。马骝说道："你说水会流动，会不会是那些怪物搞的？"

我摇摇头道："这个可能性不大，这水应该如关灵所说，是活的。所以两千多年下来，这水才不会干涸。"

马骝问道："那么说，这水池与外界连通？"

"就算不是连通，也可能会暗藏机关。不过，"我说道，看向关灵，"灵儿，你刚才说的八卦，是从何看出来的？"

关灵说道："水的流动，是顺时针方向的，还有水池的砖，刚才我走了一圈，数了数，一共有八大块，而这八大块中，每一大块都由不同的块数组成，一共三十六块。而且石棺的摆放位置，刚好在中轴线上，这些应该都不是随意的，而是根据风水来布局的，就像外面的'万法归一'一样。如果我没猜错，这个有可能会是失传已久的一种八卦格局，叫作'中天八卦'。"

虽然我不会看这种八卦布局，但是对于八卦，我还是有点儿理论基础的。八卦可分为先天八卦、中天八卦和后天八卦。

先天八卦和后天八卦的记载比较全面，现在流行的八卦体系几乎都是这两种。而中天八卦一名古已有之，但无图无例，据说是由归藏易所出，应四季二十四节气。从二十世纪九十年代起，有很多易家都讨论过，提供过五种位图，但都各有各的说法，哪一种最接近中天八卦，至今也无法确定。

这时，那个道士饶有兴趣地走过来说道："老道也研究过易经八卦，所谓'道生一，一生二，二生三，三生万物'，太极、阴阳合为一，河图、洛书为二，先天、中天和后天八卦为三，易也有三：《连山易》《归藏易》和《周易》。但对于这个中天八卦，关小姐是如何判断的？"

关灵看了道士一眼，没有说话。我知道她心里很恨这个家伙，要不是需要合作，我们两组人也根本不会走在一起。但我也想弄明白这其中的道理，便对关灵说道："没错，这个中天八卦，你怎么看出来的？"

关灵说道："对于中天八卦，我也只是略知一二。但你看这个水池，如果把它看作八卦图，是不是非常特别？水池的砖可分为八部分，每部分再由不同的砖组成，一共三十六砖，对应阳爻策数三十六，而每一部分对应三节气，三八二十四，对应阴爻策数二十四。"

我对这些不是很懂，只能听懂个大概，但那个道士却听得很仔细，围着水池一边走一边数，数完后晃着脑袋惊叹道："厉害厉害！不仔细看还不知道，这确实是一种八卦图，但这种布局从未见过，果然暗藏玄机呀！"

我问道："难道真的是失传已久的中天八卦？"

关灵对我说道："在湖北省荆门市郭店村曾经发现过一座楚国古墓，出土了一套属于战国中期的竹简，叫《太一生水》，里面记载：'太一藏于水，行于时。周而或始，以己为万物母。'它的基本思想与《周易·说卦传》的中天八卦观、后天八卦观，本质相同。而同是战国时期的另一竹简《筮法》，也记载了太玄甲子数和六子卦纳支的内容，甲子数来源古老，六子卦纳支很奇特，这些都跟中天八卦有关。《周易·系辞传》提出阳爻策数三十六、阴爻策数二十四，策数跟这个水池很符合，所以我才判断这个水池有可能是中天八卦。但这个除了邵子易学之秘术的某些传人外，两千多年来，无人会用，这是高层易术的一大秘密。所以有人说，《周易·说卦传》与《太一生水》的作者，应该属于同一个带有某种秘传性质的学派，是了解高层易术的道家大师。"

那个道士像是碰到了同道中人，一边听一边点头，捋着山羊须吟道："易中秘密穷天地，从来切教莫轻传。仙人亦有两般话，道不虚传只在人。穿山道人的传人，果然名不虚传哪！关小姐年纪轻轻就对道学有如此造诣，实属难得，难得！"

对于道士的阿谀奉承，关灵不屑一顾。我也算是有些知识储备的人，对于关灵说的这些道家术语也能听懂一二，但马骝他们就听得一头雾水，一个个都一脸茫然的样子，真是七窍通了六窍——一窍不通。

马骝嚷嚷道："我屌，你们说的是什么鬼东西？能说些我们听得懂的话吗？"

关灵笑笑道："那是，对于不懂的人来，这真的好比天书。"

马骝问道："说了那么多，那你知道怎么打开那石门吗？"

关灵尴尬道："这个……还没有弄明白。"

在关灵和马骝谈论的时候，我回想起关灵刚才说的一句话："太一藏于水，行于时。周而或始，以己为万物母。"我记得在《藏龙诀》的藏宝部分中，有一句口诀跟这个很相似，口诀是这样的：太一生水，帝藏乎震，相见乎离，雷风雨日，艮兑乾坤。我一直弄不明白这几句话是什么意思，但现在看来，似乎跟中天八卦有些关系。

关于"太一生水"，或者说"太一藏于水"，在中天八卦体系里指的是藏于北方；"帝藏乎震"是后天八卦首个太极点及后天震位，万物出于震，震位东，但这里的"帝"并不是指帝王，而是万物，也可指"帝星"，即北斗星；"相见乎离"，离位正南，节气是在夏至，十二时为午，五行为火，外阳内阴，是阳气大盛之象。这个时候阳光直射北回归线，光照充分，万物无不出而见之，故谓"相见乎离"。

至于后面两句，我看过《周易·说卦传》，里面对先天和后天八卦之间的文字，就是谈论"易逆数也"的表现："雷以动之，风以散之，雨以润之，日以烜之，艮以止之，兑以说之，乾以君之，坤以藏之。"

而其中艮位东北，兑位正西，乾位西北，坤位西南。

想要弄明白这些含义，估计也只有关谷山这些高人才可以。所幸我平时有空的时候对《藏龙诀》里面的口诀也有研究，所以对这些术语还能悟懂一二。按我的理解，口诀的意思有可能是说机关藏在这个八卦里，但应该有多处机关。水应该是作为一种动力，推动机关，所以想要打开石门，估计要用到这些水。但是，如何运用呢？

我一边想，一边走到石门的正前方，这个位置刚好正对着石棺，也就是正北方的位置。如果这个水池真的是一个中天八卦布局的话，那么我眼前的北方位，一定暗藏着一个机关。

我靠近水池边沿，仔细察看，这些砖同样是空心砖，但规格比墓室砖要小一点儿。我伸出手来，敲了敲砖面，声音有点儿空，但这是空心砖，也属于正常。我按了按其中一块砖，殊不知，看似堆砌牢固的空心砖竟然动了起来，微微往下一沉！

我吃了一惊，连忙缩回手来，生怕又会有铜箭不知从哪个地方射过来，但同时心里一阵暗喜，看来用《藏龙诀》找对机关位置了。我试着按其他几块空心砖，但都不动。也就是说，每个方位应该只有一块空心砖会动。

大家也看到了这个现象，纷纷围了过来，马骝一脸惊喜，冲我叫道："斗爷，是不是知道怎么破解这机关了？"

我点点头说道："可以这么说，但是有没有用，还需要验证。"

马骝说道："还需要怎样验证？那继续按下去就清楚了呀！"

我说道："如果那么简单就好了，这是一个非常高明的风水与机关结合的布局。水池为八卦，石棺为帝车，运行中央，临制四乡。左右分阴阳，建四时，均五行，移节度，定诸纪，皆系于一个东西。"

马骝问道："什么东西？"

我得意一笑道："我的名字。"

马骝愕然了一下，但很快就冲口而出道："北斗！七星北斗！那副石棺的棺盖有一个七星北斗的图案，难道是暗示机关。"

我说道："没错，皆系于斗，所以这个机关应该不止一处，而一共有七处。"

关灵连忙问道："斗爷，刚才说的这个应该是出自《史记·天官书》，这个我也知道。但是，你是怎么知道机关一共有七处？这个是八卦，如果有机关，应该会有八处吧？"

我笑了笑，对关灵说道："这个我也无法肯定，只能用实践去验证一下。"

关灵问道："那其余几处的方位是哪里？"

我说道："现在我们是在正北方位，另外几处应该是正东、正南、正西、东北、西北和西南六个方位。"说着，我走到正对面，也就是正南方位，把那几块空心砖按了一遍，果然其中有一块会往下沉。

接下来，我在其他六个方位都试了一下，结果都有一块空心砖会动，唯独东南方位的空心砖全都不动，这就证明了我的猜测是对的，同时也可以说，证明了《藏龙诀》的博大精深。

这时候，马骝叫道："斗爷，要不随便按一个，看看会有什么情况发生吧。"

我点点头道："嗯，你帮我看着点儿周围的情况，说不定会有暗器。"

马骝举着工兵铲，说道："行，尽管放心地去弄吧，就算有只蚊子飞过，猴爷我也会帮你盯着，保证你少不了一根头发。"

我走到正南方位，接着用工兵铲顶着那块可以动的空心砖，然后慢慢按了下去。

# 第二十章 暗 示

现场气氛立即变得很静，大家紧张得心都悬上了喉咙，气也不敢大喘，一个个都盯着我。但出乎所有人意料的是，空心砖一直被我按到几乎接近了水面，仍没有任何情况发生，石门依旧纹丝不动，周围也没有出现什么暗器。

马骝问道："斗爷，什么情况？"

我摇摇头，也不知道这是怎么回事，空心砖落到与水面平行的位置时就停住了。我再怎么用力，空心砖都不再往下沉，也没有往回弹，而水池也不见有什么变化。

关灵对我说道："难道要全部一起弄下去，才能启动机关？"

"也有这种可能。"我说道，接着对其他人说，"这样，现在还剩下六个方位，我们一人一个刚刚好，我们同时把这些空心砖按下去，看情况怎样。不过，不能急，要注意周围的情况。"

大家点头表示同意。接下来，我们六个人各站在一个方位上，同时把工兵铲放在能动的那块空心砖上，然后我举起手一挥，示意大家动手。只见那六块空心砖被我们用力一按，都纷纷往下沉去。

当全部空心砖落到与水面齐平时，水池的水立即开始出现了变化，水位在慢慢下降，不久便出现了两个漩涡。也就在这时，突然"轰"的一声巨响，把大家吓了一跳，循声看去，只见那两扇石门竟然开始慢慢往下沉去，同时，一个洞口跟着露了出来。

我们连忙举起手电筒照了过去，只见洞口里面出现了一条通道，通道里面黑乎乎的，手电筒的光照不到尽头。等石门完全停住之后，我慢慢靠近洞口，大家也跟了过来。我心想，在这里弄一道暗门，难道血太岁真的会藏在里面？

我看了一眼关灵和马骝，然后说道："把背包背上，做好准备吧。你们把防毒面具都戴上，以防万一。"

马骝问道："斗爷，那你呢，你的防毒面具呢？"

我说道："落水后丢了。"

马骝立即说道："那把我的给你用吧。"

我说道："你留着自己用。"

马骝说道："你不用，那我也不用。有什么的话，咱兄弟俩一起对付。"

我骂道："你大爷的，你这是干吗？你以为不戴这'猪鼻子'，就很英雄了是吗？要是真有毒气，我们死在一起才够幸福是吗？别跟我逞强，不管怎样，你都必须给我戴上，给我打起十二分精神来。"

那个刀疤大汉看见我们这样，忍不住说道："你们在搞啥子哦，哪里有啥子毒气，别大惊小怪的好吗？我们也没有这些防毒面具，难道我们就不用进去了？"

马骝立即翻起眼珠，刚想顶撞过去，我连忙瞪了他一眼，然后说道："你说是不是，叫你戴上就戴上，还那么多废话，这东西虽然丑，狗见了都会忍不住吠你几声，但你就不能识相点儿？戴上后说不准还能把狗给吓跑呢。"

刀疤大汉似乎听出我话里的意思，用鼻子"哼"了一声，没再说话。我心想，就凭你这个大番薯，还想教训我，真是不识好歹。

我转过头来对关灵说道："灵儿，为了安全起见，你也戴上吧。你也知道，我之前在盗洞晕倒的情况，有可能就是被毒气搞晕的。"

关灵点点头，从背包里拿出防毒面具戴上。其他人没有这些防毒面具，听我这样一说，一个个脸上都现出一丝不安。

这个洞很深、很大，空气有些混浊，周围的山体都砌了空心砖。往前走了十多米后，通道出现了拐角，越往里走，弯道越多，似乎走进了一个迷宫。

马骝脱下防毒面具，一边走一边说道："闷死我了，这哪里有什么毒气……哎，你们有没有发现，这一路走过来，好像没有发现什么机关哪。"

关灵也脱下面具说道："不能大意，机关这东西，有时候是看不见的。"

我说道："没错，能进来这里的都是明白人，古人也很清楚，连外面的中天八卦机关都能破的话，再弄其他机关也根本没用。但是，并不能代表这里没有机关存在，物理性的机关可能会没有，但是其他机关就难说了。"

水哥问道："斗爷，什么是物理性机关？"

马骝抢着说道："我屌，这都不懂啊，物理性机关就是有实物的机关。我说得对吧，斗爷。"

我点点头，说道："也可以这么说，物理性机关就是一种真实存在的，看得见摸得着的机关，可以用方法去破解。但是有些机关就难搞了，比如毒气机关，闻得到还好，要是无色无味的话，真是被毒死了都不知道。"

关灵接话道："斗爷说得没错，还有另外一种机关也要提防，那就是迷幻术，搞不好来个自相残杀，就真的一窝端了。"

关灵的话不禁令我想起了在迷幻城里面那差点儿自相残杀的一幕，真是令人毛骨悚然。这种机关可以说防不胜防，也根本没有破解方法。

这时候，我忽然听见刀疤大汉对那个道士说道："师父，我们这次不能让他们抢在前面了，不然东西又归他们了。"

道士点点头道："放心，这次怎么也轮到咱们了。我跟你说，这洞里肯定藏有宝贝，传说仙墓里面有一道暗门，暗门里面才是墓主人的真正安葬之地，据说她口里含有一颗罕见的定尸珠，价值连城。"

刀疤大汉问道："那有没有血太岁？"

道士说道："血太岁算什么，只不过是传说而已，不见得真有，就算是真的，也不过是一服药罢了，说什么长生不老，那都是忽悠人的，不然，这墓主人能死吗？早就自己吃掉长生不老了，按我说，当今世道真金白银才是最实在的。"

刀疤大汉说道："师父说得有道理，有道理……真金白银才最实在。"

两人一边低声说，一边加快了脚步，似乎不顾及什么机关。水哥似乎也听见了那个道士说的话，加快脚步跟在道士他们身后，完全没理我们。

等他们走远些后，马骝立即吐了一口口水，骂道："见利忘义的家伙……"

我刚想说话，脊背突然传来一阵剧痛，似乎是从那个夜郎符的地方传来的。我连忙叫道："喂，马骝，快帮我看看，我背上是不是有什么东西在咬我。"

马骝问道："怎么了？"

我忍着痛说道："不知怎么，背上突然很痛，你赶快帮我看看是什么情况。"

马骝立马走过来看了一下我的背部，突然脸色变了，惊恐道："斗爷，你这个……这个是什么鬼东西？"

我问道："什么鬼东西？"

马骝说道："这夜郎符啊，怎么会变成红色的？"

我听马骝这样一说，吃了一惊，关灵也过来看了一下，同样惊恐道："斗爷，这夜郎符有一条边变成了红色，好像刚被割出来的一条血痕。"

我连忙问道："流血了吗？"

关灵摇摇头道："没有流血，那个符号不是像六边形吗？其中一条边变成了血红色，好像……嗯，好像还比刚才大了一点儿。"

马骝接话道："没错，是比刚才大了一点儿。怎么会这样？难道是独眼鬼虫的毒发作了？"

我说道："你们赶紧查看一下自己被咬的地方，看看什么情况。"

关灵和马骝立即检查了一下，伤口跟之前的一样，并没有什么变化。关灵说道："我们的都没有，你这个一直以来都没事的呀，怎么会那么突然？"

马骝问道："斗爷，你会不会碰过什么东西？"

我说道："破了那个机关算不算？"

"那机关我也有份儿啊！"马骝说着，好像想起什么，"对了，那块玉佩！你赶紧拿出来看看。"

我连忙从身上拿出那块玉佩，不看不要紧，一看吓一跳，只见那玉佩不知怎么出现了一小块红斑，红得像滴了一滴血在上面一样。这玉的质地我了解，不可能在那么短时间内就变色，而且还变成红色。

关灵拿着手电筒照了照四周，说道："会不会是这个墓室有什么古怪，不能进来？"

关灵的话突然提醒了我，我记得赫连淼淼在临死前曾经对我说过"不要进"三个字，难道是叫我不要进这个洞？我把这事儿说出来后，关灵和马骝都感到非常惊讶。

关灵问我："你真的相信她说的话？"

我摇摇头道："我也不知道……但我想，她这样说应该是有原因的，你看，她不要命地来救我，一定是因为我身上有夜郎符，认定我是夜郎人，所以才这样做。"

马骝冲口而出说道："那是因为她喜欢你……"

我立即瞪着他："你大爷的，你说什么？"

马骝立即撒手，嬉笑道："没、没什么，我没有说话……"

关灵没理马骝，对我说道："那么说，这些奇怪的现象其实都是一个暗示？目的是阻止你不要进去？"

我看了看手上的玉佩，说道："很有可能是这样，但这也未免太玄了。这要不要进去，我也拿不定主意了。"

马骝说道："要不，再往里面走走试试？如果真的受不了，我们再退出来。"

我问关灵："你怎么看？"

关灵说道："也可以按马骝说的试试看。"

我点点头，于是忍着背上的痛，再往前走去。我用手电筒照了照前面，已经不见那三个人的身影了。拐了个弯后，通道开始往下倾斜，前面突然出现了一条阶梯，阶梯下面，竟然出现了一个墓室。

# 第二十一章　壁　画

只见眼前这个墓室空间很大，比外面的主墓室还要大一点儿。墓室周围都由空心砖堆砌而成，在正中间，有一副石棺放在那里，石棺的后面，有三幅巨型壁画，每一幅壁画都还保留着原来的色彩，栩栩如生。

这个时候，我们看见那个道士、刀疤大汉和水哥他们三个正在仔细打量着石棺，企图打开它。

马骝立即冲他们叫道："喂！你们想干吗？"

水哥说道："这石棺里面估计有宝贝，我们正在想办法打开它。"

马骝看了我一眼，说道："斗爷，他们要打开石棺。"

那个刀疤大汉听见这样，立即用鼻子"哼"了一声道："外面的石棺被你们摸了，这次是我们先发现的，怎么也该轮到我们了吧。"

我说道："他们爱咋搞就咋搞，但我提醒你们，在这里放置的一口棺材，肯定不是什么好玩意儿，你们要小心点儿，别给我惹出什么事儿来，我们还不想死在这里。"

刀疤大汉说道："有我师父在，你尽管放心。"

马骝叫道："斗爷，你就这样让他们去搞破坏？"

我说道："这又不是我家祖坟，我能管得着吗？"

马骝愤愤不平道："怎么不是？这可是仙墓哇，是夜郎国的呀，你身上有夜郎符，这不是你家祖坟是什么？"

我对马骝说道："别磨叽这些了，赶紧去看看那些壁画画了些什么吧，说不定能找到一些线索。"说着，我走向壁画那里。

只见那三幅壁画呈扇形，有三米多高，非常巨大。而在每一幅壁画的上面，都镶有一个青铜鬼头，每个青铜鬼头的嘴巴都朝向地上的石棺，不用说，这应该是一个机关。

在第一幅壁画上，有一堆人正跪在地上朝拜一个女人，这女人面容姣好，长得亭亭玉立，手执一把小扇子，高高在上，像个女王一样。

第二幅壁画同样出现了那个女人，但这次在女人面前的是一个男人，看身份应该是个大臣，只见他跪在地上，手中捧着一个托盘，托盘上面放着一件东西，那东西用黄布盖着，看不清楚里面是什么。而第三幅壁画相对比较简单，画的是那个女人踩着一朵白云，像仙女一样飘走，似乎成仙了。

马骝也说道："三幅壁画都出现同一个女人，这个女人到底是谁？难道是夜郎国的某个女王？"

关灵摇摇头说道："我看过夜郎国的史料，在夜郎时期，并没有出现过女王。"

我说道："夜郎国在历史上是一个非常神秘的国家，至今关于它的史料也不全，就拿属地来说，现在也没有确定下来。所以，如果在夜郎的某个时期出现了女王，那也不足为奇呀！"

关灵点点头道："你说的也有道理，对于夜郎国这个国家，留下来的史料实在是太少了，所以也不排除有女王这个可能。就算她不是女王，她的地位应该也很高，而且有可能就是这座墓的主人。"

我说道："我听赫连淼淼说过一个关于仙墓的传说，她说夜郎国被灭后，有一个巫官被追杀，于是带着全家逃离到现在的山东地区，但谁也不知道，逃离的人中，有一个是夜郎国的公主，由于路途遥远，公主最后病倒了，多处求医也不见好。在求医时，巫官碰到了当地的一位道士，道士给了他一个药方，说找到传说中的血太岁，公主的病才能治好。于是巫官便带人四处寻找血太岁，最后还真的被他找到了，但是等他回来后，才发现公主已经病逝了。为了安葬公主，巫官在仙岛上修建了一座墓，并把血太岁藏在墓中。"

马骝听后惊讶道："斗爷，你这个版本比那死……比那关道长的还要详细呀。"

关灵看了一眼马骝，然后说道："如果是这样的话，那个上了赫连淼淼身的人，岂不就是这个夜郎公主？"

我说道："我也不是很确定，但就目前这种情况来看，也只有这个答案了。"

关灵问我："赫连淼淼是哪里人？她怎么知道这个传说的？"

我摇摇头道："她没告诉我，她说这个传说在他们族里一直都流传着。"

关灵又问道："那……她会不会也是夜郎人？"

我说道："我也曾经想过这个，但是无法证明，对于她的身世，她一直不肯透露半点儿，就连她是哪里人，也不肯告诉我。"

"你连自己都证明不了呀，斗爷。"马骝对我笑道，说着，忽然想起什么，一脸不解道，"对了，既然这石棺里面躺着的就是壁画上的夜郎公主，那外面的石棺里躺的是谁？"

我想了一下，说道："我想，这个墓的设计是为了不让外人知道这里另有墓室，所以应该是在外面安置了一副假石棺，也就是说，这是一个真假墓室。"

马骝问道："真假墓室？这样的话，那血太岁会不会跟这个女王葬在一起？"

我说道："不排除这个可能。这样的设计除了让死者得到安息，不被盗墓贼打扰外，肯定还有其他用意的，我猜这用意应该就是藏了很重要的东西。你看这个墓，不管外面还是这里，陪葬品都很少，这似乎可以证明那个传说是真的。毕竟从夜郎千里迢迢来到这里，奢华富贵肯定没了，但所幸的是，这个巫官有点儿底子，可以造出这样一座墓来安葬夜郎公主。"

关灵说道："虽然这座墓看起来并不奢华，但是非常诡异，处处都好像是精心布的局。外面的石棺放在水池里，这里的石棺也不是直接放在地面上，而是稍微往地下沉下去三分之一，正对有三幅壁画，呈扇形围拢，你们再看头顶，有一个棋盘，跟外面瀑布那里看到的一样。这种葬法看似没什么，但懂风水的人一看就知道，这肯定又是一个风水布局。"

马骝问道："那这个风水布局，又叫什么名堂？"

关灵沉吟一下后说道："我觉得这种布局应该是叫'星月归仙'，棋盘作星空，壁画呈扇形作抱月，作用是想让死者成仙。"

听关灵这样一说，我忽然想起《藏龙诀》里面的一句口诀："星月归仙，蕴藏在天。"难道指的就是这种风水格局？如果真是这样，那么结合实际情况来看，这个墓应该就是传说中的仙墓了。所以，就算这里没藏有血太岁，也应该藏有一件价值连城的宝贝，绝对不仅仅是安放一副石棺那么简单。我想起刚才那个道士对刀疤大汉说的话，说这里藏有一颗罕见的定尸珠，难道是真的？

这时，关灵指着壁画说道："你们看这三幅壁画，似乎说的是一个故事，第一幅是讲女人受万众朝拜，第二幅是讲那个人献了一个东西给那女王，而第三幅就是那女王成仙了。我看这托盘上的东西，十有八九会是血太岁。"

马骝瞪大那双小眼睛，看向壁画中那个托盘上的东西，说道："这东西会是血太岁？这么小，怎么看都不像吧？"

就在这时，身后突然传来刀疤大汉的叫声："嘿，开了！开了！"

我们三人连忙转过身来，只见石棺的棺盖被他们几个弄开了一道口子，刀疤大汉和水哥正扎着马步，想用力推开那棺盖，而那个道士从背包里拿出一些黄符和一个黑驴蹄子，站在旁边等候。

凡是盗墓的人，都会带上一个黑驴蹄子，据说能镇住僵尸。因为张果老的毛驴是神物，所以后人认为毛驴的蹄子可以辟邪，可以制伏僵尸。张果老料事如神，通古今，还擅风水术，正因为他神通广大，盗墓者认为他可以庇护神灵，希望靠他的指点，能探到陪葬丰厚的墓穴，盗掘出宝物发家。但是，这只是传说，实质有没有用，至今也无法验证。说是迷信吧，但听说一些有文化科学修养的考古队，在野外作业的时候，也会每人带一个黑驴蹄子以防不测。

在刀疤大汉和水哥的蛮力下，棺盖慢慢被推开，我们也很好奇石棺内会有什么，便都把手电筒照射到石棺上。然而棺盖刚被推开三分之一，刀疤大汉和水哥都突然一起惊叫一声，像看到了什么恐怖的东西似的，吓得逃命似的跑开。

这个时候，我们也看见了石棺内的情景，都大吃一惊。只见在手电筒的光照下，一张女人的脸赫然映入我们眼帘，这张脸跟壁画里的女人一个样，五官非常精致，即使两千多年过去了，但容颜竟然保存得非常好，堪称奇迹。而且有那么一瞬间，会觉得她是个活人，闭着眼睛只不过是在入睡，让人不敢去惊扰她。

然而这样的画面只有几秒钟，突然，女尸动了一下，我们吓得连连后退。刀疤大汉更是惊叫道："诈尸了……诈尸了……师父，赶紧给她黑驴蹄子吃……"

那个道士拿着黑驴蹄子，假装镇定的样子说道："怕什么……我们有黑驴蹄子在，不用怕……"他说不怕，但语气已经出卖了他，拿着黑驴蹄子的手微微有些抖。

我虽然没见过诈尸，但也知道这其中的厉害，便把关灵护在身后，把手电筒挂在头上，一手抓着工兵铲，一手攥紧匕首，准备迎战。马骠也拉紧弹弓对准石棺那里。然而过了一阵，尸体并没有什么反应。我稍微靠近一点儿，只见刚才还栩栩如生的女尸，现在竟然变成了一具如枯柴般的干尸，这个变化令我们大感意外。

马骠问道："斗爷，这、这是咋回事儿？怎么会一下子变成这样的？"

我走近石棺那里，检查了一下石棺后说道："这石棺糊了一层泥膏，密封性很好，形成了真空状态，而且里面应该还放了防腐的东西，所以尸体才保存得那么好。但一旦棺盖被打开，尸体接触到空气，便会慢慢萎缩干枯，所以看起来以为尸体动了。"

关灵说道："想不到两千多年前，还有如此的防腐术哇！"

马骝吐了口口水，叫道："刚才谁叫诈尸的？啊？没点儿科学常识，这两千多年的尸体，还能诈尸吗？真是没文化真可怕。"

我知道马骝在笑话谁，也没理他，用手电筒照了照壁画上面那三个青铜鬼头，心想人家都把你们主人的棺盖打开了，你们却一点儿动静都没有，难道只是用来装饰的？刚才好歹也射两支铜箭出来呀。

这个时候，那三个家伙知道不是诈尸后，都一起走到石棺那里。那个道士还拿着黑驴蹄子和黄符，打着手电筒在石棺里照里照去。刀疤大汉这时也壮起了胆，跟道士打了个眼神后，便慢慢伸手进去摸宝贝。

看见这样，我忍不住喊道："喂，你们摸归摸，别把尸体给弄坏了。"

刀疤大汉应声道："放心，我们很尊重死者的。"

我看见他摸了一圈后，只摸出几件首饰，然后对那个道士说道："师父，不对劲儿哪，怎么只有这么少的宝贝？"

道士照着女尸的脸说道："刚才这女尸的容貌保存得那么好，你撬开她的嘴看看，应该藏有一颗定尸珠。"

水哥惊讶道："定尸珠？"

道士点点头道："也只有这东西，才可能让尸体保存得那么完好。"

听说他们要撬开女尸的嘴取定尸珠，我立即制止道："别动！刚才还说什么来着？尊重死者！现在竟然要撬开人家的嘴巴取定尸珠？瞎搞！"

马骝也帮腔道："他奶奶的，摸人家几件首饰还不够，还要动尸体，你们真的是太缺德了。万一没有定尸珠，把人家嘴巴撬烂了，你给补回去呀？"

关灵也厉声道："我们的目的是来找血太岁的，不是盗墓。你看看赫连淼淼的下场，就是因为你们，她才死的。"

刀疤大汉叫道："啥子哦？她是因为救你们的斗爷，才死的好吗？"

关灵骂道："放狗屁！你不惹那些怪物，会有这样的后果吗？"

我拉了拉关灵，说道："算了，别跟这些人扯。"

道士冷笑道："我们本来就是干这行的，除非墓里没宝贝，否则不会空手出去的。"

我说道："拿点儿其他的还不够？那也是宝贝，非要取人家的定尸珠？"

道士摇摇头道："这些首饰算不了什么，在这个墓里，我看就是这定尸珠和你身上的那块玉佩最值钱。要不，你把玉佩给我们，我们不取定尸珠。嗯？怎样？"

这家伙，肯定是知道我不会给才说出这样的话，我"哼"了一声，没有说话。一旁的马骝冷笑道："你想得美！那是我们斗爷的东西。"

刀疤大汉说道："啥子你们斗爷的东西？那东西我们也有份儿的，没有我们拉着绳索，你们能过去打开石棺，拿出那金锁铜奁吗？"

关灵说道："人在做天在看，总会有报应的。"

就在这个时候，我的脊背突然又传来一阵刺痛，我偷偷拿出玉佩看了看，暗吃一惊，那玉佩竟然红了有三分之一了。

我连忙拉着关灵和马骝走到一旁，然后对马骝小声道："马骝，你赶紧过来看看我背上那符号变成什么样了。"

马骝过来一看，立即吃惊道："斗爷，又多了一条血痕！"

关灵立即拉着我说道："不能冒险了，咱们出去吧。"

我小声说道："也只是刺痛了一下而已，估计要发作的话，也没那么快。我想留在这里，不能让这几个家伙乱来。"

马骝似乎明白我的意思，压低声音道："你是想找机会夺回定尸珠。"

我点点头道："没错，这东西不能落入这帮家伙手里。"

关灵摇摇头道："不用怕，你们看那里。"

我们跟着关灵的目光看过去，只见壁画上面那三个青铜鬼头不知什么时候开始喷出一些白烟，那白烟跟迷幻城里面的一样。我和马骝对视了一眼，心里都明白这些白烟是什么。但是那三个家伙还未察觉，正非常专注地撬开女尸的嘴。

# 第二十二章　池內乾坤

我们不动声色，悄悄走出洞外。还真的那么邪乎，出来后不久，我背上竟然不痛了，红色的血痕也慢慢消失了。再看手里的玉佩，也恢复了原先的颜色。

我忍不住说道："这个洞真的是有点儿邪乎哇……看来赫连淼淼没有骗人，这个洞不能进。"

马骝双手合十，对着赫连淼淼的尸体拜了拜说道："仙人在上，请仙人指点明路，告诉我们血太岁藏在哪里吧。"

我忍不住说道："她都已经死了，怎么可能会告诉你。之前要不是你用工兵铲把她打晕，估计不仅可以弄清楚夜郎符的秘密，说不定还能让她告诉咱们血太岁藏在哪里呢。"

马骝再次对着赫连淼淼的尸体躬身道："对不起，对不起，是我老孙不对，希望你大人有大量，正所谓冤有头，债有主，我都是听这位斗爷的，你有什么冤情就找他……"

我瞪着马骝骂道："你大爷的……"

就在这时候，关灵突然惊叫起来：“你们看水池那里！”

我连忙回过头来，看向水池，只见水池的水已经消失了，在石棺的两边，分别露出两个大洞来，直径有三米左右，乍一看，还真的像太极图的那两个点。而在两个洞的里面，都出现了一条阶梯，一直往下延伸。

马骝惊讶道：“我屌，这是咋回事儿？不会真的显灵，为我们指点明路吧？”

我看着眼前这两条阶梯，不禁想起了夜郎迷城里碰到的那条悬魂梯。如今这阶梯下面，又会是什么地方？但是我知道，古人设计出这样的东西，一定是有用意的。如果这座墓真的是传说中的仙墓，那么这阶梯下面，一定别有天地，要不就是藏有宝物，要不就是有机关陷阱。

我说道：“既然现在不能进那个洞里，那只能到阶梯下面一探究竟了。”

关灵和马骝点头同意，于是我们走进水池，两条阶梯都很干爽，完全没有水渍。我再仔细观察了一下，发现在我们按下机关的水池砖底下，都有一个不大不小的圆洞，想必那些水是从这里流走的，那些怪物也应该跟着水流从这些圆洞里逃走了。

关灵说道：“这几个小洞应该跟外界的水连通着，想不到古人在设计方面，还能运用到如此的复杂水动力机关。”

我说道：“这仙岛周围是水，水对生人来说为财，对死人来说为活，同时也可以作为机关。如果说这水是活的，那么这阶梯下面，应该会有一条地下河。”

马骝说道：“那么说，这些水是流回到地下河了？”

我点点头道："应该是。"

马骝不解道："那不符合逻辑呀，如果这水池的水是活的，那么应该跟外界的水相连，而不是跟地下河有相连哪。"

我说道："是你没脑袋，而不是没有逻辑。"

我一边说，一边朝其中一条阶梯往下走去，马骝和关灵跟在后面。我们都走过迷幻城的悬魂梯，所以对眼前这条阶梯并不感到太过恐惧，更多的是好奇。

马骝问道："这……谁没脑袋，分明是你的话有逻辑问题！"

关灵笑了笑道："马骝，是你没明白斗爷的意思。这水是活的，的确跟外界的水连通，但是你想想，历经两千多年，水池为什么不会涨满？所以水池的水不仅跟外界的水连通，还跟地下河连通，利用机关，可以让水保持水位不动，如同死水，要不是你那包烟被那些小怪物撕碎，我们也不会知道那水其实是活的。"

马骝竖起大拇指道："还是关大小姐有文化，说话清晰有条理，哪像你，说一半藏一半，怪不得泡不到妞……"

我听马骝这样说，立即停下脚步，举起工兵铲道："你大爷的，我看你是五行欠揍。"

马骝急忙一闪身，躲到关灵身后，笑笑道："我说的是事实嘛，要认清事实呀斗爷，你敢说，你靠一张嘴泡到过妞吗？"

被马骝这样一揶揄，我瞬间尴尬起来，这家伙还真的说中了我的死穴，我说道："看你那嗫嚅的样子，你就是那种只靠一张嘴、两只手就能泡到妞的人。"

关灵强忍着笑，说道："你们两个大男人，恶不恶心哪，这时候了还闹，赶紧下去看看吧，要不然等那个道士他们躲开了白烟，肯定会到这下面来的。"

马骝笑道："我这是让大小姐你认清金北斗这人，他不懂甜言蜜语，更不懂什么是浪漫……"

我扭过头来叫道："你这只泼猴，要我收拾你才肯闭嘴是吧？"

马骝伸出手道："行行行，我不说，我不说，让你们自己日后慢慢认识认识……"

我们继续往下走去。这阶梯呈"Z"字形，设计跟夜郎迷城的悬魂梯差不多一样，走下十多阶，两条阶梯汇合成一条。同是夜郎时期的巫官，估计在思想上差别也不大，所以设计出来的东西也会有相同点。

马骝一边往下走，一边说道："难道这下面又有一个迷幻城？"

我说道："有没有迷幻城就不知道了，但是这种设计，肯定是藏着什么重要的东西。如果单单是一个机关陷阱的话，在上面就可以弄了。"

关灵也说道："斗爷说的没错，但是大家别忘记了，机关都是无处不在的。"

马骝说道："怕它们干吗？我们身上都有独眼鬼虫的毒护体，以毒攻毒，毒死它们。就算来个大怪物，我们给它拍个照就能吓走它了。"

我说道："说得容易，真的来了，第一个跑得最快的就是你。"

马骝狡辩道："我这不叫跑得快，叫身轻如燕。"

我揶揄道："什么身轻如燕，我看是身轻如猴吧。"

我们一边说，一边沿着阶梯往下走去，并且每走一级，都写上一个数字作为记号。然而到达三十六级的时候，并没有像悬魂梯那样出现其他分梯。

马骝说道："难道这条不是悬魂梯？"

关灵说道："按理说，如果同是夜郎时期的巫官，机关设置应该大致相同的，但这里为什么会这样？"

我问道："怎样？"

关灵说道："这么顺利，似乎有点儿反常。"

马骝立即叫道："顺利还反常啊，难道要出现机关怪物才算正常？"

关灵摇摇头道："不是，我以前去过很多地方寻宝，越是表现得很平常、很顺利的地方，就越是暗藏杀机。"

我点点头道："没错，夜郎巫官不会设置这么简单而且顺利的路给我们走的，能进到这里来的，估计都是奔着血太岁来的。"

马骝用手电筒照着阶梯下面，说道："难道血太岁就藏在下面？话说，这东西到底长什么样？是像其他太岁那样长成一坨肉吗？"

我说道："我听赫连淼淼说过，她说血太岁并不像其他太岁一样，它是一个生命体，浑身血红，而且会行走，模样像个小孩儿。"

马骝和关灵一听，都同时停下脚步来看着我，关灵皱着眉头问道："你是说，血太岁其实是个会走路的小孩儿？"

我耸耸肩道："其实我也半信半疑，但是赫连淼淼说得有板有眼的，我相信她也不会胡言乱语。她还说，在她族里，还有供奉血太岁的习俗，那被供奉的血太岁的形状就是一个红色的小孩儿。"

关灵问道："那个赫连淼淼怎么会知道那么多？"

我于是把赫连淼淼请那道士和刀疤大汉去寻找血太岁的事情说了出来。但现在来说，那个道士的目的似乎并不是血太岁，而是那颗定尸珠。这个时候，我估计他们应该会被白烟迷住，因为那种白烟我们在迷幻城时都领教过，不是说定力很好就没事，只要有贪念之心，都不可逃脱。

马骝叫道："斗爷，我想不明白，要是血太岁能行走，还会待在这里吗？岂不是成精怪了？"

"生物都是有生命的，能行走也不奇怪，就像人参一样，传说千年人参也会自己走路呢。"我说道，然后指了指头顶的水池，"千百年来，这里都被机关封死了，如果没有人开启这个机关，而这下面又没有另外一条通往外界的路的话，那么就算血太岁长了翅膀也出不去，只能乖乖待在这里。"

马骝又说道："但是，话又说回来了，传说那个叫沈工的人不是见过血太岁吗？但他连上面那个机关都没打开，怎么可能见到血太岁？"

我说道："我想他应该没有看见过血太岁，估计只是发现了这座仙墓，找到了血太岁的藏身之地，说不定那个盗洞就是他和其他人挖开的呢。"

说话间，我们已经走了五十多级石阶，但是手电筒所照的地方还是阶梯，似乎永远走不完一样。马骝有点儿急了，叫道："这一直往下走，什么时候是个尽头哇……"

我说道："沉住气，要是那么容易就走到底，我还担心呢。越是这样，越表明这下面藏了东西。你想一下，传说血太岁是至阴之物，所以藏的地方应该会很深。"

马骝说道："斗爷，你说这巫官怎么不自己吃了血太岁，反而要藏起来？"

我说道："这就要问那巫官才知道了。"

关灵说道："夜郎巫官虽然修炼邪物，看上去不是好人，但其实他们跟现在的风水师、秘术师一样，且有一点，那就是他们都是比较忠心的人。不管是建造迷幻城，以图东山再起，光复夜郎，还是寻得血太岁，为夜郎公主治病，都可以看出他们的忠心。"

我点点头道："没错，因为这血太岁本来找来就是给公主治病的，所以公主死后，那个巫官也不会把血太岁占为己有，而是把血太岁藏在公主的坟墓里，并用定尸珠帮公主保住容颜，这也许就是我们不了解的夜郎巫官精神。"

马骝叫道："还精神，我看是精神病……修炼那些鬼虫出来咬人，竟然还世间无药可治……"

这时候，我们走到阶梯的转角处，只见手电筒的亮光中突然出现了一个洞口。我连忙向马骝打了个手势，叫他收声。这洞口有扇石门，呈半掩状，似乎主人忘记关上了一样。在洞口的上面，有一个青铜鬼头镶在上面。

我对马骝说道："打它一下，看看有没有机关。"

马骝点点头，掏出弹弓，对着青铜鬼头打了一下，并没有任何异常情况发生。于是我们蹑手蹑脚、小心翼翼地走到石门边，用手电筒往里面照了一下，这不照不要紧，我们三人都大吃一惊，只见里面堆满了一地的金银珠宝，手电筒的光照在上面，发出幽幽的亮光。

# 第二十三章　金银洞

马骝张大了嘴巴，那眼珠子几乎要从眼眶里跳出来，一脸惊喜道："斗爷，我们、我们发财了，这么多金银珠宝，几辈子也花不完哪……"

我也压抑不住内心的激动，说道："想不到值钱的东西都藏在这里呀……"

关灵说道："再多钱有什么用，别忘记了我们的命还剩下多少。"

我说道："难道你对这些东西没有想法？"

关灵说道："我也是个人，怎么可能没有想法。但是，前提是得有命花呀！"

马骝皱着眉道："是呀，这不到两个月的命，怎么花得完这些金银珠宝呢？但不管怎样，进去感受一下也好哇！"

马骝一边说，一边闪身进去。我赶紧一把拉住他，叫道："别冲动，小心里面有机关！"

马骝说道："不会又像迷幻城那样，有只触手怪藏在里面吧？"

关灵说道："不管怎样，还是小心为妙。"

我们跨过石门，慢慢摸索进去。只见这个洞很深，手电筒的光竟然照不到尽头，这真的完全超出了我们的预料。地上铺满了金银珠宝，中间留有一条宽一米左右的路，似乎是专门给人行走的一样。

我们沿着地上的空路一直走进去，周围的金银珠宝多得简直令人眼花缭乱，令我们一时不知从何下手为好。走了十多米，里面还有空间，还有数不清的金银珠宝。

马骝蹲下身子，抓起一把金子，然后拿起一个塞进嘴里咬了咬，满脸激动道："斗爷，这、这他妈都是真家伙呀！"

我说道："这还用咬哇，不用说都知道是真的，古代还没出现过用如此大量的假货来做陪葬品的情况。"

马骝一边脱下背包，一边叫道："那还等什么，赶紧清空背包，装啊！"

我连忙拦住他，说道："看你猴急的，真是好了伤疤忘了疼啦？你不记得在迷幻城，你是怎么被那些黄金迷惑的啦？"

马骝说道："这怎么同？这又不是从那怪鼎里取的，何况这里也检查过了，也没有什么机关陷阱啊！"

我说道："赶紧把那些金子放下！你这背包装了金子进去，其他东西还要不要？这不仅增加了我们的负担，还可能因此中了夜郎巫官的诡计。"

马骝说道："我就拿一点儿，我不贪心，把背包旁边这个小袋子装满就可以。"

我语气强硬道："一个都不许拿！"

关灵也劝道："马骝，寻宝猎人的第一大忌就是贪婪，即使在金山银山前面，内心也一定要保持镇定，不能拿的，就坚决一个都不许拿。"

马骝叫道："那不拿，我们还寻什么宝，做什么寻宝猎人，还不如去做考古工作呢。"

我对他说道："我们跟盗墓贼不同，我们不是奔着发大财才去寻宝的，这点必须要弄清楚。当然，在不破坏任何东西的情况下，我们取之有道，这是人之常情。"

马骝狡辩道："按你这么说，我们也没有破坏任何东西呀，就连那石门，也是自己打开的，我们只是推开进来，这不算破坏吧？这还不是取之有道？"

我说道："你也说那石门是打开的，如果之前有人打开过，那这里面的金银财宝怎么没被取走？而且，从那个中天八卦机关来看，我敢保证说，至今没有外人进来过这里，我们算是第一个。如果是这样的话，那么这石门应该就是古人专门设计成这样的，目的很简单，半掩的门，谁看到了，都会产生好奇心去窥探一下里面有什么，当看到这么多金银珠宝的时候，相信没有任何一个人抵得住诱惑。"

关灵点点头，说道："斗爷说的没错，老实说，我也有私念，我也恨不得把这些东西全部弄回家里，但是经历了迷幻城那次，我就知道，夜郎巫官除了忠心之外，还非常高明，他们懂得用钱财来蛊惑人心，令人迷失自我，从而产生幻觉，这也是幻术的一种。一旦发生这样的情况，那就必死无疑。"

马骝一边很不甘心地放下手中的金子，一边说道："感谢两位大师的教导，我不拿就是，你看，我放下了，我不拿……"

看见马骝放下金子后，我和关灵走到里面，只见那里的墙上镶着三件造型比较奇特的铜器。这些铜器高约八十厘米，宽约三十厘米，上圆下方，中间开口，开口四方，边长约十厘米。上面雕饰有一个太极八卦图和一些夜郎文字，看不懂是什么意思。这三个东西也是头一次见，不知道是机关还是另有用途。而在这三个铜器的周围，错落排列着二十四根石柱，这些石柱四四方方，拳头般大，排列成一个圆，一看就知道是八卦中的一种排列。

关灵问我："斗爷，知道这是什么机关吗？"

我摇摇头说道："从未见过，大家要小心点儿，说不定又会喷出白烟来迷惑人。"

这时，马骝在后面忽然说道："什么机关白烟，那东西我看像是祭祀用的吧。"

我说道："这个洞明显是藏宝的地方，怎么可能会出现祭祀用器？再说，这是要祭祀谁？"

马骝说道："祭祀财神爷呀，这么多金银财宝，你能说都是正当赚回来的？多少也有点儿不义之财吧？不祭祀一下，恐怕死后会落的个永不超生呢！"

我说道："你这家伙就会胡说八道。"

关灵忽然对我说道："斗爷，马骝的话并非没有道理。在古时候，得来的不义之财都会认为是凶财，而为了驱凶转吉，古人们往往会在放财宝的地方做一些祭祀，所以这三个奇特的东西还真有可能是祭祀用的。但是，我对各朝各代的祭祀用器大概都了解，唯独没见过这种。而且，你们看那些石柱子，分明是一个八卦二十四山位的排列，但跟那三个铜器似乎又格格不入。"

我点点头，说道："没错，这是一个八卦二十四山位的排列，但我总觉得，这三个东西放在这里，并非是祭祀用的。"我一边说，一边用手电筒靠近那个四方口照了照，突然，我好像看见有个东西在四方口里面动了一下。但等我再仔细看的时候，却什么也没有。

马骝似乎发现了我的表情，连忙问道："斗爷，是不是发现了什么？"

我点点头，道："刚才好像有东西在里面动了一下。"

马骝说道："不会是一些蛇虫鼠蚁吧？"

我摇摇头道："不清楚，刚想仔细看，就没有了。"

马骝掏出弹弓说道："我屌，你们让开，我打它一下看看，要是有东西藏在里面，肯定会出来的。"

我对他说道："千万要小心点儿！"

说完，我和关灵连忙退到一边，只见马骝拉紧弹弓，瞄准那个四方口打了一下，然而并没有什么反应，连声音都没有。

我叫道："你子弹都没上，打个屁呀？"

马骝一脸的疑惑，道："这、这是什么情况？我上了子弹的呀，怎么可能会这样……你看着，我再打一弹给你看看。"说着，马骝再次拿出一颗子弹，放在弹弓上，然后对准四方口射了过去。

按理说，子弹打在物体上，肯定会有响声的，但现在马骝打出的子弹，就好像打进了一个无底洞一样，一点儿声音都没有。

我们三个对视了一眼，都感觉有点儿诡异。马骝这时说道："你看见了吧，我上了子弹的，但打过去就是这样，这是怎么回事儿？"

关灵说道："会不会里面是空的？"

我说道："那就要过去看一下了。"

我一边说，一边拿着工兵铲走过去，然后往刚才马骝打的那个铜器上敲了一下，没想到那铜器应声而落。在铜器的后面，出现了一个四方洞，跟铜器上的四方口一样大，位置也刚好对准铜器的四方口。未等我做出反应，马骝已经用工兵铲把另外两个敲了下来。顿时，三个同样大小的四方洞出现在我们面前。

马骝叫道："想不到还暗藏玄机呀，就不知道这三个洞是用来干吗的？"

我刚想走过去，关灵连忙拉住我说道："斗爷，小心一点儿，这样的设置并非是用来装饰的。"

我点点头道："我知道，这个机关比起上面的中天八卦，不算什么。"

关灵立即问道："难道你懂这个机关怎么破？"

我说道："这个跟上面的中天八卦有点儿相似，这排列的二十四根四方柱子，应该就是开启机关的。正北是壬子癸水，五行水生木，艮宫丑土，所以丑土的作用是蓄水生木。巽宫辰土，木生火，而辰土令火旺，但火旺克金，如果没有未土，旺火就直接把金克没了，所以未土的作用是晦火化金。乾位金最旺，金生水，所以戌土的作用是养金让水长流。"

马骝听得一头雾水，道："斗爷，你说的这话是什么意思？"

"那是八卦二十四山位的能量流转规律，顺时相生流通，四隅适当抑制蓄养，使每一个五行都能够积聚到足够的能量。"关灵解释道，说到这里，关灵好像想到什么，惊讶道，"难道按四时八卦和五行生克的规律，就可以打开这个机关？"

我点点头说道："没错。但是这个机关开启什么，我还没弄清楚。"

马骝说道："屌，这个洞已经是藏宝洞了，再设置机关，那肯定藏着更加厉害的宝贝，有可能是血太岁呢。斗爷，赶紧打开来看看呗。"

我走近那个机关，小心翼翼地用手电筒往那三个四方洞探照了一下，只见里面黑漆漆的，根本看不到什么，也不知道究竟有多深。但就这样看了看，就有一种摄人心魄的感觉。

我伸出手来，推了一下正北方向的一根石柱子，柱子应力而动，慢慢被我推了进去，接着我按照八卦二十四山位的规律走过去推那些柱子，在推下最后一根柱子的时候，只感觉整个洞突然震动了一下，紧接着，那三个四方洞同时喷出三股白烟来，瞬间把我们团团包裹起来。

马骝捂住鼻子叫道："我屌，斗爷你开启的是什么鬼机关？怎么会冒出来那么多白烟？熏死人了……"

我突然有种上了当的感觉，也赶紧捂住嘴和鼻子，对关灵和马骝大叫道："他奶奶的，这机关是个陷阱，是开启迷魂烟的机关，咱们赶紧撤……"

# 第二十四章　迷　失

我们撤出金银洞后，急忙往阶梯下面走去。又往下走了二十多级石阶，空气开始变得越来越潮湿，似乎离地下河不远了。我停下脚步，转过身刚想说话，突然发觉不对劲儿，眼前只有关灵一个人，却不见了马骝。

我不禁吃惊道："这家伙去哪里了？"

关灵也意识到马骝不见了，惊慌道："刚才他一直跟在我后面的呀，奇怪了，什么时候不见的……"

我拿电筒往来路照了照，什么都没有，叫了几声，也没有回应。这一路阶梯下来，并没有发现分岔路，这么大个人，怎么会说不见就不见了？难道像悬魂梯那样，隐藏了一条我们难以发现的阶梯？

我和关灵立即沿着原路返回，然而一直到走回刚才的金银洞里，洞中白烟萦绕，也没有发现马骝。而周围根本没有其他路，不可能走错，除非往上走，走回墓室里，否则真的很难相信一个大男人会突然凭空消失。

关灵问道："斗爷，我们会不会走进了一个未知的空间，可以令人消失？"

我摇摇头道："我也不清楚，宇宙之大，什么都有可能。就算有这种未知空间，也不出奇，但是从目前的情况来看，我是不相信这里会存在这样一个空间。有可能是马骝又中了那些迷魂烟，自己走丢了。"

关灵说道："迷魂烟？我们三人是在一起的呀，怎么我们没事儿？"

我摇摇头道："我也不知道。"

关灵忽然支支吾吾说道："嗯，你说，他……他会不会……"

我看着她，问道："你想说什么？"

关灵说道："你说，马骝他会不会是趁我们不注意，偷偷回洞里拿了金银财宝，然后走人了？"

我立即摇摇头说道："不可能。从我认识的马骝来看，他不会这样做。我说过，他虽然贪财，但是他这人对朋友很仗义，绝不会做这种背叛朋友的事儿。"

关灵说道："在这么多金银珠宝的诱惑下，也很难说呀……"

听关灵这样一说，我立即感觉有点儿生气，说道："你第一天认识马骝吗？他不是这样的人，还有，你还记得他是怎么救你的吗？"

关灵尴尬道："我也是猜测一下而已。那、那到底是哪里出了问题？"

我想了一下，说道："这样，我们像刚才那样往下走，看看周围是不是出现了什么异常的情况。"

于是我们像刚才那样，沿阶梯一直走下去。我在心里数了数，大约走到了二十五级，我转过身来，刚想对身后的关灵说，我们就是走到这里，才发现马骝不见的。然而当我转过身的时候，不禁大吃一惊！

身后的关灵竟然不知什么时候不见了！

我吓得出了一身冷汗，几分钟前还在一起，还谈过话，怎么可能走了二十多级台阶就消失不见了？而且毫无一点儿先兆，先是马骝，现在又轮到关灵，难道下一个会是我？

我急忙加快脚步跑回金银洞，里面依旧如此，金银珠宝依旧散发着诱人的光芒，但就是不见马骝和关灵。如果再重复走一次，我会不会也因此消失不见？

想到这里，我立即和原来一样，又往下一直走，然而走到第二十五级的时候，什么情况都没有发生，我还是站在台阶上，并没有消失。这到底是怎么回事儿？

我不死心，再一次跑回金银洞。看着白烟萦绕的金银洞，我咬咬牙，一横心冲了进去。突然，在那个机关前面躺着两个人，走近一看，不是别人，正是关灵和马骝！我大吃一惊，难道他们中了那些白烟的毒？我跪下来，大叫了几声，又摇了摇他们，但两人都毫无反应，再探鼻息，原来早已没了气息。这他妈到底发生了什么？我急忙检查了一下他们，并没有发现什么外伤，难道是中毒身亡的？但他们为什么会死在这里？为什么我一点儿都不知道？为什么我会没事儿？为什么只有我一个人活着……

我悲痛地大叫一声，泪水夺眶而出，双手插进头发里，感觉整个脑袋都要爆炸了。他们都死了，我活着还有什么意思？想到这里，我掏出了身上的匕首，然后对准了自己的胸口……

就在这个时候，我感觉手背突然被什么东西打中，手一松，匕首立即掉落在地上。紧接着，我的后背被人用力拍了一下，接着听见一个声音在叫我："斗爷，你在搞什么？"

我立即回过头来，又是大吃一惊！跟我说话的竟然是马骝，而在他旁边，还站着关灵。他们两人看着我，脸上都现出非常惊讶和怀疑的表情。

我连忙回过头来看向地上，然而地上只有一些金银珠宝，并没有马骝和关灵的尸体。真的见鬼了！但不管是不是见鬼了，我都要问个清楚明白。我立即站起身来，对马骝叫道："你大爷的，你刚才去哪里了？"

马骝皱起眉头道："我屌，我哪里都没去过，一直在这里呀！"

我吃惊道："什么？你一直在这里？"

马骝点点头道："不只我，我们三个都一直在这里。"

我看看马骝，又看看关灵，然后说道："那、那你们是活人，还是死人？"

马骝一听我这样问，立即骂道："我屌，你这家伙竟然问出这样无脑的问题，我们当然是活人，死人还会站在这里跟你说话吗？"

关灵走过来，一脸担心道："斗爷，是不是发生了什么事儿？"

我问关灵："你刚才真的一步都没离开过这里？"

关灵点点头道："我们都没有离开这里，你说你去开启那个机关，然后我和马骝都在旁边看着，但是你只推了两三根石柱子，突然像疯了一样跪在地上大叫起来，接着又哭了起来，最后还……还拿出匕首对准自己的胸口，好像要自杀的样子。"

马骝接话道："可不是嘛，好像受了什么刺激要自杀一样，我见形势不对劲，立即用弹弓打掉你的匕首。"

我举起右手，看了看上面的红印，一头雾水道："你说你用弹弓打我的手，是因为我拿出匕首要自杀？"

马骝说道："那还有错吗？难道我贪好玩儿，拿你当靶子呀？我说斗爷，你这是在干吗？"

我掐了一下大腿，疼，这似乎证明我不是在做梦。我对他们说道："我不知道发生了什么，但是我刚才打开机关后，那三个洞喷出白烟来，我们立即逃了出去，先是马骝你失踪了，然后又是灵儿不见了，后来我回到这里，突然发现你们两个躺在地上，而且已经没有了呼吸。"

关灵听我说完后，立即皱起了眉头，道："等一下，你说这些都是在你打开机关后发生的？"

我点点头道："嗯，没错。"

关灵用手指了指前面说道："你看那里，机关还是原来那样，根本没有被打开。"

我连忙看向那个机关，果然如关灵所说，机关还没被打开，只是被我推了三根石柱子，再推多一根，这个机关应该就会被打开。我心想，难道刚才发生的一切都是幻觉？也似乎只有这种可能才能解释得通。

关灵说道："斗爷，我看这个机关还是别动它了，按你刚才说的，我觉得有可能开启这机关后，真的会发生那些事儿。"

"我想，设置这个机关，就是为了蛊惑人。因为能进来这里的，肯定都想去破解这个机关，我也不例外。"我点点头道，然后看向马骝，说道，"马骝，你那一弹弓，打得真是及时，要不然我真的自己把自己给了结了。"

马骝说道："那还用说，再迟一点儿，就白刀子进，红刀子出了。我说斗爷，你遭遇的情况，到底怎么解释？"

我说道："我唯一想到的，就是有可能我是夜郎后裔。就像在天坑的时候，我做的那个离奇古怪的噩梦一样。"

关灵问道："这是一个警告？"

222

我点点头说道："有可能。一旦机关被开启，我想我们三个都会葬身此地。"

马骝看了一下周围说道："那么说，如果不动这个机关的话，这些金银珠宝就可以拿了？"

我说道："我们还是别动为好，不然又不知道会发生什么事儿。"

马骝叹了口气，摇摇头道："可惜了……可惜了……走吧走吧，再多逗留一会儿，我怕真的控制不住自己的贪念……"

我们悄悄退出了金银洞，继续往下走去。这次，我多留了一个心眼儿，走五六级，就回头看一下后面，真的害怕马骝和关灵会突然消失不见。直到往下走了几十级后，发现什么情况都没有发生，我这才松了口气。

走着走着，前面突然传来一阵流水的声音，再往下走了十多级，终于走完了，出现在我们面前的，是一条宽有三米多的地下河。只见河水有半米深左右，清澈见底，透着一股寒气。我用双手捧起水来洗了一下脸，然后又喝了几口，冰凉的河水直透心底，令人无比舒畅。

马骝也洗了洗脸，喝了两口水后说道："斗爷，看这地方，不可能藏有血太岁吧？这血太岁会走动，要是藏在这里，可能早就跟着这地下河水流走了。"

我看了看周边的情况，发现人为挖掘的痕迹很明显，估计古人在挖掘到这里的时候，才发现了这条地下河。但是血太岁会不会藏在这里面，我也不是很清楚，于是我对马骝说："这座仙墓，我们算是走到底了，如果在这下面没有发现血太岁，那算是命中注定了。正所谓是福不是祸，是祸躲不过，一切听天安排吧。"

"要是真的这样的话，我们出去的时候，顺便带点儿金银珠宝吧，不是我马骝贪财，反正我们都要死了，临死前做点儿好事儿，用那些金银珠宝救济一下那些贫苦大众，也算积点儿阴德，到时也好投胎呀。"马骝说着，然后看向我继续说道，"用这些财宝去做善事，应该不算盗窃吧？"

关灵看了我和马骝一眼，说道："你们别那么灰心，也许血太岁就藏在这下面，我们还是赶紧四周找找看吧。"

我们顺着河边往前走，走了不到三十米，前面突然出现了几个石墩。这些石墩连成一排，一直延伸到河对岸，看起来就像一条暗桥。我拿手电筒往对面照了一下，只见那里出现了一个山洞，洞口有两米多高，一米多宽，而在洞顶上，镶着三个青铜鬼头，左右两边的相对比较小，而中间那个就特别大，比我们看过的所有青铜鬼头都要大一倍左右。这似乎在告诉我们，洞里面一定藏着非比寻常的东西。

马骝说道："斗爷，看来有戏呀，你看那个青铜鬼头，那么大，肯定表示这地方非常重要。不过，这个洞连门都没有，会不会是个陷阱？"

我摇摇头道："机关肯定有，但应该不是陷阱。血太岁是有生命的东西，如果用门封死了，那就不好了。"

马骝瞪大眼睛道："按你这么说，血太岁就藏在这洞里面？"

关灵也问道："斗爷，你是怎么知道的？"

我说道："我也是猜的。你们看那水流，在经过每个石墩的时候，都微微出现小漩涡，这说明石墩底下有洞，这些水有可能流进了那个洞里。因为不管血太岁被传得多么神，它想要存活，肯定离不开水，用门封死洞口的话，有可能会大大降低血太岁的存活率。"

马骝说道："那不怕它溜走了呀？不是说它长得像小孩儿，可以行走的吗？"

我说道："就算它长得像个小孩儿，也不会像小孩儿那样到处跑吧？它再厉害，也不过是一种药，我估计跟其他太岁没什么两样，只是它被神化了而已。"

关灵说道："那我们也别猜测了，进洞里看看便真相大白了。"

于是，我们三个踩着石墩，小心翼翼地走了过去。来到洞口前，我捡了块石头扔了进去，先探了探路，发现没什么异常情况后，才慢慢摸索进去。

# 第二十五章　鬼虫王

洞口不大，仅能容纳一个人行走。洞里很潮湿，在洞壁上长了一些青苔，摸上去滑溜溜的。我仔细观察周围的情况，生怕会突然碰到机关。往里走了十来米，前面突然变得宽敞起来，然而出现在大家眼前的，竟然又是一个墓室。这个墓室跟一开始看到的那个一样，也有一个水池，水池中间放置着一副石棺。

马骝叫道："我屌，这跟我们猜测的完全不同啊，这里怎么又出现一个墓室？"

我举起手电筒，仔细打量了一下这个墓室，说是墓室，但是周围的墙壁并没有空心砖，连地面都没有，所以准确地说，这应该是一个洞穴。洞穴除了中间那个水池和那副石棺外，再无其他东西，四周的洞壁上也不见镶有青铜鬼头。

我们走近那个水池，只见水池里装满了水，水质清澈，一看就知道是流动的活水。我们绕着水池走了一圈，发现没有那些怪物，这才稍微感到安心。这样看来，这个洞穴似乎相对比较安全。

我对马骝说道："马骝，要不你过去打开石棺看看？"

马骝问道："这怎么过去？"

我说道："直接跳入水池，游过去打开它。"

马骝有点儿不敢相信的样子，说道："我屌，斗爷你开玩笑吧？就这么游过去？还不冷死呀……"

我说道："不然呢？你有什么办法？"

马骝挠挠脑袋说道："我、我哪有什么办法……"

这时，关灵说道："这水看起来没什么，但这样贸然跳下去，会不会冒险了点儿？这里看起来好像没有什么机关陷阱，但是我们也不能大意，在这样的地方，越是安全就越危险。"

马骝竖起大拇指说道："没错，说得有道理，这次我赞同关大小姐的话。"

我耸耸肩说道："那你们说，怎样才能打开那石棺？"

关灵想了一下，忽然对我说道："既然这里的水池跟上面的一样，那会不会也存在那个中天八卦机关？"

马骝一听，立即拍手说道："对对对，开启机关，让那些水流走就行了呀！"

我点点头，走到水池的正北方向，想跟之前那样按下水池上的砖，但是不管我怎么按，那块砖就是纹丝不动。我又试着按其他几块，依然没有动静。关灵和马骝看见这样，也过来按其他方向的砖，却全都按不动。

马骝叫道："我屌，这是咋回事儿？斗爷，难道你那套开启机关的方法在这里失效了？"

我摇摇头说道："不是失效，是这里根本没有机关。"

马骝说道："不会吧？没有机关，那搞个水池在这里干吗？鱼又不养，怪物也没有，难道是用来养棺材里面的血太岁？"

我说道："还别说，如果石棺里面藏着血太岁，还真有这个可能。"

马骝对我说道："那就没有其他方法了，只能游过去打开它了。但斗爷你也知道，我马骝身子孱弱，要是被这冷水浸泡一下，估计游过去也没力气打开那棺材呀！"

我说道："反正我也不是第一次落水，那还是我去吧。"

关灵对我说道："就算没有危险，弄湿了身子也不行啊，现在这么冷的天，这里也没有生火的东西。"

我说道："要是真的找到血太岁，这点儿冷算不了什么，就当是冬泳好了。"

马骝叫道："就是，大男人一个，还怕什么冷？"

我对他说道："刚才你说什么来着？游过去会冷死，现在怎么改变了说法呢？"

马骝笑笑道："这还不是因为斗爷你长得帅气嘛，你看你那模特般的身材，羡慕死多少男子，迷死多少女子，正所谓身强力壮，吃饭不用结账……"

我连忙说道："好了好了，到此为止，别再夸了，再夸就过了。"

关灵"哼"了一声，道："你们能不能正经点儿？"

我对马骝说道："说你呀，一点儿都不正经。"

马骝用手指着自己，一脸无辜的样子。我没理他，走到水池边，就在我刚想脱衣服的时候，突然发现地上有些不对劲儿，好像有什么东西要破土而出一样。这样的情景不禁让我想起了迷幻城，难道又是那些独眼鬼虫？

果然没过多久，地上便密密麻麻地涌出一堆黑乎乎的虫子来，那虫子的模样就算化了灰我都认得，正是咬过我们，把我们害得只有百日之命的独眼鬼虫。不过，出现这个一点儿也不奇怪，同是夜郎时期的巫官，在修炼邪术上肯定大致相同，用这种可以隐藏地下上千年的独眼鬼头做守护，也正符合夜郎巫官的风格。

马骝看见满地独眼鬼虫，惊叫起来："我屌，怎么突然那么多鬼虫啊……"

关灵忽然叫道："你们看那边的洞壁！"

我们顺着关灵指的地方看去，只见东边的洞壁里涌出无数个独眼鬼虫，似乎嗅到了入侵者的气味，正一个个往我们这边爬来。我们都领教过这些鬼虫的厉害，知道它们怕火，但是马骝买的那些喷火枪全是山寨货，一点儿用也没有。难道又要像上次一样，烧衣服来抵抗这些鬼虫？

这时，关灵对我叫道："斗爷，三十六计——走为上计吧。再等会儿，估计整个洞都是鬼虫了。"

于是，我们三人连忙往回走，想跑出洞外，但是已经迟了，只见洞口处突然绵绵不断地涌进鬼虫来，如海水般，几乎塞到了洞口的一半高，比在迷幻城的时候还要多一半以上，那种情景简直令人头皮发麻、双腿发软。

马骝发出恐惧的声音："死了死了……这次死了……这么多，用火也不行了……"

我叫道："镇定点儿，镇定点儿！赶紧把生火工具拿出来，这次不仅要烧外套了，估计裤子都得烧了。"

马骝连忙从背包里摸出生火工具，但打火机却偏偏在这个危急时候打不着，打了几次，依然看不见半点儿火光。关灵也拿出背包里的打火工具，但是可能因为紧张，手一抖，打火机和一些生火的材料立即掉落在地上。关灵想弯腰去捡，谁知地上突然冒出几个独眼鬼虫来，其中一个一下子跳到关灵手背上，吓得关灵惊叫一声，连背包都扔了。再看她的手背，已经被独眼鬼虫咬了一口。

我连忙一把拉住她，叫道："赶紧跑。"

但是，现在周围都是独眼鬼虫，仿佛置身于独眼鬼虫的窝里，也不知道往哪里跑，大家焦急得如热锅上的蚂蚁。这个时候，我的小腿突然传来一阵剧痛，我低下头一看，顿时吓了一跳，只见一个独眼鬼虫趴在我的小腿上，正死死地咬住不放。我连忙用工兵铲把它打掉，然后迅速地把它拍成肉酱，那黑乎乎的液体立即溅得我一裤腿都是。

站在我旁边的马骝也一同受害，只见他挥着工兵铲，不断拍着脚边的独眼鬼虫。我想，如果再没有办法对付它们，我们三人估计会被啃得尸骨无存，真的是死无葬身之地了。

突然，我一眼瞥见刚才站的地方，那些鬼虫似乎都不敢靠近那里，有的缩回去，有的绕了个弯儿，这到底是怎么回事儿？

这时候，关灵和马骝也发现了这个奇怪之处，纷纷用手电筒照过去。关灵似乎看见了什么，突然惊呼道："是猫灵木！"

我一听猫灵木，这才想起这个东西来。刚才趁着打变异怪的时候，我和关灵偷偷在道士的背包里拿回了猫灵木，但至今一直未曾用过，也不知道它的用处。难道说，这些独眼鬼虫惧怕这个猫灵木？我想不明白，为什么这样一块不起眼的朱漆雷劈木，竟然会是这些独眼鬼虫的克星。

不过，现在这个时候，也轮不到我想那么多了，既然这些独眼鬼虫不敢靠近猫灵木，那我们就用它来做掩护。于是我们踩着独眼鬼虫猛跑回去，各自腿上也不知道被咬了多少下，痛得眼泪都快要流出来了。

一直跑到关灵的背包那里，我们才停了下来，这才发现，原来那个猫灵木从背包里掉了出来。这个时候，脚下两三米开外，全是独眼鬼虫，密密麻麻的，把我们三个团团围在中间。不过，幸好没有一个敢靠近过来。

我捡起地上的猫灵木，再次仔细观察这个东西，但不管我怎么看，也看不出个所以然来。我试着往前走几步，前面的独眼鬼虫立即往后退开，但始终跟我保持着两三米的距离。

马骝凑过头来，看了一下后说道："斗爷，这东西怎么看都只是一块木头而已，不香不臭，究竟有什么威力，能让这些鬼虫不敢靠近？"

我摇摇头道："我也不知道，有可能是一物降一物吧。幸好有这个猫灵木，要不然今天真的是死无葬身之地了。"

关灵说道："我曾经听我爷爷说过，独眼鬼虫是夜郎巫官修炼出来的邪物，可以存活几千年不死，平时隐藏在地下，一旦被惊醒，就会破土而出。我猜，这些独眼鬼虫有可能跟那些魔鬼蛙一样，并非是自然界的产物，而是夜郎巫官修炼出来的一种幻术。而这猫灵木具有神灵之气运，凡是邪物都不敢靠近，所以才会出现这样的情景。"

我点点头道："没错，要是它们是自然界的产物的话，不可能会怕这块木头的。所以只有一种可能，那就是这些独眼鬼虫是一种幻术。"

马骝说道："我屌，既然不是自然界的产物，是幻术，那就是假的咯，这假的怎么能咬人？还咬得那么痛……"说完，他检查了一下双脚，已经有好几处被咬了。

关灵说道："虽然这些独眼鬼虫是一种幻术，但是它们的本质是存在的。打个比方，它们本身有可能是一只蚂蚁，或者随便一种昆虫，但是夜郎巫官可以将它们炼成独眼鬼虫，这就是幻术的厉害。更厉害的时候，幻术还可以令人产生幻觉，把本来没有的东西看成有，就像魔鬼蛙一样，它们并不存在，只是我们都产生了幻觉。"

马骝问道："那我们现在是处于幻觉中吗？"

关灵摇摇头道："应该不是。如果是幻觉的话，猫灵木也许起不了作用。"

马骝又问道："那现在怎么办？可以用对付魔鬼蛙的法术来对付这些鬼虫吗？"

我一拍大腿道："没错呀，灵儿，这些独眼鬼虫也藏在黑暗处几千年，说不定你的'三光正炁法'可以收了它们哪。"

关灵点点头道："那我来试试。"

说完，关灵拿出一包糯米，在地上撒开，画出一个八卦图，然后拿出一面铜镜，用朱砂在铜镜上面画起符来，一边画一边嘴里念念有词，直到那道符画完才停下来。我们之前经历过了一次，也不用关灵交代了，把三支手电筒的光全都照在铜镜上。但是，并没有出现令人不可思议的一幕，即使强光反射到那些独眼鬼虫身上，它们依旧存在，并没有像魔鬼蛙那样消失。

关灵放下铜镜后摇摇头道："这鬼虫跟魔鬼蛙不同，它们虽然是幻术，但是本质是存在的，'三光正炁法'对它们来说根本没用。"

马骝焦急道："那怎么办？要不我们拿着猫灵木，直接过去打开那石棺，等拿到了血太岁，咱们就赶紧离开这里。"

关灵说道："不行，它们虽然害怕猫灵木，不敢近身。但是，如果斗爷单独离开，游过去打开石棺的话，很难保证不出意外，说不定石棺那边就有独眼鬼虫在等候着，所以我们不能冒这样的风险。"

我握着拳头说道：“为了血太岁，我金北斗甘愿冒这个风险！”

关灵立即制止道：“不行！斗爷，你不能冒这个风险，如果真的有独眼鬼虫，到时谁也救不了你。如果你出了事，就算石棺里面有血太岁，也拿不回来。”

我一时也无计可施了，说道：“那总不能在这里干耗着吧？要不就打退堂鼓，退出洞外吧。”

关灵想了一下后说道：“我想，既然这些独眼鬼虫的本质是存在的，那么它们中间肯定会有一个‘王’，只要把这个‘鬼虫王’消灭，估计就能破了这个幻术。所谓擒贼先擒王，没了王，它们就蛇无头而不行了。”

马骝忽然苦笑起来，道：“关大小姐，你就别开玩笑了，你看这么多鬼虫，就像撒了一地的黑芝麻，让我们去找一颗大的，怎么找？这无数只独眼鬼虫，鬼知道哪只才是‘鬼虫王’啊？”

我说道：“不是这样的，可以找得出的，许多虫王的个体都比较大，而且从不会主动发起攻击的，在它周围，几乎都会有守护兵把它团团保护起来。我们只要仔细寻找这种情况，应该能找到‘鬼虫王’。”

于是，我拿着手电筒照了一下，然后拿着猫灵木往东北方向走去。所到之处，那些独眼鬼虫都纷纷退避，没有一个敢在原地逗留或冲过来。忽然，关灵往北边不远处的地方一指，道：“你们看那边，像不像斗爷刚才说的那种情况？”

我和马骝顺着她指的方向看过去，只见距离我们七八米外，有一堆鬼虫聚集在那里，密密麻麻的比其他地方要多出很多。我们稍微走近一点儿，再仔细一看，果然在那堆鬼虫的中间，有一个个头比较大的，足足比其他鬼虫要大好几倍，通体乌黑，眼睛在不断转动，似乎在监视着周围的情况，它的嘴边，还留有长长的触须。而在它四周，都排满了守护兵，分不同方向做守护。

我立即叫道："没错！应该就是这个大家伙了。马骝，准备好弹弓，记得要瞄准、打中，一次机会，只许成功，不许失败。要是第一次打不中，惊动了那只'鬼虫王'，那估计再也擒不了它了。"

关灵也说道："对，必须一击即中。"

马骝掏出弹弓，深呼吸一口气后说道："看我表演吧！"说完，只见他上好子弹，拉紧弹弓，瞄准那个"鬼虫王"，然后果断出手，说了一声："中！"

果不其然，那只"鬼虫王"立即被打中，子弹击破身体，爆了一地黑乎乎的液体。只见周围的独眼鬼虫瞬间乱作一团，发出嘶嘶叫声，但不久后，都纷纷藏了起来，有的钻回地下，有的钻回洞壁，也有的退出洞口，不用多时，刚才还是密密麻麻如潮水般的独眼鬼虫，现在全部消失不见了，只留下一地破土的痕迹。

直到这个时候，我们才松了口气，大家就地而坐，稍作休息。我看着手中的猫灵木，感叹道："要是在迷幻城的时候，我们有这个东西，就不会被咬了，也不需要什么血太岁了。"

马骝说道："那这样看来，这个猫灵木也是一件宝贝呀！怪不得那些道士要用这些雷劈木来做法器了，果然不是吹的，比起那什么黑驴蹄子，这个猫灵木要靠谱很多。"

关灵说道："那也并不是所有雷劈木都可以做法器的，要那种雷劈枣木，而且树龄要上百年才行，树龄越久，做出的法器越灵，越有用。"

休息了一阵，我便站起身说道："我还是过去打开石棺，看看里面是否真的藏有血太岁吧，免得夜长梦多。"

关灵对我说道："斗爷，你把猫灵木带上，以防不测。"

我摇摇头道："不需要吧，如果有什么情况，你们可以扔过来给我。"

关灵皱了皱眉头道："这怎么行？你只身冒险，而且没有任何保护设施。如果有独眼鬼虫，起码有这个猫灵木保护。"

我看着她说道："要是给了我，等下那些鬼虫复活了，你怎么办？马骝这家伙上蹿下跳的，能保护自己，但他保护不了你。"

关灵嘟了一下嘴说道："我可用不着别人保护，我能保护好自己……"

马骝对我叫道："我屌，斗爷你这样看我，想当初那个道士是如何的心狠手辣，我马骝二话不说，义不容辞地保护你的灵儿，差点儿就被打死，你这家伙不会这么快就忘记了吧？"

我踢了一下他，说道："看你那副嘴脸，要我给你跪下叫声'恩公大人'吗？"

马骝笑嘻嘻道："那倒不用，要是你想的话，我也受得起这礼。"

我没理他，对关灵说道："猫灵木你留着吧，但你和马骝要配合我，要是我那边有动静，你准备好猫灵木，马骝准备好弹弓。"

关灵和马骝点点头，同时说了声"好"。

于是，我走到水池边，然后脱下外套，就在解开裤头的时候，我忍不住扭过头来看了眼关灵，只见她用手电筒照着我，似乎还没觉察到什么，我便对她打趣道："大小姐，我要脱裤子了，你的手电筒能不能不对着我照？如果真的想看的话，出去后你想怎么看都行。"

关灵听我这么说，顿时红起脸来，骂了一句："呸，什么新鲜萝卜皮呀，谁想看你……"说完便别开脸，然后把手中的手电筒照向别处。

马骝在一旁嘻嘻笑道："斗爷，想不到你耍起无赖来还真的像一个无赖。"

我回敬他道："我只是像，而你就是一个无赖。"

我一边说，一边快速脱下衣服，脱得只剩下一条内裤，然后把手电筒挂在头顶上，抓着工兵铲小心翼翼地进入水池。冰冷的池水一碰到肌肤，犹如刀割般疼痛，幸好我读书的时候游过几年冬泳，有点儿经验，所以身体也暂时未感觉到不适。

我慢慢游到石棺下面，然后用手撑着石墩，用力一跃，整个人从水里跳上了石墩。身体一离开水，便感到非常冷，立即起了一身鸡皮疙瘩。我观察了一下对准石棺的洞壁，那里虽然没有青铜鬼头，但我也不敢乱来。我不敢耽误时间，急忙放下工兵铲，用双手抓住棺盖，我知道棺盖做了滑槽，虽然看起来非常笨重，但是用力一推，棺盖也慢慢移动起来。

# 第二十六章　真　身

等我把棺盖推开后，用手电筒往里面一照，顿时吓了一跳，只见石棺里面装着三分之一左右的清水，有个"小孩儿"浸泡在水里，"小孩儿"长五十厘米左右，全身红彤彤的，就像被剥了皮一样恐怖。在"小孩儿"的四周，还有四具蜷缩起来的尸骨，这些尸骨已经被石棺里的水浸泡得完全变了色。

马骝似乎发觉了我的异样，连忙问过来："斗爷，看见什么了？"

关灵也问过来："斗爷，你没事儿吧？"

我对他们说道："我没事儿，这石棺里面躺着个'小孩儿'，另外还有四具尸骨。"

马骝惊喜道："小孩儿？会不会就是血太岁？不是说这东西长得像小孩儿吗？"

我说道："没错，应该就是血太岁。看来赫连淼淼没有对我说谎，果真长得像个小孩儿。"

马骝叫道："那还等什么呀，赶紧弄它出来呀！"

我于是俯下身，但我还不敢直接伸手去拿，于是拿起工兵铲，想伸过去戳一下那"小孩儿"。突然，那个"小孩儿"的眼睛一下子睁开，我大吃一惊，连忙缩回身子来。这不是血太岁吗？怎么会真的像小孩儿那样睁开眼睛？难不成时间久了，成了精怪？

　　我定了定神，揉了揉眼睛再仔细一看，原来"小孩儿"那两只眼睛并不是真正的眼睛，而是两只水虫。它们刚好趴在"小孩儿"的两眼位置上，可能突然被光线刺激了下，然后把身子一翻，乍看之下还真的就像眼睛睁开了一样。

　　我心想，这水那么清，完全没有杂质，怎么会有水虫存在的？难不成棺材底部有孔？水是从底部进来的？

　　我一边想，一边拿起工兵铲轻轻戳了一下"小孩儿"，感觉软软的，就像戳在一块肉上。关于太岁，我还没真正见过，但网上看到的图都是像块腐肉一样，形状各有特点，所以我可以确定，眼前这个"小孩儿"应该就是传说中的血太岁真身了。

　　接下来，我又用工兵铲弄了几下血太岁，发现没有什么异常后，我便放开工兵铲，再次俯下身去，伸出手来一把抓住血太岁，只感觉软软的，就像触摸到小孩儿嫩嫩的肉一样，让人不敢大力，生怕一不小心就会将其抓破。

　　我憋着一口气，慢慢把血太岁从石棺里面抓起来，这家伙还挺重的，大概有三十斤重，感觉还真的像抓住一个小孩儿。等我把血太岁弄出来后，马骝和关灵立即惊呼出声："血太岁！"

　　马骝双手合十叫道："菩萨保佑哇，终于被我们找到了血太岁，这次大难不死，必有后福哇！"

　　关灵也兴奋道："要是让我爷爷知道，还不高兴死他老人家了，两

238

千多年的夜郎两大传说，竟然被我们三人撞破，真是吉人天相啊！斗爷，这还是要多谢你呀！"

我问道："多谢我什么？我们大家都有功劳的。"

关灵说道："要不是你是夜郎后裔，而且懂得开启那些复杂的机关，估计我们也不会那么快就找到血太岁呢。"

马骝也附和道："对对对，没错！我说斗爷，你这辈子注定就是个盗……啊不是，是寻宝猎人，寻宝猎人……"

我自己也想过这些问题，也许真的是因为我是夜郎后裔，所以冥冥中才会让我找到夜郎巫官藏的东西。当然，还有一个原因，那就是我有一本表面普通，但内容复杂的《藏龙诀》。这本书不仅让我增长了不少知识，还能将其运用到迷幻城和这里的仙墓中，攻破各种机关，找到被藏之物。

这时，我听见马骝喊过来："斗爷，你不冷啊，赶紧回来呀！"

我应了声，刚想抱着血太岁离开石棺，忽然一眼瞥见石棺里面靠左的那具尸骨上，好像有个东西闪了一下光。我走过去仔细一看，原来尸骨底下露出了一块黄色的东西，好像是金属，看样子应该是块黄金。

我没管它，况且我双手抓着血太岁，也腾不出手来去弄，于是转过身来，刚想离开，然而就在这个时候，石棺突然晃动了一下，我脚下一滑，立即跌落水池，手中的血太岁差点儿脱手。

我不知道发生了什么，只听见关灵和马骝突然惊叫起来："斗爷，小心后面！"听他们的叫声，我知道出现在我后面的东西一定非常恐怖。

我连忙转过身来，只见从石棺里面蹿出一条大蛇来，这条大蛇全身金黄色，头有水壶般大，竖起身子来有两米多高，对着我不停地吐着芯子。而它头上长有一对犄角，眼睛血红色，像两盏红灯笼一样，嘴唇两边分别有几条触须，长达十多厘米。这个长相竟然跟传说中的龙有几分相似。

但是，这家伙是从哪里冒出来的？刚才我也检查过石棺里面，要是有的话，肯定能发现的。我忽然想起刚才看到的那块藏在尸骨下面的黄色东西，现在看来，那应该不是什么金属，而是眼前的这条黄金蛇。可能那尸骨底下有一个洞，这大蛇就是从那里钻出来的。

刚想到这里，那条大蛇突然对我发起攻击，我连忙想往旁边闪开，但身子在水里不灵活，加上又冷，手上又抓着三十多斤重的血太岁，一时躲闪慢了点儿，立即被大蛇撞了一下，整个人扑倒在水里，咕噜咕噜喝了几口冷水，只感觉浑身一片冰冷，手脚开始麻木。

危险之际，我听见马骝喊了一句"尝尝我老孙的弹弓"，接着听见弹弓打出去的声音，那条大蛇被子弹击中，晃了晃脑袋，对着马骝那边咧开大嘴。马骝也不傻，见大蛇张开嘴巴，立即一连三发子弹打过去，全射进了大蛇的喉咙里，痛得它发出"咝咝"的叫声，然后一头钻进水池里。

见状，我急忙双手抱住血太岁，工兵铲也不要了，快速游回水池边。关灵早已拿着我的衣服跑过来，用她的毛巾帮我擦干身上的水。马骝拿着弹弓和手电筒，在旁边警戒，生怕那条大蛇再次从水里蹿出来。

这个时候，我的手脚已经冻得有点儿僵硬了，裤子穿了几次都没穿上，关灵看见这样，也顾不得男女授受不亲了，过来帮我穿好裤子。等穿好衣服后，我立即在原地跳了好几下，活动了一下关节，让身体暖和暖和。

那条大蛇估计被打痛了，躲在水池底游来游去，似乎想找出口。但是出口应该在石棺里面，想必石棺底部跟地下河是连通的，地下河水长流不息，这样可以养活血太岁，以至于两千多年下来，这东西都还存活在这里。

关灵问道："斗爷，你说那大蛇是在守护血太岁吗？"

我摇摇头道："看起来不像，我注意到石棺里面的水是活水，应该底部跟地下河连通着，那条大蛇估计就是从石棺底部的地下河里冒出来的。但是这种蛇从未见过，有可能又是变种。"

马骝兴奋道："管它是什么蛇，反正我们那么顺利就找到了血太岁，真的是菩萨保佑哇。"

我说道："还顺利呀？差点儿被那大蛇吓死了。"

马骝说道："这里又没有什么机关，还不算顺利呀？而且你也没受伤，又找到了血太岁，还顺便免费洗了个澡，算是顺利了。"

我说道："你这家伙，真是站着说话不腰疼。"

马骝说道："但是，你们看这家伙长成这样，不知道是怎么个吃法，这真的是唐僧吃仙人果——不敢下嘴呀！"

关灵说道："马骝你想太多了，这只是一种药，只不过跟人参一样，长得像人形而已。那些传说什么会走会跑的，都是夸大事实，以讹传讹而已。到时候拿回去给我爷爷，让他老人家给咱们弄弄吧。"

马骝扭过头来看着关灵，瞪大眼睛叫道："什么？又是拿回去给你爷爷呀？骗了我们的青铜鬼头还想再骗这个血太岁？回去告诉你爷爷，我马骝送他两个字——没门儿！"

关灵说道："我知道你对我爷爷有偏见，他这样把青铜鬼头弄到手，手段的确有点儿不光明正大。但是，别忘了，找到那个青铜鬼头我也有功劳的，你们要怪就怪我吧，是我告诉我爷爷，你们有个青铜鬼头的。但是，说到治病，在这个世上，估计也只有我爷爷才会解独眼鬼虫的毒。

他也懂医术的，我相信有这个血太岁，加上我爷爷的医术，肯定可以帮我们清除掉体内的鬼虫毒素。"

马骝还想说话，我连忙抢说道："马骝，一个大男人计较这些干吗？要不是有关道长的指点，我们还不能找到血太岁呢。要是体内毒素不清，就算给你一卡车的青铜鬼头，又有何用呢？何况这里还有很多青铜鬼头，你要不弄两个回去平衡一下心理吧。"

马骝眼睛立即亮了亮，道："要不去那个金银洞，顺便搞它一点儿回去？"

我说道："可以拿的，你尽管拿；不能拿的，你一点儿都别动。"说完，我叫马骝把他的背包清空，然后把血太岁装了进去。一切弄好后，我对大家说道："此地不宜久留，赶紧撤吧！不然那大蛇追过来，就麻烦了。"

马骝说道："要是追来，再让它尝尝我老孙的弹弓。"

我说道："它要不是张开大口，刚好被你打中喉咙，就凭你的弹弓，估计制伏不了它。不过，也多亏你那弹弓，不然后果难以想象。"

马骝笑嘻嘻道："那当然，我马骝的弹弓可不是吃素的，AK-47也不过如此嘛！"

我擂了他一拳，道："你大爷的，赞你两句就松毛松翼了呀，要是给你一把真枪，那还了得？"

我话音刚落，一个声音突然从洞外传了进来："真枪在这里！"随着这个声音响起，有一个人突然亮起手电筒走了进来。

# 第二十七章　叛　变

我们吓了一跳，立即停住脚步，定睛一看，来者不是别人，正是水哥。只见他举着手枪，对准我们，脸上的表情非常阴森。

马骝立即骂道："我屌，他奶奶的，吓死人了……喂喂喂，你这是要干吗？想把我们都干掉吗？"

水哥歪了歪嘴角，说道："想活命的，就乖乖给我留下血太岁。"

我对水哥说道："你还真的想冷手捡个热煎堆呀？"

水哥把枪对准我，说道："那又怎样？"

关灵骂道："哼，你爷爷也是道上正义之士，想不到你会是这样的小人，真是丢了你爷爷的脸，他老人家要是在世，一定会被你活活气死。"

马骝叫道："跟他啰唆什么？这种二五仔，最终一定落得个不得好死的下场。他就一把枪，我就不信能一下子把我们三个干掉。"

"我的枪法虽然不如你，但是，你们那么大的目标，就算闭上眼，我相信也能干掉你们。还有，"水哥冷笑一声道，举着枪在我们三人面前来回晃动，然后他把枪停在关灵面前，对关灵说，"你刚才说什么？我爷爷也是道上正义之士？哈哈，看来我的演技也不差嘛，这样也能把你们骗到。"

我似乎意识到什么，问道："难道，沈工不是你爷爷？"

水哥大笑两声，声音在洞里显得异常诡异，说道："没错，还是斗爷你聪明啊，这家伙不过是个盗墓贼而已，怎么会是我爷爷呢？我爷爷早就在西方极乐世界享福了。"

我问道："那你是谁？"

水哥说道："事到如今，我也不瞒你们，我谁也不是，只是我在你们之前，也碰到了一帮去找血太岁的人，他们去太平村找猫灵木，要让我带路去。但是最后，他们什么也没有找到。"

我冷笑道："你这把枪，估计也是从这帮人手里拿的吧？"

水哥点点头说道："没错！"

关灵问道："那这帮人呢？"

我说道："还用问，肯定被他干掉了。"

水哥看着我，说道："他们不听话，下场就是这样。你们不听话，下场也会跟他们一样。"

我问道："那当初为什么不解决了我们？"

水哥干笑两声道："本来也是想解决你们的，但是看你们油水也不多，就那么一点儿钱。后来听说你们也是来太平村寻找猫灵木，然后去找血太岁，又说到'穿山道人'，我想你们应该是有点儿本事的，就留着你们的命。果然没有令我失望嘛，不仅找到了猫灵木，现在还找到了血太岁。斗爷，我是打心底里佩服你的，但是没办法，血太岁是我的。"

我摇了摇头，叹息一声道："早就知道你奸诈了，说那把枪是假的，但是没想到你这么奸诈，利用我们找到血太岁，最后还想捡个现成的。"

水哥笑道："虽然你聪明，血太岁这样的传说之物都被你找到了，但是，毕竟还年轻啊，不知江湖险恶，提醒你一句吧，斗爷，防人之心不可无哇！"

我笑道："我也提醒你一句，害人之心不可有哇！"

水哥哈哈大笑起来，道："这个世界上，你不害人，人家害你。就像那个道士两师徒，最后还不是师父把徒弟给害了。"

听水哥这么一说，我们这才想起来，在我们离开那个有壁画的墓室时，壁画顶上那三个青铜鬼头喷出了白烟，难道他们没有被迷魂烟迷住？

我一边拖延时间，一边想办法应付，于是我问道："听你这么说，他们已经取到了定尸珠？"

水哥忽然摸了一下胸口，说道："定个屁珠……还没撬开尸体的口，那两师徒就突然不知为什么打了起来。看见你们走了，我就知道没好事儿，还不赶紧溜之大吉呀。幸好我走得快，要不然也死在那里了。"

我问道："那他们都死在那里了？"

水哥说道："肯定死了，反正那个大汉是死定了，我临走时看见那个道士疯了一样，把匕首插进了他的喉咙里，那个大汉又把匕首插进道士的身上，两人自相残杀起来。这两个盗墓贼能死在这里，也算死得其所了吧！"

关灵"哼"了声，骂道："小人！还有脸说人家是盗墓贼，你也不过是个抢劫犯。"

水哥耸耸肩，道："抢劫犯又怎样？光明正大地抢，总比你们偷偷摸摸地盗窃要好。"

马骝吐了口口水，叫道："别废话了，你他妈的到底想干吗？"

水哥说道："这还用说吗？留下血太岁，给你们一条活路。不留，就给你们一条全尸。"

马骝再次吐了口口水，说道："我呸！老子就是不留，咋样？反正都是死，大不了一起给墓主人陪葬，能死在这里，比火化还舒服哇！"

水哥没理马骝，对我说道："斗爷，说了那么多，你也识时务吧。还是那句，我不伤害你们，你给我留下血太岁。"

我说道："我跟你说过，我们要血太岁治病，要是给了你，我们也活不久。况且，这只是一种药物，给你也没用，如果你是为了卖出去赚钱，还不如去那个金银洞，要多少拿多少。"

水哥奸笑道："放心，我会拿的，不过，血太岁和那些金银珠宝我都要。"

马骝叫道："他奶奶的，你也未免太贪心了点儿吧。"

水哥说道："在这里随便拿一件东西出去，都非常值钱，而且也估计只有这次机会了，能贪的怎么不贪呢？"

我放下背上的背包，说道："既然这样，那我们也没得选择了。"

关灵连忙拉住我，一脸不解道："斗爷，你就这样向这家伙屈服了？"

马骝也对我说道："我屌，斗爷，你不是吧？我们差点儿丢了命找到的东西，就这样拱手相让？"

我没有理他们，双手举起手中的背包对水哥说道："血太岁在这里，你要的话，就拿去吧。"说完，我用力一扔，把血太岁扔进了水池里。

水哥吃了一惊，说了句"你有种"，便一边举着枪对准我们，一边跑去水池那边想捡回背包。但是，他忽略了水池里的那条金色大蛇，那大蛇被马骝用弹弓打疼了，正是不好惹的时候。果然，当水哥走到水池边，刚想伸手去抓水池里的背包时，那条大蛇突然窜出来，一下子咬住水哥的喉咙，只见水哥浑身打了个寒战，手中的枪掉落在地上，也就几秒钟的时间，水哥的整张脸已经变成了紫黑色。

我连忙对马骝说道："赶紧用弹弓打它。"

马骝不明所以："什么？打谁？"

我说道："打那蛇。"

马骝说道："打它干吗？他救了我们哪！"

我焦急道："叫你打就打吧！"

马骝没再说话，连忙掏出弹弓对准大蛇的头部，一连打了几下，大蛇受不了攻击，嘴一松，水哥立即瘫倒在地上。等大蛇躲回水底后，我们连忙跑过去，只见地上的水哥已经死翘翘了，两只眼睛外突，全身如同染了紫色一样，还冒出一丝丝青烟，似乎随时都要烧着，非常恐怖。

我连忙取下马骝身上的工兵铲，把水池的背包捞上来。我打开背包检查了一下，发现血太岁还是那个样子，没有什么变化，大家这才松了口气。

马骝看着地上的水哥，惊讶道："我屌，想不到那条大蛇的毒性那么厉害……斗爷，幸好刚才你没被它咬中，要不然后果就是这样了。"

看见水哥这个样子，我也心有余悸，说道："就是，你竟然还说顺利……"

马骝问道："斗爷，这家伙刚才那样对我们，你怎么还要救他？"

我说道："他这样被大蛇咬一下，神仙也难救哇！"

关灵一脸不解道："那你叫马骝打那大蛇，不是为了救这浑蛋？"

我摇摇头说道："不是，只是不想让这家伙被大蛇拖进水里，因为他身上藏有宝贝。"

马骝一听"宝贝"两字，顿时两眼放光，道："什么宝贝？"

我俯下身，拿着匕首在水哥身上翻了几下，然后在他的大衣口袋里找到了一个小布袋。我把小布袋挑出来，打开一看，只见里面露出一个圆圆的东西，比乒乓球小点儿，像珍珠一样，在手电筒的光照下闪闪发光。

马骝惊喜道："斗爷，好大一颗珍珠哇！"

关灵也惊呼出声："难道，这就是传说中的定尸珠？斗爷，你怎么知道这浑蛋身上藏着这东西的？"

我用拇指和食指捏住珍珠，照了一下说道："他的一个动作出卖了他，我问他那个道士是不是拿到了定尸珠，他当时摸了一下胸口，然后才说没有撬开尸体的口，那道士两师徒就打了起来。就这个动作，再以他的为人，我就猜十有八九是他拿了定尸珠。因为那个道士是个有经验的盗墓贼，不可能连定尸珠都没拿到，就中了迷魂烟的。所以，定尸珠肯定被拿到了，但是他们也应该发生了争执，说不定，那两师徒的死，是被水哥给解决了。"

马骝听完我说后，发出啧啧的赞叹声："斗爷呀斗爷，你真是有福尔摩斯的神探智慧呀！我马骝说过，谁都不服，天王老子都不服，就服你斗爷！"

我说道："你别把那么高的帽子给我戴过来，我知道你在想什么，这东西，是属于大家的，谁也不许说出去，也不许卖。"说着，我把定尸珠放回袋里，然后收在身上。

马骝摩挲着双手说道："斗爷，这要是不卖的话，放着可能会变色呀，到时有可能就会贬值了……"

我敲了一下马骝的脑袋骂道："变色变色，放两千年都不变色，到咱们手上放着就变色了？我警告你呀马骝，你就别打那些歪主意了。"

马骝有点儿不高兴了，嚷嚷道："这个又不许拿，那个又不准碰，那我们还做个鬼寻宝猎人哪……"

我拍拍他的肩膀，语重心长般说道："马骝，我们不是盗墓贼，不做文物交易，但是，我们取之有道，该我们拿的东西，我们一定要拿。就像这个定尸珠，尸体已经被他们弄坏了，再放回去也没用，所以该我们拿。但是，如果拿回去卖了，你说它值多少钱？一千万？一个亿？十个亿？它是无价之宝，万一这东西被转卖到国外，那就更加令人失望了。"

马骝点点头道："你说得有理，你说得有理……取之有道，取之有道……"

关灵说道："上面那个金银洞，那些财宝估计也来路不当，放在这里也是放。这样，我有一个想法，我们拿点儿出去，但是不能占为己有，我们用来做善事，也算给自己和古人积点儿阴德吧。你们觉得怎样？"

我点点头道："这个可以，从一开始，我们就不是为了个人利益的。"

马骝也同意道："没问题，我也同意这样做。这些财宝本来就是属于我们老百姓的，不是有句话叫取之于民，用之于民吗？"

关灵说道："那我们走吧，别在这里逗留了。"

我点点头，正准备离开，忽然看见地上那把枪，于是弯腰捡了起来，藏在腰间。然后，我们脚步匆匆地走出洞外，沿着阶梯往上走去。

走到金银洞的时候，里面突然传来清脆的金属碰撞的声音，还有慌乱的脚步声，似乎有人在里面装金银珠宝，被发现了要逃走一样。赫连淼淼早就死了，水哥刚才也被大蛇咬死了，那个道士和刀疤大汉估计也早就被水哥害了，怎么还会有人出现在这里？

# 第二十八章　困兽斗

我们三人对视了一眼，都忍不住悄悄地走进洞里，想一看究竟。就在我们刚走进去的时候，里面的声音突然停了下来。我们用手电筒照了一下，发现并没有人存在。

马骝说道："不会是老鼠在作怪吧？"

我摇摇头道："应该不是老鼠，刚才传出来的声音分明是在装金银珠宝的声音。"

关灵说道："别管它了，我们还是随便装点儿就离开这里吧。"

我点点头，刚想动手，洞里面突然又传来一下金属碰撞的声音。我连忙举起手电筒，往发出声音的地方照去，只见在尽头处，隐约有个身影缩在那里，一动不动。我暗暗吃惊，果然还有人存在！但手电筒的光照不到那么远，看不清这家伙是人是鬼。

我立即掏出水哥那把手枪，喊过去："是谁？别在这里装神弄鬼的，赶紧给老子滚出来！"

马骝也喊道："他奶奶的，再不出来，可要开枪了呀！"

但是不管我们怎么喊叫，躲在黑暗中的身影依旧一动不动。我对马骝使了个眼色，马骝立即点头会意，拿起弹弓对着里面打了一下，只听见"哎哟"一声痛叫，那个身影从黑暗处跳了起来。一看这样，我们都松了口气，会喊痛的，肯定是人。

我握着手枪，马骝拉着弹弓，关灵抓着匕首，三人一起往里面走去。等走近一看，才发现此人不是别人，正是那个心狠手辣的臭道士。只见他用手挡住我们照过来的光，笑嘻嘻地看着我们，他的脸很白，两只眼睛发出一种异样的光，他的身边有两个背包，里面都装满了金银珠宝。

道士看见是我们，立即像松了口气般叫道："我还以为是谁呢！"

我心想，刚才都喊了几次了，怎么可能不知道是我们，分明是不想让我们知道。于是我问他："你怎么会在这里的？"

道士反问道："我怎么就不能在这里？"

马骝叫道："我屌，你不是被那个水哥给害了吗？"

道士看向马骝，突然一脸生气道："哼！这家伙吃里扒外，不仅打死我的徒弟，还抢了我的定尸珠，我一路追来这里，就不见他人了，肯定是往下面跑了。"

马骝说道："那你干吗不下去追他？"

道士没回答马骝的问题，而是反问我们："你们没见到他吗？"

我立即摇摇头道："没有。"

道士看了看我手上的手枪，又看着我身后的背包，脸忽然抽搐了一下，问道："是吗？那找到血太岁没？"

我再次摇头道："没有。"

道士嘴角露出一丝阴笑，忽然上前一步，再问了一次："真的没有？"

看见他那个表情，我忽然觉得有点儿不对劲儿。如果水哥说的话是真的，那么眼前这个道士有可能已经疯了。我再仔细打量了一下他的衣服，上面果然有血迹，看来水哥没有撒谎。

"别过来！"我立即举起手枪对准他，叫道，然后对马骝和关灵说，"赶紧出去，这家伙已经疯了。"

马骝叫道："那还犹豫什么？开枪弄死他呀！"

我举着枪，但不敢扣动扳机，这毕竟是杀人。就在这个时候，那个道士突然"嘿嘿"笑了两声，然后张开嘴巴，只见他一下子变得满嘴全是锋利的獠牙，样子竟然跟赫连淼淼变异后一个样！

我们三个顿时大吃一惊，看来道士不是疯了，而是变异了。马骝立即冲我喊道："斗爷，还等什么？爆他头哇！"

我紧张道："我、我……"

马骝又叫道："忘记了他是怎么欺负你的灵儿了吗？何况他现在变异了，不是人了，打死怪物不犯法的吧？你要是开不了枪，让我来开，我来打死他！"

听马骝这样一说，我脑海里立即浮出道士欺负关灵的画面，顿时怒从心头起，恶向胆边生，对准道士的脑袋，然后一扣扳机……结果出乎大家意料，枪竟然没响！我又一连扳动了几次扳机，枪还是没有反应。我忽然意识到什么，把弹夹卸下来一看，忍不住骂了一句："他奶奶的，竟然是空的！"

马骝也骂骂咧咧道："我屌，水哥这浑蛋，竟然用支空枪来吓唬我们……"

话音刚落，那个道士突然往前一冲，一把夺过我手中的枪，然后塞嘴里咬了两下，但没有咬断，便怒吼一声，把枪往旁边一扔，伸出手就要来抓我们。

我们立即转身逃跑，但是那个道士速度极快，一下子冲到了洞口那里，堵住了洞口。看他这阵势，似乎是要把我们杀死在这个洞里。

我连忙把关灵护在身后，然后说道："看来又有一场恶战了！"

马骝也不用我说了，拉开弹弓，对着道士一连打了几下，但都被道士一一挡住。之前对付赫连淼淼的时候，我们就已经试过，弹弓对这些变异人来说，根本起不了作用。

这时，道士步步逼近，我们只好往里面退去，一直退到那个机关那里，但已经没路可退了，看来要硬拼了。那个道士双眼发红，喘着大气，突然张开魔爪，朝我们扑了过来。我的工兵铲掉在水池那里，现在只能用匕首来迎战了。

但是道士扑过来的速度实在太快了，未等我反应过来，已经被他用双手揪住衣服，然后整个人被提了起来，往一堆金银珠宝上扔了过去。那些金银珠宝硬邦邦的，摔得我非常痛，手电筒也被摔坏了。等我回过神儿来，看见马骝也被那个道士抓住摔到一边，只剩下关灵一个人贴着墙壁，举着工兵铲，神情恐惧地看着道士。

那个道士扭了扭脖子，忽然奸笑几声，然后一步步逼近关灵，关灵被吓得不知往哪里逃，拿工兵铲的手都吓得开始抖了起来。看见这样，我也顾不得身上的伤痛了，握住匕首冲了过去，但是那个道士好像背后有眼睛一样，等我刚冲到的时候，突然一转身，扬起手把我一扫，那力度非同小可，就好像被一根石柱扫中一样，肋骨处立即传来一阵剧痛，整个人被扫出几米开外，又一次摔得头昏眼花。不过，也幸好给关灵争取到逃走的机会，她立马跑到马骝那边躲了起来。

这时候，马骝对我喊道："斗爷，怎么搞呀？我们不是这家伙的对手……他跟那个女人不同啊，这个家伙不喜欢你呀……"

我知道马骝说的是赫连淼淼，那也是，当时赫连淼淼因为喜欢我，变异后才没有伤害我，最后还舍命救了我。但现在这个臭道士不同，我们跟他本身就有过节，变异后就更加不用说了，他肯定要杀死我们。

我喘着气说道："说不定、说不定他喜欢你呢……"我一边说，一边挣扎着站起来，发现那个道士没走过来，我立即把装有血太岁的背包抛过去给马骝，然后对他叫道："还等什么？赶紧带灵儿先逃出去呀！"

马骝接过背包，叫道："那你怎么办？"

"别管我，一定要保护好灵儿。"我叫道，看见马骝还想说些什么，我立即大声叫道，"快点儿！要不然都死在这里了！"

关灵叫道："斗爷，我不走，我陪你对付这家伙。"

我对她说道："大小姐，这时候别任性了，赶紧逃出去。马骝，走哇！"

马骝知道我的脾性，一咬牙，立即拉着关灵往洞口跑去。我也忍着痛，跟在后面冲出去。然而就在我们要冲到洞口的时候，那扇石门突然"轰"的一声关了起来。我扭过头来看了看，发现那个道士竟然不见了，我忽然想起什么，连忙往里面走去，当手电筒的光照到角落的时候，我不禁大吃一惊，只见那个道士不知什么时候已经把那个"八卦二十四山位"的机关给开启了，那三个四方洞立即喷出三团白烟来，竟然跟我当时出现的幻觉一样。

我暗暗吃惊，难道真的要死在这里？

马骝叫道："我屌，这家伙怎么会开启机关的？"

关灵说道："他是个道士，肯定也懂这个机关的开法。"

我和马骝试着去打开石门，但是石门几千斤重，根本弄不动。我知道这是机关门，耗下去也只会浪费体力，于是我对马骝说道："别弄了，看怎么对付这家伙吧。"

白烟越来越浓，那个道士变异后似乎不惧怕这些白烟，慢慢从白烟中走出来，对着我们咧开嘴阴笑。我忽然发现，他的獠牙没有了，又恢复了原来那个样子。

看见这样，我稍微镇定下来，喊过去："你到底想怎样？"

那个道士阴笑道："留下血太岁，放你们一条生路。"

我说道："我们没有找到血太岁。"

道士说道："别装了，那背包里面是什么？"

我冷笑道："就算给了你，你也逃不出去。你没看见这门已经被你关上了吗？"

道士笑道："这个你不用管，我自有办法。"

我们三人对视一眼，听道士的语气，似乎很有自信。难道这里还有暗道是我们没有发现的？我连忙从马骝手里接过手电筒，往周围照看起来，但所照之处都是坚硬的墙壁，根本没有出口。

"别看了，这个洞只有一个出口。"那个道士似乎看穿了我的心思，摇摇头道，然后他用手指了指我们身后的洞口，"从这里进来，也只能从这里出去。除非，有人从外面给你打开。"

我问道："你怎么知道？"

道士干笑两声，并没有回答我。

这个时候，白烟越来越浓，整个洞里几乎都是白烟，我们捂住鼻子，不知往哪里逃。眨眼之间，烟雾已盖过了头，这些烟雾虽然浓，但没有味道，也不觉得呛鼻子，只是感觉呼吸有点儿闷。不用多久，烟雾浓得连对面站着的那个道士都看不清楚了。

我立即伸出手拉着关灵，然后说道："大家别走散了。"

马骝细声道："斗爷，这烟应该不是迷幻烟吧，你看我们现在都没有事儿。"

我说道："别大意，说不定我们已经中招了。"

话音刚落，那个道士突然从浓雾中冲了过来，看那阵势，估计又回到了变异状态。我们急忙往旁边闪开，但还是迟了，我听见马骝惨叫一声，手电筒掉落在地上，似乎被道士攻击了。

我大喊一声："马骝！"但是马骝没有回应我，我在心里暗叫不好，从刚才马骝的叫声来看，似乎伤得很重。但是我不敢贸然走过去察看，只好拉着关灵躲起来。我感觉到关灵的手在微微发抖，于是我拉紧了一些，把她护在身后，然后示意她把手电筒关掉，放回背包的一侧。

瞬间，整个洞陷入一片黑暗中，隐隐约约能听见那个道士的喘息声在不远处响起。我拉着关灵，凭着感觉，蹑手蹑脚地往里面走去。我想，如果用那个机关可以关闭石门，那么估计也可以开启石门。

走着走着，脚下突然被什么东西绊了一下，差点儿跌倒在地。从感觉来看，好像是个人，我俯下身，伸手摸了摸，果然地上躺着一个人。关灵也发现了，刚想打开手电筒，我连忙制止了她。这个洞里除了我们三个，就只剩下那个道士了。现在那个道士还在搜寻我们，那地上躺着的这个人应该就是马骝了。

一想到这里，我连忙伸手去摸了摸那个人的脖子，果然摸出了一个圆形四方孔的玉佩，那是马骝的家传宝。这下不用说了，地上躺着的这个人一定是马骝。我连忙探了探他的鼻息，糟糕！已经没有气了！

我心里一阵悲痛，想起和马骝的种种友谊，眼泪突然禁不住流了下来。虽然一片黑暗，但是关灵也意识到了什么，紧紧抱着我。就在这个时候，那个道士似乎发现了我们的位置，开始向我们这边走来。

我忍住心里的悲伤，拉着关灵继续往里面走去，一不小心碰到那些金银珠宝，立即发出些声音来，那个道士在黑暗中虽然看不见我们，但是一听到声音，立即冲了过来。未等我和关灵反应过来，只感觉有一股力量从身后袭来，我和关灵立即被那个道士打飞了起来，然后重重地摔落在地。

我忍住伤痛，刚想挣扎起身，那个道士已经走到我面前了，张开獠牙大口，就要往我的脖子上咬下来。就在这个时候，关灵突然扑在我身上，紧紧抱着我，也在同一时间，那个道士咬了下来。

我大喊一声，双手在周围乱抓，右手忽然抓住了掉落在地上的匕首，我立即抓起匕首，伸出左手揪住道士的头发，然后右手举起匕首，狠狠地往道士的脖子上插了下去。道士痛叫一声，立即松开了口，我连忙把他推开到一边，然后把关灵扶起来，从她的背包里拿出手电筒照亮，只见关灵的脖子被咬得鲜血淋漓，我叫了几声，关灵都没有任何反应。

关灵死了。

我痛叫一声，把关灵紧紧抱在怀里，泪水如决堤般流出。从认识到怀疑，到互相关心，到出生入死，我们的感情日益深厚，彼此也渐渐有了一种默契和好感。但是现在，她为了救我，被那个道士咬死了，亲如兄弟的马骝也被打死了，这种痛已经无法用言语来表达。

我慢慢放下关灵，然后站起身来。只见那个道士倒在地上，匕首已经被他拔了出来扔在地上，从他的喉咙处不断涌出鲜血来，但他还想挣扎起来，似乎这一刀还不足以致命。

我走到马骝那里，捡起地上的工兵铲，然后走回道士身边，举起工兵铲对准他的脑袋拍了下去……一下，两下，三下……

这时，洞里的空气越来越稀薄，连呼吸都开始觉得有点儿困难了。我扔掉手中的工兵铲，走到关灵身边，再次把关灵抱在怀里。看着扔在地上的那个装有血太岁的背包，和眼前数不尽的金银财宝，我突然苦笑起来，即使找到了传说中的长生不老药，即使找到了无数的金银财宝，终究还是抵不过"命运"这两个字呀！

　　我低下头，亲了一下关灵的额头，然后伸手捡起地上的匕首，架在了自己的脖子上……

# 第二十九章　死里逃生

就在我要割喉自尽的时候，突然洞口处传来"轰"的一声巨响，只见那扇石门慢慢被打开了，浓雾之中出现了两束亮光，紧跟着，有两个人走了进来。朦朦胧胧中，只见这两人样子奇丑，像怪物一样恐怖，难道是阴曹地府里的勾魂使者？我心想，我都还没自杀，那么快就派鬼差来勾我的魂了？

很快，那两个人慢慢走到我面前，其中一个用手电筒照着我，突然大喊一声："斗爷！你要干什么？赶紧把刀放下！"

我一听这声音，怎么那么像马骝的？这个时候，另外一个人也声音颤抖道："斗爷，别、别做傻事呀……"

我更加疑惑了，这声音分明是关灵！但是……我低下头看着抱在怀里的关灵，又看看躺在不远处的马骝，顿时感到一片混乱，这到底是怎么回事？难道我见鬼了，还是因为我太悲伤，出现了幻觉？

我晃了晃脑袋，只感觉沉沉的，像被灌了铅一样。这时，说话像马骝的那个人突然冲过来，一下子抓住我的手，抢走我手中的匕首。接着从地上拉起我，另外那个人也连忙走过来，然后两人分左右两边一起架着我往洞口走去。

我想挣扎，但是身子软软的，一点儿力气也提不上来，感觉好像真的被勾了魂一样，被两人架着如腾云驾雾般飘飘然，眼前的景象也开始渐渐变得模糊起来……

不知过了多久，我迷迷糊糊睁开眼睛，只见有两个人正盯着我看，正是马骝和关灵两人。我分不清是真实的还是在做梦，便问道："我们这是在哪里？天堂还是地狱？"

马骝叫道："我屌，什么天堂地狱，我们还是在仙墓里呀！"

我诧异起来，看看四周，果然是在主墓室里。我自言自语道："我们不都死了吗？怎么还在这里？"

马骝叫道："什么我们都死了？斗爷你不会弄坏了脑子吧？"

关灵一脸担心地问我："斗爷，你有哪里不舒服吗？"

我答道："没什么，只是感觉脑袋沉沉的，浑身酸痛……"

关灵皱着眉头道："斗爷，你真的一点儿也记不起来了吗？"

我说道："我记得很清楚。"于是，我把在金银洞的经历全说了出来。

马骝和关灵对视了一眼，然后马骝哈哈大笑起来，伸手抓过旁边的一个防毒面具对我说道："斗爷，你说的那长得像怪物，来勾你魂的是这个家伙吗？"

我看了看那个防毒面具，在脑海里仔细回想之前看到的那两个怪物，感觉确实有点儿像这个东西。我忍不住问道："难道，那两个人就是你们？"

马骝说道："不是我们，还会有谁？"

我还是想不明白，难道这一切又是幻觉？我看了看马骝，又看了看关灵，说道："可是，你们不是都让那个道士打死了吗？"

　　马骝说道："斗爷，你肯定是中了迷魂烟，我和关灵在外面好好的，一点儿事儿都没有。"

　　我疑惑道："什么？你们在外面？"

　　关灵看着我，点点头道："你不记得啦？你把血太岁扔给马骝后，叫他带我逃出去，我们刚逃出去，那扇石门就被关上了，把你困在了里面，不，还有那个道士。"

　　我越听越糊涂，我记得我们刚冲到洞口，那石门就关了，我们全部人都困在里面，怎么会这样？难道就是那个时候，我才中了迷魂烟，然后才出现了后面的一切幻觉？但是那个道士……我回想起自己拿工兵铲敲那道士的头，不禁打了个冷战。

　　我忍不住问道："你们进来的时候，有看见那个道士吗？"

　　马骝点点头道："他已经死了。斗爷，你厉害啊，这家伙变异了也被你给打死了。"

　　我喃喃自语道："这么说，我杀了人……"

　　关灵安慰我说："他都变异了，都不是人了，你不杀他，他也会杀我们，你就别那么自责了，这样的人死有余辜。"

　　马骝说道："就是，别说他变异了，就算是人，他在太平村的时候，也想打死我们，这样的人就算你不杀死他，我马骝也不放过他。"

　　关灵给我递过水来，然后继续说道："喝口水缓缓吧，这个你就别想了，逃出来了已经万幸了。幸好我在外面发现了打开那石门的机关，及时走进来发现你要自刎，要不然后果就惨了。"

　　马骝说道："这次还真的多亏了关大小姐，要不是她聪明过人，像斗爷你那样，懂得破解那些机关，你就真的以为我们都死了，自己杀死自己了。"

关灵说道："你还记得我们第一次发现金银洞的时候吗？当时你也产生了一次幻觉，也是看见我和马骝都死了，然后你想自杀，这次也是一样。"

我听他们这样一说，立即坐直身子兴奋道："这么说，我们三人都没死？"

马骝叫道："我屌，那还有假的？我马骝从小多灾多难，长大了肯定天生命硬，哪有那么容易死？"

我忽然想起什么，连忙往身上摸去，糟糕！那个定尸珠不见了！我再次搜遍了全身，还是没有找到，只找出了那个金锁铜佥，幸好那夜郎符玉佩还在。

我对他们说道："不好了，定尸珠弄丢了。"

马骝一听，顿时吃惊道："什么？有没有找清楚，怎么会不见的……"

我说道："都找过了，就是没找着，有可能跟那个道士打斗的时候弄丢了。"

关灵安慰我道："丢了就丢了吧，也许这东西就不该我们占有的。况且我们的目标是血太岁，只要这个没丢就好。"

我连忙说道："对，赶紧看看那个血太岁有没有事儿！"

"放心，我保管得很好，没……"马骝把背包拉过来，打开后说着，"没事儿"还没说完，立即变了脸色，惊讶道："我屌，怎么会缩水了？小了那么多……"

我和关灵连忙看过去，只见那个本来有三十多斤的血太岁，现在竟然变小了，估计只剩下十多斤了。这样下去的话，估计还没到家就缩没了。

我说道："这东西可能要水养着才行，咱们要赶紧离开这里了。"

我连忙撑着地爬起身来，脑袋还有点儿晕晕的感觉，跟跄了两下，关灵和马骝立即伸手扶住我。马骝问道："斗爷，你还行吗？"

关灵说道："要是感觉有点儿晕，就坐下来再休息一下吧。"

我摇摇头道："没事，可能还没适应过来……走吧，赶紧离开这里。"

马骝忽然惊恐道："走走走，真的不能逗留了，你们看那边，那些烟已经上来了。"

果然，水池那边开始冒出来一些白烟，估计不用多久，整个墓室都会是这些迷魂烟。我们连忙收拾东西，从盗洞逃出去……

出来后，立即感觉一阵透骨般的寒冷，在墓室待了那么久，我们三人也不管有多寒冷了，都禁不住大力吸了几口清新空气，感觉整个人都精神了起来。我看了看周围，发现这是一条开裂的山缝，在平台下面的水里，还停着一条小皮艇，似乎在等待着我们。

我想，以前的人从这里打盗洞进去，真是太厉害了，凡是藏宝的地方，都几乎布满了机关陷阱，我能找到那些宝贝，一来是运气；二来全靠那本《藏龙诀》。

这时，马骝对我说道："斗爷，请上船吧，这是为我们准备的。"

我不解道："为我们准备的？"

一旁的关灵于是将马骝如何用钱收买船长等事一五一十说了出来，我听完后，忍不住对马骝竖起大拇指赞道："聪明聪明！做得好！但是，只留下一条皮艇，你是本来就不打算让他们出来了吧？"

马骝笑笑道："还是斗爷你聪明啊，这也被你看穿了。没错，我是不打算让他们出来的，有仇不报非君子，有妞不泡是小人。他们几乎把我们三个人打死，这个仇我一定要报，要不是斗爷你一直阻止我，我早就想办法弄死他们了。"

　　我看了看身后的盗洞，说道："那就把洞口封了，让他们陪葬吧。"

　　于是，我和马骝一起把挖出来的泥石填回盗洞，把盗洞封得死死的，就算里面的人复活了，估计一时也逃不出来。完事儿后，我们便跳上小皮艇，往外面划去。

　　马骝从背包里拿出对讲机，刚想呼叫船长来接我们，我立即制止道："等一下，你这是要干吗？"

　　马骝说道："叫船过来呀，我们这个小皮艇，也不知道要划到什么时候才能回去呢！我当初从那个船长那里要了这个东西，就是为了有人接应。"

　　我说道："这出发点是好，但是要是他问起我们，其他人去了哪里，我们怎么回答？"

　　马骝叫道："我屌，能怎么回答？就说他们先走了呗。"

　　我说道："怎么走？只留下一条小皮艇，难道他们游水出去的？"

　　关灵插话道："斗爷，你是怕他们怀疑我们？"

　　我点点头道："没错，他们肯定很好奇，为什么只有我们三个人，如果他们查起来，肯定会查到那个盗洞，到时候被这些贪婪的人进去了的话，估计仙墓永无安宁了。说不定，我们到过这仙墓一事会被泄露出去，这样一来，我们的麻烦就大了。"

　　马骝想了一下，也点点头道："没错，还是斗爷你想得周全，不然被人知道的话，还以为我们是盗墓贼呢！"

我说道："就是怕这个，所以我们不能让人知道这事儿。"

关灵问道："那我们现在怎么办？"

我看了一下四周，说道："等下出了这条石缝，我们就把手电筒关掉，然后往旁边的岸边划，找一个能上岸的地方，先上了岸，等天亮了，再混在游客中出去。"

关灵说道："可是，到时那个船长进来找我们，却发现我们全部人都不见了，他也会起疑心的呀！"

我说道："他就算起疑心，也不会疑心到去挖那个盗洞吧？到时出去后，我们可以叫马骝把对讲机还回去，就说我们全部人已经离开那里了，只是忘记了跟他说，然后再塞点儿钱给他，收买他一下，等时间久了，这事儿就会被淡忘。"

大家都觉得我说得有道理，于是便按计划进行，等划出石缝后，我们才发现原来已经快要天亮了。只见天边旭日东升，霞光万道。很快，我们就找到了一处上岸的地方，上了岸后，我们一直等到有游客进来，然后混在其中，悄悄离开了蓬莱仙岛。

这次寻找血太岁，我们也算非常幸运，可以说是死里逃生。然而等我们回到关灵家里的时候，血太岁已经剩下不到十斤了。我们把血太岁交给关老道，他发现我们真的找到了传说中的血太岁，那表情又惊又喜，但也没有过多追问，迫不及待地用血太岁做药引，帮我们治疗。

一个星期后，我们身上的毒素便慢慢被清除了，那些被独眼鬼虫咬过的伤口也痊愈了。我把这些药带回去给九爷服用后，他的病情也渐渐稳定了下来，不久便可以下床行走，活动自如了。

不过，即使其他伤口都痊愈了，但我背上的夜郎符依然存在，并没有因此而消失。我拿出那个金锁铜匣，取出里面的夜郎符玉佩，对着阳光照了照，这似乎告诉我，关于夜郎符的真相，应该都藏在这个玉佩里面。